HERZENSNARBEN

LIEBESKRIMI

GRETA SCHNEIDER

Umschlaggestaltung:

Sabrina Dahlenburg, art-for-your-book.de

Lektorat: Brunhilde Witthaut

Greta Schneider

Via Miralago 15

21010 Tronzano/L.M.

Italia

Erstellt mit Vellum

PROLOG

Es war ganz anders als im Fernsehen. Statt eines 3-Meter-Stahlportals schwang nur eine kleine, grüngestrichene Holztür mit Stahlverstärkung auf, als der Summer ertönte. Nach innen, rein vorsichtshalber. Er befand sich im vorgelagerten, backsteinernen Wachhäuschen. Rechts von ihm ein Pförtner hinter Panzerglas. Er hatte seine Papiere ausgiebig studiert, bis Justizhauptwachtmeister Brösicke hinter ihm erschienen war und stumm genickt hatte.

Er sah keinen Anlass, sich von Brösicke oder sonst jemandem zu verabschieden. Schultze höchstens, sein Gruppenbetreuer. Früher hatte man die einfach nur Schließer genannt.

Schultze hatte auch mal ein nettes Wort übrig gehabt. Darüber hinweggesehen, wenn man zu spät von der Arbeit kam. Der erkannte noch den Menschen in ihm. Mehr als ein stummes Händeschütteln hatte er trotzdem nicht fertiggebracht.

Er ergriff die abgewetzte Sporttasche mit seinen Habseligkeiten und machte drei Schritte. Draußen. Er war draußen. Er hätte jetzt einen Luftsprung machen können oder wenigstens die Arme in die Luft werfen. Aber er fühlte gar nichts. Sicher würde das später kommen. Er blickte nach links und nach rechts, unentschlossen. Die Bushaltestelle war direkt vor ihm. „3 Minuten“ blinkte die elektronische Schrift. Die musste neu sein. In seiner Erinnerung waren da nur schriftliche Fahrpläne, die nur allzu oft nicht hielten, was sie versprachen. Er trat näher heran und beobachtete den Verkehr, der jetzt, am späten Vormittag, nur mäßig über die vierspurige Straße strömte.

Die „Kante“ würde sicher erst um 16 Uhr aufmachen. Genügend Zeit, um seinen neuen Unterschlupf zu beziehen – eine schäbige, möblierte Einzimmerwohnung in Wedding. Er hatte sie beim letzten Ausgang schon einmal gesehen. Und drei Monatsmieten im Voraus bezahlt. Die letzten zwölf Jahre war er sparsam gewesen. Die Gelegenheiten zum Geldausgeben waren auch rar gesät, wenn man nicht wie so viele unbedingt Zeugs zum Kiffen oder Spritzen brauchte. Er hatte die Finger davon gelassen.

Wenn er erst einmal dort eingezogen war, würde er das andere Geld holen. Damit würde er alles nachholen können, was er in den letzten Jahren unfreiwillig hatte versäumen müssen. Der Gedanke daran trieb ihm ein Grinsen aufs Gesicht.

Er konnte die Luftbewegung spüren, ein weicher Wind, der die Sonnenwärme auf seinem Gesicht kühlte. Innerhalb der Mauern hatte die Luft meistens zwischen den aufgeheizten Gebäuden gestanden.

Hier gab es so gut wie keine Fußgänger, von Justizbediensteten in der Mittagspause einmal abgesehen. Er hätte gerne ein paar Mädchen in kurzen Röcken oder engen Jeans hinterhergeschaut. Aber dazu musste er wohl erst in den Bus steigen.

Wenigstens das war wie früher. Man bezahlte beim Busfahrer (wenn auch ungefähr das Doppelte) und musste den Fahrschein dann an diesem klingelnden Ding entwerten. Er setzte sich auf einen Einzelplatz, die Sporttasche auf seinem Schoß.

Es roch nach Schweiß. Nach Frauenschweiß. Die Dicke, die sich unmittelbar neben ihm an der Stange festhielt, war genau sein Typ. Sie war groß. Größer als die meisten. Die dunklen Haare zum Pferdeschwanz gebunden, schwarze Leggings, Pumps. Über ihren üppigen Brüsten spannte sich ein langes T-Shirt in Pink. Lautstark unterhielt sie sich mit ihrer Freundin.

„Lass den uffloofen. Der will nur eins, und det is dein Jeld. Du jehst arbeiten, und der ruht sich auf deine Kosten aus."

Er stellte sich das Erschrecken in ihren Augen vor, wenn sie erkannte, was er mit ihr vorhatte. Ihre energische Gegenwehr. Sie würde mit Füßen nach ihm treten, um sich schlagen und ihn wüst beschimpfen. Das würde seinen Triumph erst vollkommen machen. Doch das hatte Zeit. Er würde sie – oder etwas Ähnliches – bald wieder treffen. Zuerst musste er sich in seinem Leben neu einrichten. Und vor allem die Kohle abholen.

Den Typen in der abgewetzten Lederjacke, der auf der anderen Seite des Ganges saß und ihn mit einer Falte zwischen den Augenbrauen beobachtete, bemerkte er erst beim Verlassen des Busses. Doch das war ihm wurscht. Er war es gewöhnt, mit Argwohn betrachtet zu werden.

VERLOBT

Ich hatte gerade die Bäckerei betreten, als sie mir entgegenkam: platinblondes, streichholzkurzes Haar, dunkle Augen, die sich bei meinem Anblick für eine Zehntelsekunde verengten. Um mir dann einen so glühend hasserfüllten Blick zuzuwerfen, dass ich es in meinen Eingeweiden spürte. Sie hatte ihre Miene schnell wieder in der Gewalt und schaute ausdruckslos geradeaus, während sie an mir vorbei durch die Ladentür ging. Aber diese Sekundenbruchteile genügten, um mir einen Schauer über den Rücken zu jagen.

„Wat darf et sein, junge Frau?" Die Stimme der Verkäuferin dröhnte durch den Raum, als wolle sie das Olympiastadion ohne Mikrofon beschallen. Ich schreckte aus meinen Gedanken auf. Sie stemmte die Arme in die ausladenden Hüften. Über ihrem ebenso umfänglichen Busen spannte sich eine rote Schürze. Sie betrachtete mich mit Abscheu, als störe ich durch meine Anwesenheit ihr friedliches Verkäuferinnendasein. Ihre Schweinsäuglein waren schmale Schlitze, aus denen sie mich kritisch anblitzte.

„Äh – bitte zwei Streuselschnecken."

„Mit Erdbeeren oder Kirschen?"

„Ohne bitte."

„Wir ha´m nur mit Erdbeeren oder Kirschen."

„Na schön. Dann bitte mit Kirschen."

Beim Verlassen des Ladens überlegte ich fieberhaft, woher ich die blonde Frau kannte. Wo hatte ich sie gesehen? Was hatte ich an mir, dass sie mich so ansah? Ich hatte nicht viel Zeit, darüber nachzudenken, denn gegenüber stand bereits Leos Wagen in zweiter Reihe, und Leo hatte das Fenster heruntergekurbelt und winkte mich heran.

„Komm, sonst sind wir erst um Mitternacht da!"

Ich schlüpfte zu ihm ins Auto und küsste ihn auf die Wange. Er schüttelte tadelnd den Kopf.

„Mussten es jetzt noch unbedingt zwei Streuselschnecken sein? Wir können doch unterwegs haltmachen."

Ich kicherte. „Wenn ich nicht spätestens an der Elbe was zu essen kriege, bekomme ich schlechte Laune."

Er drehte sich schmunzelnd zu mir, fasste unter mein Kinn und versenkte seinen Blick in meine Augen. „Ich liebe es, wenn du schlechte Laune hast. Du kriegst dann so eine süße Stirnfalte …" Seine Berührung ließ mein Herz hopsen, wie immer, wenn er mir nahe war. Es war ein elektrischer Zauber zwischen uns, unerklärlicherweise schien er nie abzustumpfen. Ich nahm seine Hand und küsste seine Finger. Er entzog sie mir sanft und strich mir damit über die Wange.

Die Versuchung, ihn ständig anzufassen, zu riechen, zu sehen und zu schmecken, war fast unüberwindlich. Selbst während meiner Examensprüfung, die ich nun endlich vor zwei Tagen abgelegt hatte, schweiften meine Gedanken ständig zu ihm, und ich sah ihn vor mir, wie er im Foyer des Prüfungsamtes stehen würde, ein grünglitzerndes Funkeln in den Augen.

Zum Glück hatte es dem Prüfungsergebnis nicht

geschadet, und so konnte ich heute mit einem „Vollbefriedigend“ in der Tasche in unseren gemeinsamen Überraschungsurlaub aufbrechen, den er mir erst gestern Abend angekündigt hatte. Er warf mir einen liebevollen Seitenblick zu, während er sanft anfuhr und Kurs auf die Stadtautobahn nahm.

Die Fahrt ins Tessin würde lange dauern, immerhin waren es fast tausend Kilometer bis dorthin. Doch da wir beide leidenschaftliche Autofahrer waren, schreckte mich dieser Gedanke nicht. Ich kuschelte mich in den Beifahrersitz, eine Hand auf Leos Oberschenkel, und genoss die Aussicht auf eine Woche ganz mit ihm alleine, 24 Stunden, 7 Tage und Nächte. Seine Großmutter besaß ein Ferienhaus in der Nähe des Lago Maggiore, Leo nannte es „Rustico“, und sie stellte es uns gerne zur Verfügung, nachdem Leo ihr von unserer Verlobung und meinem Examen berichtet hatte.

„Du fährst 200.“

„Ich weiß.“

Leo lachte. „Ich wollte ja nur mal kontrollieren, ob du auch ab und zu auf den Tacho schaust.“

Ich grinste. Leo war ein fantastischer Beifahrer. Bis eben hatte er ein Schläfchen gehalten, während ich die A 96 entlangraste. Bis Lindau keine 100 Kilometer mehr. Die Straße war seit Kurzem wieder frei, keine Lastwagen und Sonntagsfahrer störten meinen Geschwindigkeitsrausch.

Noch wenige Kilometer bis zur Grenze, wo wir wieder tauschten.

Ich klebte die österreichische und die Schweizer Autobahnvignetten an die Windschutzscheibe, während Leo den Fahrersitz ein ganzes Stück zurückschob, um seine langen Beine im Auto unterzubringen.

Er lächelte sein unwiderstehliches Lächeln, bei dem immer das Grübchen in seiner rechten Wange erschien. „Na, glücklich?"

Und wie. Ich nickte stumm. Mein Blick fiel auf meine linke Hand, wo seit vorgestern ein Ring mit einem wunderschönen Lapislazuli saß, der genau zu meinen Augen passte.

Leo hatte mir den Ring am Abend meines Staatsexamens angesteckt, während wir mit meinen Eltern und meinem Bruder die bestandene Prüfung bei einem exklusiven Essen im „Lutter und Wegener" feierten. Nach dem Essen nahm Leo meine Hand, eine feierliche Geste. „Ich möchte euch etwas sagen." Meine Eltern und er waren längst zum „Du" übergegangen. Zum zweiten Mal an diesem Tag machte eine Überdosis Adrenalin mich nervös, unter dem Tisch verschränkte ich die Hände ineinander. Was würden Mama und Papa zu unseren Heiratsplänen sagen?

Sie schauten auf. „Sabina und ich, wir werden heiraten. Nur, wenn ihr nichts dagegen habt, natürlich." *Jetzt ist es also raus*, jubelte ich innerlich. Das warme Gefühl in meiner Magengegend breitete sich bis in mein Gesicht aus. Er kramte in seinem Jackett, das er heute mir zu Ehren angezogen hatte, und förderte unter den ungläubigen Blicken meiner Eltern ein kleines Päckchen zutage. „Mach es auf." Meine Eltern beobachteten argwöhnisch, wie Leo vielsagend zwinkerte und ich mit fliegenden Fingern das Päckchen öffnete. Als ich sah, was es enthielt, schlug ich die Hand vor den Mund.

„Oh Leo! Der ist so wunderschön!" Meine Stimme schien plötzlich aus Sandpapier zu bestehen. Die Glückwünsche meiner Familie hörte ich kaum, so laut rauschte das Blut in meinen Adern, als er meine Hand nahm und mir den Ring überstreifte. Ich küsste ihn in aller Öffentlichkeit auf den Mund, und er umfasste mein Gesicht in einer zärtlichen und zugleich besitzergreifenden Art.

„Nicht jetzt heulen, amore", flüsterte er mir ins Ohr. „Es gibt keinen Grund."

„Doch. Ich bin so glücklich", hauchte ich, während ein paar Tränen meine Wangen hinabrollten.

Zum Glück hatte niemand etwas gegen unseren Plan einzuwenden – nur als sie hörten, dass unser Termin schon am 28. Juni sein sollte, runzelte mein Vater kurz die Stirn.

„Soso, ihr habt also schon Nägel mit Köpfen gemacht", bemerkte er und zog kritisch die Brauen hoch. „Und ich habe wohl gar nichts dazu zu sagen?"

„Kein bisschen, Papa", erwiderte ich und strahlte dabei über das ganze Gesicht. „Ich habe schon längst ja gesagt."

Meine Mutter legte Leo die Hand auf den Arm. „Nutzt die Zeit. Es ist nicht mehr lange hin. Lernt euch ein bisschen besser kennen." Sie lächelte verschmitzt. „Ihr werdet staunen, was ihr alles voneinander noch nicht wisst ..."

In diesem Moment ahnte ich noch nicht, wie recht sie damit haben würde. Nicht im Geringsten.

Kaum zu glauben, dass das alles erst vorgestern gewesen war. Ich blickte auf die gewundene, regennasse Straße vor uns. Ein Tunnel nach dem anderen – ich hatte inzwischen aufgehört zu zählen. Neben uns erhoben sich steile Felswände, unter uns sprudelte der Rhein, hier noch kaum mehr als ein klarer, reißender Gebirgsbach. Die Felswände öffneten sich ab und zu in breite Hochtäler. Eine Staumauer erhob sich links von uns, und nach der nächsten Kurve erschien ein hellgrün schimmernder Stausee.

Der längste Tunnel von allen lag direkt vor uns. San Bernardino, knapp sieben Kilometer lang. „Auf der anderen Seite sprechen sie schon italienisch“, erklärte Leo bei Kilometer 2. „Und es ist gleich fünf Grad wärmer.“

Als wir den Tunnel passiert hatten, klatschten Regentropfen unablässig gegen die Windschutzscheibe. Leo fluchte. „*Porca miseria*, das kann Tage so gehen. Hoffen wir, dass es weiter unten nachlässt.“

Es dämmerte schon, als wir die langen Serpentinen abwärts fuhren. Mitten durch tief hängende Wolken, die immer wieder die Aussicht versperrten. Links und rechts stürzten sich breite Sturzbäche schäumend in die Tiefe. Ab und zu hob sich die Wolkendecke, und die Berggipfel schimmerten schneebedeckt. Der Blick ins Tal, in das wir hinabfuhren, war atemberaubend. Weit unter uns erhob sich eine imposante Burgruine, die ein zusammengewürfeltes Städtchen auf einer Anhöhe überragte. Der Weg dorthin führte über lange Talbrücken, durch eine ewig lange Galerie und über noch mehr Serpentinen. Ich fühlte, wie der Druck auf meine Ohren beim Abwärtsfahren stieg.

Noch mehr Tunnel, bis die ersten Palmen auftauchten. Blühende Rhododendren. Leo ließ das Fenster herunter, und man konnte Sommer riechen, obwohl der Regen nicht nachgelassen hatte.

Nach wenigen Minuten verbreiterte sich die Straße zu einer Autobahn, und Leo beschleunigte. „Und ich dachte, wir könnten offen fahren“, meckerte er, während es immerfort auf das Dach und die Windschutzscheibe prasselte, nur übertönt von „Start Me Up“ von den Stones, das aus der Stereoanlage dröhnte. In Bellinzona bogen wir auf eine schmale Landstraße ab, die sich am Rand des Tales hinschlängelte. Pastellfarbene Häuser, Palmen und Azaleen, Weinberge. Ein Schild wies nach rechts: „Valle Verzasca“. Die Straße dorthin war schmal und führte steil bergauf. „Da ist der Lago Maggiore.“ Vor uns in der Tiefe breitete sich der riesige See zwischen grünen Berghängen aus. Nach der nächsten Haarnadelkurve war er verschwunden, und vor uns erhob sich eine gewaltige Staumauer, auf die wir direkt zufuhren. „Da ist James Bond runtergesprungen“, sagte Leo und zeigte auf den Mauerrand. „Sie haben die Mauer für die Filmaufnahmen benutzt.“ Brrr. Nix für mich.

Weitere Tunnel, scharfe Kurven, kleine Dörfer, ganz aus Granitsteinen gebaut.

„Wir sind gleich da.“ Leo streckte die Hand nach mir aus und ich legte sie auf meinen Oberschenkel, als das Ortsschild „Lavertezzo“ vor uns auftauchte. Auf der Straße rann das Wasser in kleinen Rinnsalen hinunter, und der Scheibenwischer leistete Schwerstarbeit.

Ein Vorplatz vor einer Granit-Garage. Leo stellte den Mercedes direkt vor das Garagentor. Links von uns ging ein Licht an. Eine Frau in Jeans und grellroter Regenjacke kam mit einem Regenschirm auf uns zu. Sie bewegte sich energisch und gewandt, nicht wie eine schätzungsweise Siebzigjährige. Sie trug Gummistiefel, eine kluge Entscheidung. Hatte ich eigentlich welche eingepackt?

Leo stieg aus und umarmte sie. Sie küssten sich dreimal auf die Wange. Links, rechts, links. „*Leo, tesoro, presentami la tua fidanzata*!“ Ihre Stimme war tief, aber weich. Ich ging um das Auto herum, und Leo nahm meine Hand.

„Nonna, bitte sprich deutsch mit ihr. Italienisch muss sie erst lernen. Das ist Sabina Jung. Meine zukünftige Ehefrau. Sabina, das ist meine Großmutter, Cecilia Mazzoni.“ Sie hatte kurzes weißes Haar und dunkle Augen. Das Lächeln, mit dem sie mich begrüßte, erinnerte mich an Leo.

„Oh, Sabina. *Auguri*! Herzlich willkommen in Lavertezzo. Es wird Ihnen gefallen.“ Sie breitete die Arme aus und küsste mich genau so wie Leo. „Kommt herein. Ihr habt euch ja scheußliches Wetter ausgesucht.“ Damit wies sie uns den Weg zur Tür, aus der sie gekommen war. „Zum

Glück soll es morgen endlich besser werden, wir leiden hier schon seit einer Woche. Ich habe etwas für euch vorbereitet, damit ihr heute nicht mehr kochen müsst." Ein Schweizer Akzent, aber sehr gemäßigt. Sie führte uns in ihre gemütliche Küche, ganz aus Holz. In der Mitte stand ein Esstisch aus Eichenholz, auf dem sie zwei Gedecke aufgelegt hatte.

„*Nonna*, du hast Minestrone gemacht!" Leo schnupperte und hob den Deckel eines Kochtopfes, der auf dem Herd stand. Es duftete nach Speck und frischen Kräutern.

Signora Mazzoni nickte. „Nicht naschen, Leo!" Sie klopfte ihm auf die Finger, und er grinste. „Passen Sie auf, Sabina, dass er nicht immer alles aus dem Kochtopf löffelt!"

„Hey, ich habe Hunger!", protestierte Leo.

„Dann greift zu." Wir streuten frisch geriebenen Parmesan auf die Suppe und begannen, hungrig zu löffeln. Sie goss uns Rotwein ein. „Aus Giorgios Weinberg, hat er selbst gemacht." Das war Leos Cousin, Sohn ihrer ältesten Tochter.

Sie erkundigte sich nach Leos Eltern und seinen Schwestern und gratulierte mir höflich zu meinem bestandenen Examen. Beklommen fragte ich mich, ob sie etwas von meiner Inhaftierung und der Geschichte mit Heimke wusste. Leo hatte seiner Familie nicht viel darüber erzählt, doch ich war sicher, es würde irgendwann zur Sprache kommen. Was würde sie zu so einer Braut sagen?

„Ich bin sehr froh, dass Leo Sie hergebracht hat. Leo, sie ist wunderschön!" Sie lächelte, und ich wand mich verlegen. Leo lachte.

„Vielen Dank, Nonna."

VORFLITTERWOCHEN

„Ihr seht müde aus. Lasst uns morgen weiterreden. Hier ist der Schlüssel. Ihr müsst hinter dem Haus parken, da ist unser neuer Carport.“ Signora Mazzoni legte ein Schlüsselbund auf den Tisch, während Leo ein Gähnen unterdrückte.

„Vielen Dank, *Nonna*. Wir kommen morgen vorbei, wenn wir uns eingerichtet haben.“

Als wir ins Auto stiegen, winkte sie uns aus dem Eingang ihres Hauses zu. Wir fuhren ein winziges Sträßchen hinter ihrem Haus hoch, steil nach oben, bis wir nach wenigen hundert Metern an einem kleinen Häuschen ganz aus Granitsteinen ankamen. Vor den Fenstern rote Geranien, eine Tür aus dunklem, massiven Holz, genau wie die Fensterläden. Es erinnerte mich an die Häuser auf den Fotos in Leos Wohnzimmer. Wir betraten einen großzügigen Wohnraum mit einer Kochnische, an den sich ein Schlafzimmer und ein Bad anschlossen. Schwere Holzbalken stützten die Decke. Auf dem Fußboden waren Holzdielen verlegt, darüber einige bunte Teppiche. In einem offenen Kamin war bereits Brennholz aufgeschichtet. „Bei dem Wetter werden wir den wohl öfter brauchen“, seufzte er.

„Ich finde das sehr romantisch.“

Er lachte. „Darum sind wir ja auch hier. Notfalls schließen wir uns eben hier ein und bleiben die ganze Zeit im Bett.“

„Gute Idee. Da will ich jedenfalls jetzt sofort hin.“ Die Anspannung der letzten Tage und Wochen machte sich bemerkbar. Das Schlafzimmer war rustikal eingerichtet, mit bäuerlichen Möbeln aus hellem Holz. Ich war todmüde, und dankbar warf ich mich wenige Minuten später auf das einladend breite und gemütliche Bett, wo ich mit halbgeschlossenen Augen vor mich hin döste, während Leo noch in seinem Koffer kramte. Es duftete ein wenig nach Lavendel. Ich hörte nicht mehr, wie Leo zu mir ins Bett kam. Wachte erst auf, als er an meinem Ohr murmelte: „Schläfst du schon?“ Ich nickte mit geschlossenen Augen. Er legte eine Hand auf meine Hüfte. Ich konnte der Magie seiner Berührung kaum widerstehen, sie entfachte sofort eine innere Glut. „Willst du weiterschlafen?“ Seine Lippen umfassten mein Ohrläppchen und wanderten an meinem Haaransatz entlang. Ich atmete tief seinen Duft ein. Was für eine Frage. Ich räkelte mich zur Antwort ein bisschen und nickte.

„Danach“, murmelte ich. Mit diesem Gefühl zwischen meinen Beinen war es sowieso unmöglich, einzuschlafen. Er lachte leise.

„Entspann dich einfach. Für den Rest sorge ich schon.“ Und das tat er mit Hingabe.

Ich musste die Erfahrung machen, dass ein Aufenthalt im Tessin nicht zwingend mit Sonnenschein, blauem Himmel und Rosenduft verbunden war. Zwei Tage schüttete es ausdauernd. Die Stille des kleinen Dorfes existierte nicht. Stattdessen ständiges Rauschen unzähliger angeschwollener Bergbäche und tief unten im Tal des Flüsschens Verzasca, in das sich das viele Wasser um uns herum ergoss. Über uns grau in grau, zuweilen verschwand die Umgebung in einer dicken Wolke.

Nachdem wir uns häuslich eingerichtet hatten, verbrachten wir den ersten Tag hauptsächlich im Bett, wo wir ausgiebig unsere Verlobung feierten. Wir tranken Rotwein, erzählten uns gegenseitig unanständige Witze, bis wir vor Lachen keine Luft mehr bekamen, und schilderten uns Anekdoten aus unserer Kindheit. Leo hatte eine Gitarre mitgenommen und spielte mir auf mein inständiges Flehen „Nothing Else Matters" von Metallica vor. Wir berauschten uns an der bloßen Gegenwart des anderen, und noch nie hatte mir schlechtes Wetter (noch dazu im Urlaub) so wenig ausgemacht wie jetzt.

„Lass uns nach Varese fahren. Da kann man unter Arkaden bummeln und wir werden nicht nass", sagte Leo am nächsten Morgen beim Frühstück. Wir lümmelten in T-Shirt und Jogginghose am Tisch und aßen frische Panini mit Hausmacher-Eselssalami und Mortadella.

„Bummeln? Ich dachte, du hasst shoppen!"

„Das schon, aber ich brauche einen Anzug." Leo drückte auf einen Knopf an der chromglänzenden Espressomaschine, die daraufhin zischend und kreischend eine weitere Tasse Caffé Latte produzierte.

„Wofür das denn?"

Er wandte sich um und schüttelte den Kopf. „Mensch, Mädel. Denk nach. Was war noch gleich am 28. Juni?"

„Oh ... und ich dachte schon, du willst in Jeans heiraten." Ich grinste. Bisher hatte ich Leo noch nie im Anzug zu Gesicht bekommen und ich stellte mir vor, wie er darin wohl aussehen würde.

„Ich dachte mir, dass du es lieber in schick hättest. Wir können auch gleich ein Kleid für dich aussuchen."

„Der Bräutigam darf das doch vor der Trauung nicht sehen", gab ich zu bedenken, obwohl der Gedanke an Leo als Geschmacksberater verlockend klang.

Er lachte, und die goldenen Pünktchen in seinen grünen Augen funkelten vergnügt.

„Dieses Geheimnis kannst du dir doch immer noch für die kirchliche Trauung aufheben. Ich will mit dir jetzt unser Standesamts-Outfit aussuchen."

„Na gut. Aber vorher musst du dich rasieren. Du piekst."

„Mach du das. Ich habe Urlaub und bin zu faul."

„Hast du keine Angst, dass ich dich schneide?"

„Das wirst du nicht. Denn dann gibt es sowas von Ärger, meine Liebe." Mit einem Schmunzeln im Gesicht kam er um den Tisch herum, zog mich hoch und küsste mich.

„Okay, komm mit. Aber halt still!"

Er nahm auf dem Rand der Badewanne Platz, und ich verteilte Rasierschaum auf seinem Gesicht. „Mach lieber die Augen zu", riet ich. Er streckte seine Hände nach mir aus und ließ sie über meinen Rücken gleiten.

„Ganz bestimmt nicht. Ich will dich sehen." Und er verfolgte interessiert, wie ich vorsichtig eine Bahn nach der anderen durch den Schaum auf seinem Gesicht zog.

„Du musst aber deine Hände bei dir behalten", kicherte ich. „Sonst kann ich nicht arbeiten." Seine Finger waren inzwischen an meinem Po herabgeglitten. Gehorsam legte er die Hände auf die Oberschenkel. „Nicht sprechen, Leo. Sonst kann ich für nichts garantieren." Er hatte gerade den Mund geöffnet, um etwas zu sagen, doch er schloss ihn vorsichtshalber wieder. Stattdessen brummte er in gespieltem Missmut. Als ich fertig war, tupfte ich mit einem heißen, feuchten Waschlappen die Schaumreste weg und trocknete ihn sorgfältig ab. Er schloss jetzt doch die Augen und seufzte behaglich.

„Das hast du gut gemacht."

„Moment. Jetzt noch etwas Creme."

Er hob die Arme. „Auf keinen Fall. Nicht, dass du mir da was von eurem Frauenzeugs ins Gesicht schmierst!"

„Stillhalten. Du brauchst das." Ich tupfte etwas von meiner Gesichtscreme auf seine Wangen und Stirn und verteilte es sanft. „Jetzt sieh dich an." Er umfasste mich und zog mich zu sich heran, zwischen seine Beine. Dann vergrub er sein Gesicht an meiner Brust und atmete tief ein. Ein Prickeln wie von Champagner rieselte über meinen Körper.

„Wenn du so vor mir stehst, hab ich gar keine rechte Lust mehr, das Haus zu verlassen", murmelte er an meinem Busen und strich sacht über die Seiten meiner Brüste. Er ließ seine Finger weiter zu meinen Nippeln wandern, die sich schon wieder zusammenzogen und Starkstrom zwischen meine Beine leiteten. Ich fuhr ihm durch das Haar und lehnte mich an ihn.

„Lass uns trotzdem gehen", flüsterte ich. „Das andere läuft uns nicht weg." Er sah zu mir auf, mit diesem frivolen Lächeln, das ich so liebte.

„Kannst du etwa nicht mehr?" Seine Stimme war plötzlich heiser.

Ich warf den Kopf in den Nacken und lachte. „Mit dir kann ich immer. Aber ich möchte dich trotzdem einmal im Anzug sehen, du Hengst, du."

Er schob mein T-Shirt hoch und liebkoste mit dem Mund meine Brust. Ich schluckte, als seine Hand die Hitze zwischen meinen Beinen erfühlte und er einen leisen Pfiff ausstieß. „Tesoro, in diesem Zustand können wir nirgendwo hingehen", raunte er mir zu. „Du willst mich doch jetzt ..."

Oh ja, und wie sehr ich ihn wollte. So sehr, dass meine

Stimme versagte, während seine Finger die Glut in meinem Zentrum zu einem Flächenbrand anfachten. Ich schloss die Augen und atmete schwer. Er stand auf, presste seine Hüften an mich und ließ mich spüren, wie sehr er auch mich wollte. „Dreh dich um“, flüsterte er, und ich gehorchte. Stützte mich am Waschbecken ab, während er von hinten in mich eindrang, begleitet von einem tiefen und wollüstigen Keuchen. „Oh mein Gott. Du. Fühlst. Dich. So. Gut. An.“

Mit jedem Wort bohrte er sich tief in mich hinein, so heftig, dass ich alle Kraft aufwenden musste, um nicht mit dem Kopf gegen den Badezimmerspiegel zu stoßen. Schnell und schneller wurden seine Stöße, und das Badezimmer hallte wider von meinen spitzen Schreien, bis er erlöst zusammensackte. Er stützte sein Kinn auf mein Schulterblatt, immer noch schwer atmend. „Oh sorry, meine Süße, ich konnte mich nicht zurückhalten.“ Vorsichtig zog er sich aus mir zurück.

Ich wandte mich ihm zu, küsste ihn auf den Mund. „Ist schon okay“, murmelte ich.

„Nein, ich schulde dir was.“

Ich musste sein entschuldigendes Grinsen erwidern. „Schon gut, das heben wir uns für nachher auf. Es war schön.“ Erleichterung auf seinem Gesicht.

Ich machte einen Schritt zur Seite und deutete auf den Spiegel. „Jetzt schau, ob ich es richtig gemacht habe.“

Er hob fragend die Brauen. „Was?“

„Das Rasieren, Mensch.“

Er betrachtete kritisch seine Wangen und warf mir im Spiegel einen spitzbübischen Blick zu. „Da fehlt noch was.“ Er deutete auf seine rechte Wange.

Ich inspizierte die Stelle. „Gar nicht.“

„Doch. Los, gib mir einen Kuss.“

Kichernd kam ich seinem Wunsch nach.

Zwei Stunden später spazierten wir Hand in Hand durch Varese, Hauptstadt der gleichnamigen italienischen Provinz. Wir waren ein Stück am Lago Maggiore entlanggefahren, eine schmale Uferstraße mit vielen Tunneln, entlang an Seepromenaden, kleinen Hafenbecken und Orten, die so klangvolle Namen wie Maccagno und Colmegna trugen. Der See schimmerte abwechselnd grau und schwarz, so wie der Himmel über uns. Hinter Luino wand sich die Straße durch ein grünes Tal, bevor sie steil anstieg und wir eine kleine Passhöhe überwinden mussten.

Eine belebte Stadt mit Verkehrsstaus, wie sie Berlins würdig gewesen wären, und einer charmanten Altstadt mit Boutiquen, Restaurants und den schrillsten Läden für alles Mögliche. In der Fußgängerzone, die sich durch die Altstadt zog, konnten wir tatsächlich unter den Arkaden der alten Häuser bummeln, ohne nass zu werden. Eine Kaffeerösterei, deren Duft bis auf die Straße reichte, zog mich an. In großen Glasbehältern lose Kaffeebohnen, die der Verkäufer für jeden Kunden einzeln abfüllte. Wir genehmigten uns einen Espresso und nahmen eine Kilo-Tüte „Brasiliana" mit.

Dann eine Apotheke, bis unter die hohe Decke alles aus geschnitztem Holz, mit kleinen Schubladen, die man nur über eine Leiter erreichen konnte, und einem kunstvollen Fresko an der Decke. Ich bedauerte, keine Kopfschmerzen zu haben.

Geduldig blieb Leo neben mir stehen, wenn ich die Auslagen der schicken Boutiquen und Schuhgeschäfte studierte, doch keines wollte er mit mir betreten. „Das ist nicht das Richtige. Komm weiter, es muss um die Ecke sein", sagte er mehrmals.

Schließlich stoppte er vor einem schlichten Schaufenster, in dem nur ein einziges Kleid und ein einziger Herrenanzug ausgestellt waren. Beides sehr elegant. Ich versuchte, in den Laden dahinter zu blicken, aber dort war nicht viel zu sehen. Keine Kleiderständer, keine schicken Auslagen.

„Hier ist es.“ Leo drückte die Tür auf und zog mich hinein.

Drinnen gab es nur Schranktüren, mit beigefarbenem Leinen bezogen und Rahmen aus dunklem Holz. Kein Kleid, kein Anzug. Dafür kam eine attraktive Vierzigjährige mit dunklen kurzen Haaren auf uns zu, ein geschäftsmäßiges Lächeln auf dem Gesicht. Und das, obwohl Leo Jeans mit ausgefranstem Saum und eine abgetragene Lederjacke anhatte. Ich staunte nicht schlecht. Sie sprachen Italienisch, und ich verstand ausschließlich Bahnhof. „*Habito*“, „*Completo*“, diese Worte hörte ich mehrmals heraus. Aber sonst? Sie schien ihm eine Menge Fragen zu stellen, und nachdem sie seine Antworten (die ich nicht verstand) gehört hatte, nickte sie zustimmend.

Dann öffnete sie eine der Schranktüren, schob Kleiderbügel nach links und nach rechts, murmelte etwas vor sich hin, und reichte ihm zwei Anzüge, einen in dunkelblau und einen in Anthrazit. Sie schaute mich an, lächelte und sagte etwas, wobei sie mit dem Kopf auf ihn deutete.

Leo grinste. „Sie will wissen, ob ich die anprobieren darf.“ Ich nickte stumm. Er sagte etwas zu ihr, und sie öffnete eine Schublade in einem anderen Schrank, aus dem sie mehrere Hemden in weiß und gestreift zutage förderte. Wieder ein Blick und eine Frage in meine Richtung. Noch ein Nicken.

Während er mit den Sachen in einer Umkleidekabine mit eleganten Falttüren verschwand, ließ mich die Verkäuferin mit einer Geste auf einem cremefarbenen Sofa Platz nehmen.

Als er heraustrat, mit einem weißen Hemd und dem anthrazitfarbenen Einreiher angetan, blieb mir fast die Luft weg.

„Wow!“ , entfuhr es mir. „Du siehst Hammer aus!“ Er lächelte triumphierend, und die Verkäuferin klatschte sogar einmal in die Hände.

„Stupendo“, rief sie. *„Meraviglioso.“*

Er lachte. *„Ma no.“* Wieder verschwand er in der Kabine. Um dann mit dem dunkelblauen Anzug wieder herauszukommen. Wahnsinn.

„Ich bin echt platt“, hauchte ich. Hoffentlich würde keine meiner Kolleginnen ihn so sehen – ich hätte ewig unter ihrem Neid zu leiden. Wobei das Outfit nur die Dekoration abgab zu seinem anziehenden Lächeln, seinen wunderschönen grünen Augen und dieser männlichen Figur.

„Blau oder grau?“, fragte er.

„Blau.“ Ich musste nicht überlegen.

„Okay. Jetzt du. Ich zieh mich nur um.“

Aus der Kabine drang gedämpft das Gitarrenriff aus „Thunderstruck“ von AC/DC. Wo kam das jetzt her? Hatte er etwa sein Diensthandy dabei? *„Pronto* – ähhh König“, hörte ich ihn sagen. „Freddy. Du bist das?“ Überraschung in seiner Stimme. „Nein, ich bin im Urlaub. Tessin, ja. Du, ich stehe hier gerade in Unterzeugs in ´ner Umkleide. Kann ich dich später zurückrufen?“

So eine Gemeinheit. Jetzt riefen sie ihn schon im Urlaub an. Ich musste mich wohl daran gewöhnen, dass ein Polizist immer im Dienst ist.

Diensteifrig nahm ihm die Verkäuferin die Sachen ab. Dann wandte sie sich mir zu und stellte Fragen, die Leo übersetzen musste. Als sie hörte, dass wir heiraten wollten, gratulierte sie uns enthusiastisch.

„Sie sagt, wir wären ein schönes Paar“, sagte Leo und schmunzelte. Er gab der Verkäuferin ein paar Anweisungen, und weitere Schranktüren öffneten sich. Dahinter Kleider, nach Farben sortiert, in einer für diesen kleinen Laden überraschenden Auswahl. Sie hängte drei Teile an die Türen. Apfelgrün, blau mit weißem Muster und fliederfarben. Kein überflüssiger Schnickschnack, einfach und schlicht geschnitten. Leo deutete auf das Apfelgrüne. „Probier das zuerst."

„Bist du sicher?" Ich hatte noch nie etwas Grünes besessen. Er nickte und deutete stumm auf die Kabine. Na gut. Er sollte ja mein Geschmacksberater sein ...

„Das ist es", sagte er, als ich mich vor ihm und der Verkäuferin mit ausgestreckten Armen drehte. Leos Augen kullerten fast in mein Dekolleté. „Genial!" Ich fühlte mich erröten unter seinem Blick.

Aber es sah wirklich gut aus. Tief ausgeschnitten, mit ganz kurzen Ärmeln. Der Stoff glänzte leicht. Die Farbe stand mir überraschend gut – ich selbst wäre nie auf die Idee gekommen, so etwas überhaupt anzuprobieren.

Nur testweise zog ich auch die anderen beiden Kleider über, doch am Ende stand fest: apfelgrün. Als ich mich umzog, schaute ich kurz auf das Preisschild. Ein Schock. Ich musste mich auf die gepolsterte Bank setzen, die zuvorkommende Innenarchitekten in der Umkleide platziert hatten. Gedanklich nahm ich Abschied von Apfelgrün. Das überstieg mein Budget. Schade.

„Psst, Leo!" Ich steckte meinen Kopf durch die Falttür.

„Was denn?" Er kam zu mir.

„Leo, das – das ist viel zu teuer", flüsterte ich. Er legte einen Finger auf die Lippen und schüttelte den Kopf.

„Quatsch. Mach dir darum bitte keine Gedanken. Es ist ein Geschenk."

„Du kannst mir doch kein Kleid schenken!"

„Warum nicht? Ich kann meiner Verlobten schenken, was ich will. Andere Frauen würden das zu schätzen wissen", sagte er spöttisch.

„Aber Leo ..."

„Ich möchte es gerne. Ende der Diskussion", schnitt er mir das Wort ab und grinste. „Keine Angst. Ich kann mir das leisten. Willst du auch noch die beiden anderen Kleider? Die sahen auch super aus an dir."

„Leo! Nein!"

„Ist schon gut. Aber das grüne musst du mir erlauben. Ich will, dass du das anziehst."

Ich legte ihm die Arme um den Hals. „Danke, Leo. Ich – weißt du, ich habe meine Sachen bisher immer selber bezahlt."

„Das weiß ich durchaus zu würdigen, *Tesoro*. Aber in diesem Fall musst du eine Ausnahme machen. Für mich." Er hauchte mir einen Kuss auf die Wange und lächelte. Goldpünktchenfunkeln in seinen Augen. „Außerdem brauchst du ja auch noch Schuhe, eine Handtasche ... tob dich da aus."

Ich musste lachen. „Leo, du bist so lieb zu mir. Danke." Er winkte ab.

An der Kasse zuckte er mit keiner Wimper, als er die vierstellige Gesamtsumme hörte. Gelassen überreichte er der Verkäuferin seine Kreditkarte, als täte er das jeden Tag.

Als wir draußen waren, hakte ich mich bei ihm unter. „Aber dass du dir das nicht zur Gewohnheit werden lässt."

„Ich will mich nur an eins gewöhnen. Daran, dass du immer da bist." Er drückte meinen Arm.

Auf dem Rückweg war er ungewöhnlich wortkarg. Ich bemerkte es zuerst nicht, aber nachdem ich eine Weile geplappert hatte, wie glückliche Frauen das tun, stellte ich fest, dass er nur noch mit „Hmm" und „Ja" antwortete. Wenn überhaupt.

Du Quasselstrippe, kritisierte mein Stolz. *Halt endlich die Klappe*. Ausnahmsweise gehorchte ich. Doch nicht lange. Als wir die Staumauer passiert hatten, platzte ich heraus: „Du hast doch was."

Sein schneller Seitenblick bestätigte das, obwohl er den Kopf schüttelte.

„Es war der Anruf. Dein Diensthandy hat geklingelt."

„Er ist ein Freund. Es ist nichts Dienstliches, denke ich."

„Aber du denkst dir deinen Teil."

„Ja."

Mehr bekam ich aus ihm nicht heraus.

TESSIN

Ich erwachte davon, dass er sich im Bett herumwarf. Normalerweise bewegte er sich wenig, jedenfalls wurde ich nicht wach davon. Doch jetzt schmiss er sich von einer Seite auf die andere, und er stöhnte leise. Was war das für ein Anruf? Ich dachte an die Momente, in denen er wegsah, mich nicht an sich heranlassen wollte. Solche Augenblicke hatte es schon oft gegeben. Und jedesmal hatte ich mich gefragt, ob es etwas gab, das ihn belastete. Dass es etwas mit mir zu tun hatte, schloss ich aus. Er hatte mir nie das Gefühl gegeben, dass ich diese Zustände verursacht hätte. Also verschwieg er mir etwas.

Der nächste Morgen glänzte zum ersten Mal mit Sonnenschein. Durch unser Schlafzimmerfenster konnte ich den blauen Himmel über den Gipfeln sehen. Ich schlug die Bettdecke zurück und trat auf die Terrasse. Das Rauschen der Bäche hatte noch nicht nachgelassen, und die Straße weit unten schimmerte immer noch nass. Doch die Luft hatte sich erwärmt und duftete wie frisch gewaschen. Daran konnte man sich gewöhnen.

Ich hantierte an der Kaffeemaschine, als Leo in die Küche kam.

„Hey, du bist schon auf? Das kenne ich gar nicht“, sagte er schmunzelnd. Normalerweise war er es, der morgens als erster wach war.

„Guck doch mal, das Wetter! Endlich Sonne“, gab ich zurück. „Da muss man ja aufstehen.“

„Ich habe schlecht geschlafen heute. Sonst stünde hier schon das Frühstück auf dem Tisch.“

Ach Leo.

„Falls du es noch nicht gemerkt hast: Ich mache gerade Frühstück!“

„Schon gut, schon gut. Sollte kein Vorwurf sein.“ Leo lächelte entschuldigend. „Heute ist ein guter Tag, deine Wanderstiefel einzulaufen“, fügte er hinzu. Er hatte mich noch am Vortag unserer Abreise in den „Globetrotter“-Laden geschleppt, wo wir unter fachkundiger Beratung ein Paar weicher, lederner Wanderschuhe für mich erstanden hatten. Unter Protest meinerseits, aber Leo war hartnäckig geblieben.

„Aber nicht mehr als ein Spaziergang“, verlangte ich. Die Vorstellung, steile Berge hinaufzukraxeln, behagte mir nicht.

„Wir könnten nach Motta laufen, das ist nicht mehr als eine Stunde von hier. Da gibt es eine nette Osteria, wo wir einkehren könnten. Geht auch nicht bergauf.“

Ich drehte mich zu ihm um und musste lächeln, als ich ihn ansah. So hartnäckig, wie er auf seinen Wünschen bestand, so nachgiebig konnte er sein, wenn es um mich ging. In diesem Moment wäre ich ihm vielleicht sogar auf den Mount Everest gefolgt.

Gerade hatte ich meinen letzten Caffè Latte geleert, als aus seiner Hosentasche schon wieder Hardrock erklang. Na toll.

Leo erhob sich mit einem entschuldigenden Blick. „Das wird Freddy sein. Ja, König.“ Er stand auf und schlenderte Richtung Terrasse. „Hi Freddy, was ist los?“

Ich seufzte und räumte den Tisch ab. Wenigstens gab es hier einen Geschirrspüler. Ich hörte ihn draußen gelegentlich Laute wie „Hm“ ausstoßen. Ansonsten gab er sich wortkarg. Was konnte es Wichtiges geben, dass man ihn damit in unserem ersten gemeinsamen Urlaub belästigte? Ich polierte den Tisch und stellte die Maschine an. Beschäftigte meine Hände irgendwie. Die Sonne lockte, und ich zog die Wanderstiefel an. Sie dufteten nach neuem Leder und fühlten sich überraschend weich und leicht an meinen Füßen an.

Als ich damit auf die Terrasse trat, atmete ich tief ein. Die Luft hatte etwas Samtiges, weich und nach Gräsern und Kräutern duftend umschmeichelte sie meine Nase. Vielleicht war Wandern doch keine so schlechte Idee. Ich bekam eine Ahnung davon, warum Leo diese Gegend hier so liebte.

Ein Stich durchfuhr mich, als ich ihn sah. Er saß zusammengesunken auf der hölzernen Hollywoodschaukel, die Hände zwischen seinen Knien. Das Handy lag neben ihm. Sein Gesicht war aschfahl, und er starrte mit leerem Blick vor sich hin.

„Leo, um Gottes Willen! Was ist denn?“ Ich setzte mich neben ihn. Er schien meilenweit weg zu sein, als befände sich zwischen uns eine unsichtbare Mauer.

„Entschuldige.“ Er sprang auf, als könne er meine Nähe nicht ertragen, ging auf und ab, mit versteinertem Gesicht. Mein Herz zog sich bei diesem Anblick zusammen. *Warum sagt er nichts?* Er beachtete mich gar nicht. Das hier war anders als die kurzen Anfälle von Schwermut, die ich so oft bei ihm bemerkte. Mit jedem Schritt entfernte er sich weiter von mir, es war, als stieße er mich von sich weg.

„Leo, bitte ...“ Er winkte ab, mit einem Gesichtsausdruck, der mich zutiefst erschreckte.

„Ich muss einen Moment allein sein.“ Damit wandte er sich ab, stieg die Treppe herunter und wandte sich mit ausgreifenden Schritten auf dem kleinen Fahrweg bergwärts.

Wie gelähmt blieb ich auf der Schaukel sitzen und sah ihm nach, bis er hinter der ersten Kurve verschwunden war. Was hatte er am Telefon erfahren? Es konnte nichts Dienstliches sein, dazu war er zu lange dabei – und abgebrüht genug, um normale Kriminalfälle nicht an sich heranzulassen. Mir wurde bewusst, dass ich ihn lange nicht so gut kannte, wie ich geglaubt hatte. Ein Schatten schien über diesen hellen, freundlichen Tag zu fallen. Trotz der milden Luft fröstelte ich plötzlich.

Würde er das in Zukunft öfter tun? Mich rätseln lassen, welche Dämonen in seinem Kopf ihn beherrschten?

Mir fiel die eigenartige Reaktion seiner Familie ein, als wir ihnen vor einigen Tagen unsere Verlobung bekanntgegeben hatten. Es war ein warmer Tag gewesen, und sie hatten extra für uns den ersten Grillabend des Jahres veranstaltet.

„Wir wollen heiraten. Und zwar bald", war Leo mit der Tür ins Haus gefallen. Seine Mutter Francesca hatte sich daraufhin mit gerunzelter Stirn in ihrem Stuhl zurückgelehnt. Seine Schwestern Anna-Maria und Charlotte hingegen brachen in freudiges Kreischen aus und fielen abwechselnd Leo und mir um den Hals.

„Leo, endlich! Wir haben uns das so sehr gewünscht für dich, nachdem ...", rief Charlotte und fing sich dafür einen festen Tritt vors Schienbein von ihrer Schwester ein. Eine kurze, aber peinliche Stille entstand. Ihre Miene spiegelte eine Mischung aus Entsetzen und Verlegenheit.

Anna-Marias Augen schossen Blitze in Richtung ihrer Schwester, die merklich zusammenzuckte. Dann wandte sie sich mit einem Lächeln an mich und sagte: „Nachdem er so lange als einsamer Wolf durch die Gegend gezogen ist. Ich bin froh, dass er dich jetzt hat. Mamma, guck nicht so!" Ein weiterer tadelnder Blick in Richtung ihrer Mutter, die von einer Schwester zur anderen sah, als sei sie im falschen Film.

Leos Griff um meinen Unterarm verstärkte sich. Er hatte die Augenbrauen hochgezogen, und der Sarkasmus in seiner Stimme ließ mich frösteln, als er sagte: „Wie schön, dass ihr mit unserer Entscheidung einverstanden seid."

Leos Mama war aus ihrer Schockstarre erwacht und nahm seine Hand. „Ich möchte nur nicht, dass ihr das überstürzt. Es soll doch für immer sein. Kennt ihr euch denn gut genug?"

„Francesca, sie sind alt genug. Ich finde, das ist ein Grund zum Feiern, und ich wünsche euch alles Glück!" Damit erhob sich Leos Stiefvater André und schenkte uns allen Wein nach. „Und jetzt Prost!" Er grinste in Richtung seiner Frau, die ihr Glas erhoben hatte und uns darüber hinweg zögernd anlächelte.

„Gebt euch Mühe miteinander."

Ratlos drehte ich die Kaffeetasse in meinen Händen. Warum war seine Mutter so skeptisch gewesen? Was hatte Charlotte eigentlich sagen wollen?

Ich verwarf den Gedanken, ihm hinterher zu gehen. Da ich garantiert unschuldig an seinem Zustand war, würde er wiederkommen, wenn er sich beruhigt hatte. Hoffte ich wenigstens. Aber was dann? Unschlüssig fing auch ich an, auf der Terrasse auf und ab zu gehen. Ich hasste diese Warterei, diese Ungewissheit.

Die Sonne stieg langsam höher, und die Schatten der Umgebung verschwanden. Ein guter Tag für ein Sonnenbad, nicht zu heiß und mit einer leichten Brise. Ich holte die hölzerne Sonnenliege aus dem Abstellraum hinter der Küche und zerrte sie auf die kleine Wiese hinter dem Haus. Dort würde mich niemand sehen, und so zog ich mich aus und legte mich mit einem Seufzer auf die blau-weiß karierte Auflage, die ich mit einem der riesigen

Badetücher aus dem komfortablen Badezimmer bedeckt hatte.

Die Sonne durchwärmte mich angenehm. Ab und zu kam ein leichter Windhauch auf, der die Hitze auf meiner Haut sanft wegblies. Alles hätte jetzt so perfekt sein können. Ich schloss die Augen und ließ meine Gedanken schweifen. Das Gewicht in meiner Magengrube drückte, als ich an die Dinge dachte, die Leo erfahren haben konnte. Ein Todesfall? Krankheit? Keine Ahnung – nicht die geringste.

Ein Brennen auf meinem Hinterteil ließ mich aufschrecken. Scheiße. Ich hatte mich auf den Bauch gedreht und war in der Sonne eingeschlafen. Sie stand jetzt hoch am Himmel. Wie lange hatte ich hier gelegen? Dem Schmerz an meinem Hintern und an meinem Rücken nach zu urteilen, jedenfalls eindeutig zu lange. Benommen richtete ich mich auf und angelte nach meinen Klamotten, die neben mir im Gras lagen. Ich schüttelte einige Ameisen ab, bevor ich in meine Shorts stieg. Das T-Shirt scheuerte auf meinen wunden Schultern, und ich fluchte innerlich.

Ich betrat die Küche und warf einen Blick auf meine Armbanduhr, die ich hier hatte liegen lassen. 14:15 Uhr. Ich hatte drei Stunden in der Sonne gelegen, und Leo war immer noch nicht da.

In meine Sorge mischte sich langsam Ärger. Was sollte das? Er hatte mich dazu gebracht, ihm die unangenehmsten und peinlichsten Dinge in meinem Leben zu offenbaren. Und er wollte mich nicht an seinen eigenen Sorgen teilhaben lassen. Ich duschte lauwarm und kramte dann nach der kühlenden Salbe, die ich vorsichtshalber mitgebracht hatte. Mein Arsch sah aus wie der von einem Pavian. Das konnte ja heiter werden. Ich rieb die schmerzenden Stellen dick ein. Nur an den Rücken kam ich nicht heran. Wenn doch Leo jetzt da wäre ...

Gerade als ich mir eine weite Jogginghose und das weichste T-Shirt, das ich finden konnte, angezogen hatte, kam er durch die Tür. Verschwitzt, erhitzt und etwas abgekämpft. Sein ebenmäßiges Gesicht hatte wenigstens etwas Farbe angenommen, was an der grellen Sonne liegen mochte. Doch seine Miene war unverändert finster.

Wenn ich doch nur irgendwie das vertraute Lächeln in seine grünen Augen hätte zurückzaubern können.

„Leo, endlich! Was ist denn bloß?"

Sein flüchtiges Lächeln erreichte seine Augen nicht. „Bitte hab Geduld. Ich kann nicht ..." Damit verschwand er unter der Dusche. Für mich so weit weg wie der Mars.

Vielleicht half ja eine Tasse Cappuccino ... Mit meinem Becher setzte ich mich vorsichtig auf die Hollywoodschaukel. Jetzt, am frühen Nachmittag, lag sie unter dem Schatten des Vordaches. Mein Hintern signalisierte mir schmerzhaft die Überdosis UV-Strahlen. Unter mir die grauen Granitdächer von Lavertezzo. Mein Blick ging darüber hinweg, auf die grün schimmernden Berghänge und den kleinen Fluss am Grund des Tals, der immer noch so rauschte, als hätte gerade erst die Schneeschmelze eingesetzt.

Ich hatte mich auf unbeschwerte Vor-Flitterwochen gefreut, und nun das. Was sollte ich mit dieser wunderschönen Landschaft, solange Leo mich nicht an sich heran ließ? Ich umklammerte meine Tasse und fühlte, wie sich mein Blick verschleierte. *Jetzt nicht heulen*, mahnte mich mein Stolz. *Er hat es dir gefälligst zu erklären.*

Ich nahm einen großen Schluck von dem heißen, süßen Cappuccino und erwog flüchtig, ob ich nicht ein stärkeres Getränk brauchte, als er aus der Tür trat.

Ich bekam ihn nun täglich zu Gesicht, aber immer noch verursachte sein Anblick mir Herzklopfen. Obwohl er nur eine einfache Jeans trug, die über dem Knie abgeschnitten war. Und ein schlichtes T-Shirt, unter dem sich sein muskulöser Oberkörper abzeichnete. Seine Arme und Beine waren vom Rudern schon leicht gebräunt. Durch die Sonne hatte er viele Sommersprossen auf der Nase bekommen, was ihm normalerweise ein lausbubenhaftes Aussehen verlieh. Nur heute nicht. Mit der anderen Kaffeetasse in der Hand stand er eine Weile in der Tür und betrachtete die Landschaft, bevor er sich zu mir setzte. Sein Schweigen lastete auf uns.

„Jetzt sag, was los ist“, forderte ich. Er fuhr sich durchs Haar und kniff die Lippen zusammen.

„Es ist nichts. Nichts, was mit dir zu tun hat.“ Er versuchte zu lächeln, aber es gelang ihm nicht.

„Bitte, Leo.“ Er seufzte und blickte zu Boden. „Los, sag was.“

„Es ist - ein ‘spezieller Freund’.“ Er machte ein Anführungszeichen mit zwei Fingern in der Luft, und es klang bitter. „Er wird entlassen. Obwohl er niemals frei herumlaufen dürfte.“

„Und darum läufst du weg? Stundenlang?“

„Es ist ein besonderer Fall. Ich will dir nicht den Urlaub damit versauen.“

„Du bist gerade dabei. Also kann ich auch alles hören.“

„Nein.“ Er schüttelte den Kopf. „Nicht jetzt. Nicht hier.“

„Warum nicht?“

„Ich wiederhole mich ungern.“ Seine Miene verschloss sich, und ich seufzte.

„Du vertraust mir nicht“, stieß ich hervor. „Das ist unfair.“

Er stellte seine Tasse achtlos auf den Boden und griff nach meinen Oberarmen. „Bitte sag so etwas nie wieder. Du weißt, das das nicht stimmt.“ In seinen Augen glomm Ungeduld auf. Ich hielt diesem Blick stand, bis er resigniert mit den Achseln zuckte.

„Er hat drei Menschenleben auf dem Gewissen und wird bald frei rumlaufen. Das muss dir erst mal genügen."

„Dienstgeheimnis?"

„Wenn du so willst, ja."

Damit musste ich mich zufriedengeben. Ich verschränkte die Arme vor der Brust und wandte mich ab. Geräuschvoll hantierte ich in der Küche, um meinem Groll Luft zu machen. Wie konnte man nur so stur sein? Ich schnaufte und knallte die Teller, die ich aus dem Geschirrspüler geholt hatte, in den Schrank. Es klirrte und schepperte, als ich die Kochtöpfe mit einem Schubser an ihren Platz beförderte.

„Bekommst du immer ´nen Putzfimmel, wenn du wütend bist?" Leo stand plötzlich in der Tür, den Arm an den Türrahmen gestützt, und hob spöttisch die Augenbrauen.

„Ich bin nicht wütend. Ich bin einfach nur irgendwie ..." Enttäuscht, wollte ich noch sagen, aber da war er schon mit zwei Schritten bei mir, hatte mich umfasst und ehe ich es mich versah, waren seine Lippen auf meinen. Unnachgiebig verlangten sie, dass ich seinen Kuss erwiderte. Es gab keinen Grund, warum ich mich darauf einlassen sollte – und doch öffnete sich mein Mund wie von allein, hieß ihn willkommen. Wenigstens biss ich ihn in die Unterlippe, und er ließ ein raues Lachen hören.

„Hey, du Kratzbürste. Willst du es auf die harte Tour?", flüsterte er an meiner Wange und drängte mich mit seinem ganzen Körpergewicht gegen die Arbeitsplatte. Obwohl ich es nicht im Geringsten wollte, veränderte mein Puls sein Tempo. Er küsste mich nochmals, hart. Und schob mein T-Shirt hoch. Sein Gewicht presste mich an die Kante. Ich fühlte seine Erektion an meinem Bauch, und es ließ mich die Luft anhalten. „Arme hoch", kommandierte er und riss mir das T-Shirt über den Kopf. Seine Hände fuhren über meinen Rücken, und ich stöhnte.

„Aua, mein Sonnenbrand. Sei nicht so grob“, fuhr ich ihn an. „Sorry“, murmelte er. Der Druck seiner Finger ließ nach, und sanfter glitten sie an meinem Hosenbund entlang. Seine Lippen vergruben sich an meinem Halsansatz, während er meine Shorts aufknöpfte und sie mitsamt dem Slip einfach von den Hüften streifte. Ohne mich zu fragen, hob er mich hoch und setzte mich auf die Küchenarbeitsplatte. Drängelte seinen Körper zwischen meine Beine und legte sich meine Arme um den Hals. Mit einer schnellen Bewegung schob er sich die abgeschnittenen Jeans herunter, unter denen er nichts anhatte, und schleuderte sie mit einer Fußbewegung von sich. *Oh Scheiße, bin ich verrückt nach dir.* Ich erlaubte, dass er meinen Hintern mit beiden Händen umfasste und an sich heranzog. Sein Schwanz drängte sich an mich, und ohne jede Mühe schob er ihn in meine heiße, erregte Spalte. Ich warf den Kopf zurück und krallte mich an seine Schultern. Dieser erste Moment, wenn er in dir ist, bevor er sich bewegt, der lässt dich fast die Besinnung verlieren. Ich umklammerte seine Hüften mit meinen Beinen, und er stieß zu. Fest und schnell, mit jeder Bewegung sank mein Oberkörper weiter nach hinten, und ich japste, atemlos, besinnungslos. Er nahm eine Hand, legte sie auf meinen Hinterkopf, damit ich nicht an den Küchenoberschrank stieß, und legte an Tempo zu. Der Höhepunkt traf mich wie eine Explosion, ich hörte mich ächzen. Er kam fast im gleichen Moment, den Kopf im Nacken, die Zähne zusammengebissen, ein dunkler Laut entkam seinen Lippen.

Für einen Moment verharrten wir so, holten tief Luft und sahen uns in die Augen. Ein Lächeln stahl sich in sein Gesicht. „Komm her.“ Er zog mich an sich und küsste meinen Haaransatz. Vorsichtig hob er mich von der Arbeitsfläche herunter, seine Hände streichelten meinen Rücken, diesmal rücksichtsvollerweise ganz sanft. Ich seufzte, zum wiederholten Mal, und lehnte mich an ihn.

„Lass mich das ansehen.“ Damit drehte er mich herum und ließ seine Fingerknöchel an meinem Sonnenbrand herabgleiten. „O je, da hast du ja was angerichtet. Leg dich aufs Bett.“ Er nahm meine Hand und führte mich ins Schlafzimmer. „Wo ist die Salbe?“ Ich deutete auf den Nachttisch. Er tupfte ein paar kalte Cremestreifen auf meinen Rücken und verrieb sie zärtlich. Dann legte er sich neben mich, den Kopf auf eine Hand gestützt. Mit der anderen malte er Kreise auf meinen Rücken.

„Geh nie weg, ohne dich mit mir versöhnt zu haben“, sagte er ungewohnt ernst. „Versprich mir das.“

„Du meinst, ich darf nie türenknallend aus dem Haus rennen, wenn wir uns gefetzt haben?“ Ich musste lächeln.

„Genau das. Zerschmeiß von mir aus Geschirr. Aber renn´ nicht weg.“

„Wirst du mir denn Grund dazu geben?“

Seine Lachfältchen vertieften sich, das Grübchen auf seiner rechten Wange erschien. „Aber ja. Ich werde dich wütend machen, reizen, nerven ... und du wirst das gleiche mit mir machen. Nicht jetzt sofort, natürlich. Aber vielleicht in ein paar Jahren.“

„Oh Herr König, woher nehmen Sie diese unendliche Weisheit?“

„Erfahrung? Anschauungsunterricht bei gewissen Vorfahren?“ Sein Lächeln wurde breiter. „Sag mir jetzt nicht, dass deine Eltern sich nie streiten.“

Oh doch. Vor Jahren gab es ein neues Kaffeeservice deswegen. Diverse Wochenenden, an denen mein Bruder und ich uns lieber davonmachten, als dem Krach zuzuhören. Und andere, an denen wir das Haus hüteten, weil sie sich irgendwo in einer schicken Stadt versöhnten.

„Ok, ich glaube dir. Aber wieso darf ich mich nicht bei Mutti ausheulen?“

Sein ernster Gesichtsausdruck vertrieb mein Grinsen.

„Du weißt nie, ob man sich – wiedersieht." Dann strich er mit dem Handrücken über meine Wange. „Versprich es."

„Wenn es dir so viel bedeutet – ja. Ich verspreche." Ich küsste ihn zur Bestätigung. „Aber türenknallend in einem anderen Zimmer verschwinden – das darf ich, oder?"

Er gab mir einen Nasenstüber. „Wir werden viele neue Türen brauchen. In vierzig Jahren kommt da was zusammen." Wir lachten beide.

Das Wetter blieb freundlich, die nächsten Tage wurden wir durch die Sonne geweckt, die in das Schlafzimmerfenster schien. Wir wanderten nach Motta (was zum Glück wirklich kaum mehr als ein Spaziergang war), fuhren nach Locarno und Ascona, wo wir an der Seepromenade in einem eleganten Café Eis aßen. Mit Blick auf den diamantglitzernden Lago Maggiore. Leo bestand darauf, die Seilbahn nach Cardada zu nehmen, von wo aus wir den Gott sei Dank gemäßigt steilen Wanderweg auf die Cimetta erstiegen, den Hausberg oberhalb Locarnos.

Der Gipfel bot einen Wahnsinnsausblick über den gesamten Nordteil des Sees, der sich heute in schimmerndem Grünblau zwischen den Berghängen ausbreitete. Obwohl ich während des Aufstiegs einige Male geflucht und schließlich nur noch keuchend einen Fuß vor den anderen gesetzt hatte, hatte sich der Weg schon wegen dieser Aussicht gelohnt. Die wenigen Segelboote und das Tragflügelboot, das gerade in Locarno ablegte, wirkten von hier oben wie Spielzeuge. Neben und unter uns schwebten bunte Gleitschirme spiralförmig ins Tal. Immer wieder spuckte der Sessellift neue Menschen mit abenteuerlicher Ausrüstung aus, die auf den umliegenden Wiesen ihre Paraglider auspackten.

„Na, willst du auch mal?", fragte Leo und deutete auf

die Paraglider um uns herum.

„Auf keinen Fall. Soll ich dich zum Witwer machen, bevor wir geheiratet haben?"

Er lachte und legte seine Arme um mich. „Keine Angst, ich muss das nicht haben", raunte er mir zu. „Mit dir zusammen zu sein, ist schon aufregend genug, mal ganz abgesehen von meinem Beruf." Ich legte meine Wange an seine sonnenwarme Brust, hörte seinen Herzschlag und atmete seinen Duft ein. Er drückte mich an sich. Dann breitete er seine Arme mit einer theatralischen Geste aus und deklamierte: „Frau Königin, ich lege Ihnen hier mein Königreich zu Füßen. Machen Sie Gebrauch davon, Herrscherin meines Herzens."

Ich knickste. „Majestät, ich bin Ihnen zu Dank verpflichtet. Ohne Sie hätte ich das hier wahrscheinlich nie gesehen."

„Werdet Ihr meinen Namen annehmen, Frau Königin?" Seine Augen glitzerten.

„Ja."

„Kein König-Jung oder Jung-König?" Jetzt grinste er.

„Ganz sicher nicht, Majestät. Wie klingt denn das?"

„Schön. Ist auch besser für die Kinder."

„Kinder?"

Er legte den Kopf schief. „Ja, Kinder. Unsere Kinder. Oder -", jetzt trat ein besorgter Ausdruck in sein Gesicht, „ - willst du etwa keine?"

Uff. Darüber hatten wir bisher noch nicht gesprochen.

„Doch, natürlich." Ich legte die Hand auf seinen Arm. „Ich – ich brauche aber noch etwas Zeit, um mich darauf seelisch vorzubereiten."

„Hey Sabina, lass mich nicht zu lange warten. Ich möchte nicht, dass die Kinder im Kindergarten mich als ‚Opa' titulieren, wenn ich unseren Nachwuchs da abhole."

Ich lächelte. „Lieber Leo, wenn es dich denn beruhigt: Ich mache mich ab sofort mit dem Gedanken vertraut."

Ein kleiner Junge, kam mir in den Sinn. *Mit deinem Lächeln.* Mein Herz schlug etwas schneller.

Den vorletzten Abend verbrachten wir zusammen mit seinem Cousin Giorgio, dessen Frau Olivia und seiner Cousine Laura auf der Terrasse seiner Großmutter. Sie bewirtete uns üppig mit Risotto, Gegrilltem und allerlei Leckerchen.

Giorgio war älter als Leo, ein schöner Mann mit dunklen, an den Schläfen schon etwas ergrauten Locken und schwarzen Augen. Er war eine stattliche Erscheinung. Trotz seines leichten Bauchansatzes konnte man dahinter immer noch das Sixpack ahnen. Sein Gemüt war heiter, gutgelaunt stieß er Leo in die Rippen, als er mich ihm vorstellte, und lobte ihn für seinen guten Geschmack. Seine Frau war eine zierliche Brünette mit sanften braunen Augen und blonden Strähnchen im Haar. Sie hatte meine Hände gedrückt und zur Begrüßung gesagt: „Ich freue mich so, dass Leo dich gefunden hat." Sie hatten ihren Sohn dabei, einen lebhaften Fünfjährigen, Alessandro. Der strahlte auf, als er Leo erblickte, und kletterte sofort auf seinen Schoß, wo er weder mit Versprechungen noch guten Worten wieder wegzubringen war. Er erzählte ihm lange Opern auf Italienisch, und Leo hörte ihm nicht nur geduldig zu, sondern kitzelte ihn, riss Witzchen, die ich nicht verstand, und stellte ihm ernsthafte Fragen, die der Kleine mit Eifer beantwortete.

Laura, seine Cousine, war als Letzte erschienen. Sie umhalste ihre Verwandten und verabreichte ihnen die üblichen Schweizer Begrüßungsküsse links-rechts-links, bevor Leo sie mir vorstellte. Sie war ungefähr in meinem Alter, schwarzhaarig und mit hellgrauen Augen unter langen Wimpern. Gleich zog sie mich in ihre Arme, um mich ebenfalls zu küssen. „Du wirst also meine neue Cousine. Zeigst du mir Berlin? Ich werde dort hingehen, in wenigen Wochen."

Laura war Ärztin, arbeitete im Krankenhaus von Bellinzona, und sie hatte eine befristete Stelle an der Charité für ein Forschungsvorhaben angenommen. Ich versprach, mit ihr durch Clubs zu ziehen, mit ihr auf den Fernsehturm zu fahren (wo ich selbst noch nie gewesen war) und mit Hilfe meiner Mutter alle Museen unsicher zu machen, die sie zu sehen wünschte.

„Dann brauche ich nur noch ein Quartier", bemerkte sie beim Dessert. Nonna Cecilia hatte eine Zuppa Inglese zubereitet, eine Art Milchpudding mit Löffelbiskuits, die mit knallroten Likör getränkt waren, der sich zusätzlich in zierlichen Bahnen über die weiße Creme ergoss.

Leo und ich wechselten einen Blick. „Laura, wie wäre es: Du könntest in meiner Wohnung wohnen. Der Vermieter ist ein Bekannter meines Vaters, und ich – ich wohne ja dann bei Leo."

„Das wäre fantastisch", strahlte Laura.

Wir wurden uns schnell einig. Ich würde nicht allzu viele Möbel zu Leo mitnehmen und die Wohnung zuerst untervermieten, bis Laura einen eigenen Mietvertrag bekam. Sie klatschte in die Hände. „Und ich dachte, ich muss im Arbeitnehmerwohnheim schlafen. Das ist wirklich lieb von dir, Sabina."

Wir saßen lange zusammen, es war der erste Abend, an dem es warm genug war, um ihn auf der Terrasse zu verbringen. Alessandro war unterdessen in Leos Arm eingeschlafen, und Olivia trug ihn lächelnd ins Haus, wo sie ihn auf die Couch legte. Er murmelte etwas Schlaftrunkenes, wurde aber nicht wach. Das schmale Tal lag inzwischen vollkommen im Schatten, die Verzasca sprudelte und rauschte unter uns.

„Du hast ein Händchen für ihn", sagte Olivia zu Leo, als sie zurückkam. „Er will übrigens auch Polizist werden." Leo schmunzelte.

„Das soll er sich lieber noch mal überlegen. Hier bei

euch ist ja nichts los. Da muss er dann womöglich den ganzen Tag am Schreibtisch hocken."

„Dann hätte er wenigstens genug Zeit für unseren Weinberg." Giorgio griff noch einmal nach der Dessert-Schüssel, begleitet von kritischen Blicken seiner besseren Hälfte. Er hatte ein kleines Bauunternehmen, das mit winzigen Baggerchen und Kränchen die engen und gewundenen Straßen des Tessins instand hielt. Ich hatte solche Mini-Geräte auf der Strecke in Aktion gesehen und bewundert. Sie sahen wie Spielzeuge aus. Doch seine große Leidenschaft galt dem Wein. Bio-Wein, genauer gesagt. Begeistert erzählte er uns von seinen Rebsorten, den teuren Barrique-Fässern aus Eichenholz, in denen er einen kleinen Teil des Weins reifen ließ, und seinen Fortbildungen als Bio-Weinbauer.

Nonna Cecilia blickte zufrieden über ihre Enkelschar. Sie musste älter sein, als ich geschätzt hatte, immerhin gingen ihre Enkel stramm auf die Vierzig zu (was Leo aber nicht hören wollte).

„Giorgio, gib ihnen zwei Kisten mit. Er hat ihnen sehr gut geschmeckt. Vor allem der Merlot."

Giorgio ließ sich nicht lange bitten. Vor unserer Abreise würden wir morgen bei ihm zwei Kisten Merlot, gereift im Barrique-Fass, abholen können.

Die Luft war immer noch mild, als wir aufbrachen. Zum Abschied umarmte Laura mich fest und dankte mir noch einmal. „Ich freue mich schon so auf euch und auf Berlin. Das wird toll!"

„Du hast echt liebe Verwandte", sagte ich zu Leo, als wir langsam die steile Straße zu unserem Rustico heraufstapften.

Er lachte leise. „Warte, bis du meine Tanten kennenlernst ..."

ZUKUNFTSPLÄNE

Ich erwachte und wusste nicht, wo ich war. In Gedanken lag ich immer noch in dem hölzernen Bett in Lavertezzo und wartete auf die Sonnenstrahlen, die gleich durch die Vorhänge dringen würden. Erst als ich die Augen aufschlug, stellte ich fest, dass ich in Leos Bett lag. Ach ja. Wir waren ja wieder zu Hause. Die Woche war viel zu schnell vergangen.

Meine nächste Feststellung: ich lag allein hier. OK, das war fast normal. Denn Leo war früher wach als ich. Ich musste fast nie Kaffee kochen, Frühstück machen oder Brötchen holen. Doch heute roch es nicht nach frischem Kaffee, keine Musik war aus der Küche zu hören. Ganz zu schweigen von Leo, der sonst geräuschvoll im Bad hantierte, meistens ein Lied auf den Lippen, das er mit tönender Bariton-Stimme zum Besten gab. Die Stille alarmierte mich. Ich setzte mich auf. Immer noch nichts zu hören.

Barfuß tappte ich durch die Wohnung, keine Spur von ihm. Auf dem Herd in der Küche dann ein Zettel: „Ich musste schnell weg. Komme wohl auch spät. 1000 Kisses, Leo“.

Pff. Polizisten-Gattinen-Alltag?

Wenigstens konnte ich heute mein Examens-Zeugnis abholen. Nach einem einsamen, aber üppigen Frühstück (in Erinnerung an unseren Urlaub) machte ich mich auf den Weg ins Justizprüfungsamt.

Das Büro war außergewöhnlich aufgeräumt. Nur eine Papphülle lag da, und die händigte die dickliche Sekretärin mir gleich aus. „Meinen Glückwunsch noch mal." Ja danke. Ich lächelte flüchtig, konnte es kaum erwarten, mein Ergebnis schwarz auf weiß zu sehen. Noch im Gang schlug ich die Hülle auf, nahm das Stück Papier heraus, das mir bescheinigte, nun eine echte Volljuristin mit „Befähigung zum Richteramt" zu sein. Vollbefriedigend. Damit stand mir alles offen. Ich könnte bei Freshfields und Partner anheuern, wenn mir nach 12-Stunden-Tagen und Wochenendarbeit wäre.

Ich war eine erfolgreiche Person. Das stand da geschrieben. Mit diesem Gefühl suchte ich die Rechtsanwaltskammer auf. Dort holte ich die Unterlagen für meine Zulassung als Rechtsanwältin ab, die ich gleich zu Hause ausfüllte. Ein langer Fragebogen.

„Wird gegen Sie ein Ermittlungsverfahren geführt?"

Ich stutzte bei dieser Frage. Wurde gegen mich immer noch ein Verfahren geführt? Ich war aus der Untersuchungshaft entlassen, der Haftbefehl wurde aufgehoben. Das ja. Aber – gab es noch das offene Verfahren? Oder hatten sie endlich den richtigen Täter im Visier – den- oder diejenige, die Heimke das angetan hatte?

„Anwaltsbüro Dr. Krawczyk, Anja Schulte am Apparat?"

Das war die Blondine mit den langen Wimpern aus dem Vorzimmer meines Verteidigers und zukünftigen Chefs. Sie stellte mich ohne Zögern durch.

„Sabina! Seit wann sind Sie zurück? Wie geht es Ihnen?" Dr. Pawel Krawczyks Stimme klang rauchig. Ich mochte sie, sie war vertrauenerweckend und gab mir das Gefühl, gut aufgehoben zu sein.

„Bis eben noch gut. Aber jetzt ..." Ich schilderte ihm die Frage aus dem Fragebogen.

Er hatte noch keine Einstellungsnachricht. Obwohl er die Einstellung beantragt hatte.

„Ich nehme noch einmal Akteneinsicht", sagte er. „Die in Betracht kommenden Personen hatten alle ein Alibi." Na super. Ich war wohl die Einzige, die keins hatte.

„Ich – ich kann keine Rechtsanwältin werden, solange ich unter Mordverdacht stehe – oder?" Meine Stimme wackelte.

Kurze Pause am anderen Ende. Räuspern. „Das nicht, aber ..." Pawel setzte mir auseinander, dass er mich auch ohne Anwaltsstatus gebrauchen könne. Ich könnte mich einarbeiten und gemeinsam mit ihm Mandantengespräche führen, für ihn Schriftsätze formulieren und ein paar kleinere Ermittlungen anstellen.

„Kommen Sie am Mittwochnachmittag. Da habe ich die Akten hier. Wir können uns noch einmal die neuesten Ergebnisse ansehen. Und Sie können Ihren zukünftigen Arbeitsplatz in Augenschein nehmen. Ich freue mich darauf."

Als ich aufgelegt hatte, sank ich erst einmal in Leos Riesensofa aus Büffelleder.

Konnte es wirklich sein, dass man die Person, die Heimke direkt vor meiner Haustür erstochen hatte, immer noch nicht ermittelt hatte? Mein Obermieter, Dr. Dr. Jahnke, hatte sie doch genau gesehen. Und sogar eine Personenbeschreibung abgegeben. Mit dieser Aussage hatte er mich aus der Untersuchungshaft befreit.

Alle hatten auf eine Beziehungstat getippt, etwas anderes schien unmöglich zu sein. Ich beschloss, Leo danach zu fragen, schließlich führten seine beiden

Kollegen aus derselben Mordkommission die Ermittlungen.

Doch es erwies sich als schwierig, mit Leo ins Gespräch zu kommen.

Er kam außergewöhnlich spät und ging morgens in aller Herrgottsfrühe, meist schlief ich noch. Ich fand auch in den nächsten Tagen kleine Zettel mit seiner Botschaft, er habe schnell aus dem Haus gemusst und/oder er käme später. Wenn wir mittags telefonierten, wirkte er abgelenkt. Abends schlief er vor dem Fernseher ein, ich hatte Mühe, ihn zu wecken, damit er ins Bett kam. Auf meine Fragen, wie es ihm ging und wie sein Tag gewesen war, gab er immer höfliche, aber kurze Antworten. Sein Lächeln, das er mir trotzdem schenkte, wirkte gezwungen, obwohl ich immer wieder seine Augen aufleuchten sah, wenn er mich traf.

„Sie sehen gut erholt aus", begrüßte mich Pawel, als ich zu unserer Verabredung in seiner Kanzlei erschien. Ein wohlbekanntes Funkeln seiner blauen Augen ließ mich schmunzeln. Er flirtete immer noch gern mit mir, auch wenn Leo das auf keinen Fall sehen durfte.

„Besten Dank, Pawel. Ich hatte auch einen schönen Urlaub." Dabei musste ich das Gesicht verzogen haben, denn er hob die Augenbrauen und setzte einen fragenden Blick auf.

„Klingt aber nicht danach. Sie schauen, als hätten Sie in eine Zitrone gebissen."

Ich zuckte die Achseln. „Nein, nein, der Urlaub war wirklich schön", wiegelte ich ab. „Aber ..."

„Jetzt kommen Sie einmal her und setzen sich hier in den Sessel. Anja, bringen Sie uns bitte etwas zu trinken!" Er dirigierte mich in sein kleines Konferenzzimmer, in dem sich eine elegante Sitzgruppe aus Leder befand. Dann drängte er mir eine Tasse Kaffee auf, die die blonde Anja gerade hereinbrachte.

„Was ist los?“

„Ich mache mir Sorgen. Um meine Anwaltszulassung. Und auch – auch um Leo.“ Verdammt, das wollte ich überhaupt nicht mit ihm besprechen. Leo hasste Pawel. Doch mit wem sollte ich über diese Sache reden – eine Sache, die mit seiner Arbeit zusammenhing? Über die demnach Pawel als Anwalt und mein Verteidiger besser Bescheid wissen musste als alle anderen Menschen?

„Bitte machen Sie sich doch wegen der Anwaltssache keine Sorgen.“ Pawel hatte seinen Kaffee mit einem Schuss Grappa abgerundet und schüttelte sich, als er ihn trank. Ich dachte an jenen Nachmittag, als ich aus der Haft entlassen worden war. In dem kleinen italienischen Restaurant, in dem wir danach waren, hatte er dasselbe gemacht.

„Das Verfahren gegen Sie müsste schon längst eingestellt sein. Ich habe telefonisch nachgefragt. Die Staatsanwältin hat bestätigt, dass ihre Einstellungsanordnung bereits geschrieben wird. Hier“, er nahm die dicke und mir wohlbekannte Akte vom Konferenztisch. Sie war inzwischen auf doppelte Größe angeschwollen. Mit einem verschmitzten Blinzeln in den Augen holte er daraus eine zweite Akte hervor. „Sie haben vergessen, die Beiakte rauszunehmen“, sagte er grinsend. „Das ist das neue Verfahren, das sie wegen des Mordes gegen Unbekannt angelegt haben, und ich habe mir erlaubt, mal ein wenig darin zu schmökern.“

Das war typisch Pawel. „Schauen sie gleich mal selbst rein, aber verraten Sie es niemandem. Sagen Sie mir erst mal, was Sie sonst noch so auf dem Herzen haben.“

„Es ist, Leo ... also er arbeitet doppelt so viel wie sonst.

Kommt nur noch zum Schlafen nach Hause. Ist das normal?“

„Aber gestritten haben Sie nicht?“ Pawel brachte die Dinge leider immer gleich auf den Punkt.

„Nein. Wirklich nicht.“ Ich erforschte mein Gewissen nach Sachen, die ich gesagt, Dingen, die ich getan haben könnte, aber mir fiel kein Vergehen ein, das Leo zu diesem Verhalten hätte veranlassen können. Ich nippte am Kaffee und verbrannte mir fast die Lippe daran.

„Also, wenn es das nicht ist, dann hat er ein besonderes Projekt. Die Beamten, die ich kenne, machen alle irgendwann so eine Phase durch. Es ist meistens etwas, wo sie sich persönlich herausgefordert fühlen.“

Ja, so weit war ich auch schon. Aber was? Pawel zuckte die Achseln. „Da kann ich Ihnen leider auch nicht weiterhelfen. Wie wäre es, wenn Sie ihn einfach mal auf seiner Dienststelle besuchen?“

„Und wenn er nicht da ist?“

Er setzte ein verschwörerisches Schmunzeln auf. „Um so besser. Dann fragen Sie seine Kollegen aus.“

„Pawel! Das kann ich doch nicht machen.“

„Warum nicht? Als angehende Anwältin müssen Sie lernen, Menschen dezent Informationen zu entlocken. Ist doch eine gute Übung. Und Ihren Leo sehen Sie dann vielleicht auch öfter.“

„Wie lange dauern solche Phasen üblicherweise?“

Er legte den Kopf zur Seite und die Fingerspitzen aneinander. „Das ist sehr unterschiedlich. Kommt auf die Ermittlungserfolge an, würde ich sagen.“

Na toll. Was, wenn der Erfolg auf sich warten ließ? Ich lehnte mich zurück in den nach Leder duftenden Sessel.

„Hier“, er reichte mir unerlaubterweise die Akte. „Ab Seite 150 ist es neu. Das andere können Sie überblättern.“

Geduldig beobachtete er mich, während ich die Seiten 150 bis 290 überflog. Eine Liste mit Kontakten von

Heimke, säuberlich mit Adressen und Telefonnummern. Hinter jedem Eintrag eine Bemerkung „Alibi, überprüft". Ein ausführlicher 50-seitiger Bericht, verfasst von Leos Bürogenossin Dana Kanther. Und ein Bericht über die Einsicht in die Lichtbilderkartei, die bei meinem Nachbarn Dr. Dr. Jahnke durchgeführt wurde. Er hatte keine Person wiedererkannt. Was nicht verwunderte. Denn dort waren nur Abbildungen von Personen, die bereits polizeilich erfasst waren.

Ich las nur die Zusammenfassung von Dana Kanthers Bericht genauer. Drei Verdächtige, alle drei hatten ein Alibi, durch Zeugen bestätigt. Und: Alle drei waren bereits wegen Drogendelikten aufgefallen. „Nichts Schlimmes, nur Marihuana und ein bisschen Koks", bemerkte Pawel zynisch.

„Wieso machen sie dann von denen keine Bilder?", fragte ich eingedenk der ergebnislosen Lichtbilderbesichtigung durch meinen Obermieter.

„Hat man bei denen offenbar für unnötig gehalten. Kleine Fische, wissen Sie?" Er lehnte sich vor. „Kennen Sie einen der Namen?" Ich las noch einmal darüber und hob den Kopf.

„Ich kenne eine Sonia und eine – warten Sie – ja: Marie. Die kommen hier vor. Aber ist ja auch unwichtig, ich war ja nicht dabei, als es geschah."

„Keineswegs ist das unwichtig. Können Sie etwas zu diesen Frauen sagen?"

Ich stützte meinen Kopf in die Hände und fühlte, wie sich meine Stirn in unvorteilhafte Kräusel legte. „Ich habe das doch damals im Gefängnis aufgeschrieben – gibt es die Aufzeichnungen noch?" Pawel nickte.

„Blatt 89 bis 96." Ich blätterte zurück zu meinem ‚Geständnis' einer Beziehung mit Heimke, die es nie richtig gegeben hatte. Pawel hatte damals meine Handschrift bemängelt, und ich musste ihm Recht geben: Es war schwierig, alles zu entziffern. Au weia. Noch peinlicher war allerdings der Inhalt. Ich war froh, dass alle, die diese Akte lesen durften, einen Diensteid geschworen hatten, der sie zur Verschwiegenheit verpflichtete.

Doch Namen hatte ich dort nicht erwähnt. Wie die anderen Mädels hießen, mit denen wir an diesem einen Abend im Februar unterwegs gewesen waren, wusste ich nicht mehr. An ihr Aussehen konnte ich mich kaum erinnern.

Ich seufzte und schüttelte den Kopf. „Keine Ahnung, wer jetzt wer war oder was gemacht hat."

„Schon gut. Sie werden Bilder der drei Personen beschaffen. Dann wird man auch Sie fragen, ob Sie eine davon wiedererkennen."

Was soll das nützen, fragte ich mich. Laut sagte ich: „Ich weiß doch nicht, ob eine von ihnen es getan hat. Ich habe doch nichts gesehen."

„Sie werden einen Anhaltspunkt liefern. Seien Sie sicher." Pawel nahm einen weiteren Schluck aus seiner grappaverseuchten Kaffeetasse. „Und wenn es nur ist, dass Sie die Person wiedererkennen, die damals im Park gestanden hat, als Sie joggen waren. Vielleicht ist es ja dieselbe, die auch Ihr Nachbar gesehen hat."

Ich erinnerte mich an den Nachmittag, als ich Heimke das erste Mal vor meinem Haus hatte stehen sehen. Richtig, da war jemand im Gebüsch gewesen, eine Person, der ich damals keinerlei Aufmerksamkeit geschenkt hatte.

„Gibt es nicht noch irgend etwas anderes?", fragte ich.

„Nun ja. Es gibt da diese Kippe vom Tatort. ‚American Spirit'. Kennen Sie jemanden, der das raucht?" Ich verneinte. „Sie haben daran DNA-Spuren gesichert. Aber Sie wissen ja sicher – ohne Vergleichsspuren hilft das erst einmal nicht."

Mir fielen gleich ein Dutzend DNA-Massengentests ein, die in den letzten Jahren zur Ermittlung unbekannter

Täter durchgeführt wurden. Mindestens einer von ihnen hatte zum Erfolg geführt, 20 Jahre nach der Tat. Doch wen hätten sie in unserem Fall testen sollen? Alle Freundinnen, Flirts und One-Night-Stands von Heimke?

„Was soll ich denn nun tun?" Ich spielte mit einem Papierfetzen, der zwischen den Blättern der Akte lag. Rollte ihn zwischen meinen Fingern zusammen, faltete ihn wieder auseinander und zerkleinerte ihn schließlich.

„Sie tun erst mal gar nichts. Wenn die Bilder der verdächtigen Personen von der Personalausweisstelle da sind, sehen wir weiter."

„Und in Sachen Leo?"

Pawel schmunzelte. „Gehen Sie mit ihm Mittag essen. Das müsste doch drin sein. Noch haben Sie Zeit, ich beanspruche Ihre Arbeitskraft erst am nächsten Ersten."

„Da bin ich aber noch ledig." Ich musste grinsen. „Sie wissen doch, ich darf erst als verheiratete Frau bei Ihnen anfangen."

„Das hatte ich fast vergessen." Er lachte. „Dann ist das eben Ihre Probezeit. So eng wird er es schon nicht sehen."

~

„*Geh mit mir Mittagessen.*" Die SMS war kurz. Zugegeben. Aber er antwortete sofort.

„*Komm zu mir. Thailändisch?*"

„*Wann?*"

„*Um 12:30. Zimmer kennst du.*"

Ich musste lächeln. Sonst war er ausführlicher.

Das Gründerzeitgebäude schien gerade frisch gereinigt worden zu sein. Die Fenster spiegelten den blauen Himmel, ein für düstere Behörden ungewöhnlicher Anblick. Ich betrat den Flur, den ich zuletzt als Verhaftete verlassen hatte, und in meiner Brust verengte sich etwas. Es roch nach Bohnerwachs und Staub. Auf einer der Bänke, die in den Gängen aufgestellt waren, saß ein Mädchen, kaum älter als zwanzig, und schluchzte bitterlich. Sie hatte unnatürlich blonde Haare, es ließ mich an eine Perücke denken. Die mageren Schultern zuckten. Sie trug ein ärmelloses Paillettenshirt, unter dem kurzen schwarzen Rock ragten knochige Beine hervor. Merkwürdig große Füße steckten in Plateaupumps. Die Hände vor ihrem Gesicht hatten etwas Männliches, obwohl sie von zahlreichen Ringen geschmückt waren. Doch sie hatte lange, lackierte Fingernägel. Auf dem linken Oberarm eine Tätowierung: Eine Malvenblüte in Pink, verziert von kunstvoll verschlungenen grünen Blättern. Ich stoppte, fragte, ob ich ihr helfen könne.

Sie blickte kurz auf, und ich konnte unter ihrer verschmierten Wimperntusche zwei ausgewachsene Veilchen in ihrem merkwürdig verschwollenen Gesicht entdecken. Geronnenes Blut auf ihrer Oberlippe, die mit einem abscheulich schrillen Lippenstift beschmiert war.

„Bin ich endlich dran?“ Als ich ihre brüchige Stimme hörte, ging mir ein Seifensieder auf: Sie war ein Mann! Ein sehr junger Mann, der sich als Frau verkleidete.

„Tut mir leid, aber ich bin auch nur zu Besuch hier. Sollen Sie eine Aussage machen?“

Er nickte, verbarg sein Gesicht wieder hinter seinen Händen. Bevor er etwas erwidern konnte, öffnete sich eine Tür, und eine stämmige Frau mit kurzen blonden Haaren trat auf ihn zu. Unerwartet sanft sagte sie: „Kommen Sie bitte herein.“ Sie/er erhob sich zögernd, und mit gesenktem Kopf begleitete er die Beamtin in ihr Dienstzimmer. Ich warf einen Blick auf das Namensschild an der Tür, doch dort stand nur „Vernehmungszimmer“.

Eine Etage höher klopfte ich an Leos Tür und trat ein. Er saß an seinem Schreibtisch, auf dem sich Akten, Papiere und Bücher stapelten. Seine Augen leuchteten für einen Moment auf, als er mich sah. Er erhob sich. Seine

Kollegin Dana nickte mir vom gegenüberliegenden Schreibtisch zu. Immer noch verunsicherte mich ihre Schönheit, die langen blonden Haare, die sie fast immer hochgebunden hatte, die gleichmäßigen Gesichtszüge, diese Wahnsinnsfigur. Lange hatte ich gezweifelt, ob ich dagegen in Leos Augen bestehen könnte.

„Hallo, Sabina. Wir müssen gleich gehen, sonst wird es knapp." Ein flüchtiges Lächeln, ein flüchtiger Kuss. Es schien ihm vor Dana nicht peinlich zu sein. Sie winkte uns nach und wandte sich ihrem Computerbildschirm zu.

Unter seiner Sonnenbräune war er blass. „Du siehst überarbeitet aus", sagte ich.

„Bin ich auch. Aber was soll´s." Er nahm meine Hand und führte mich in einen kleinen thailändischen Imbiss um die Ecke, schwieg dabei die ganze Zeit.

Wir standen an einem hohen Bistrotisch und löffelten eine köstliche Hühnersuppe mit Kokosmilch und grünem Curry.

„Ich vermisse dich", entfuhr es mir, nachdem ich den Teller geleert hatte. Er schaute auf und für einen kurzen Moment erschienen seine Lachfältchen.

„Ich dich auch." Er legte den Löffel nieder und griff nach meiner Hand. „Das geht vorbei."

„Was? Das Vermissen oder dieser Haufen Arbeit?"

„Das Vermissen geht nie vorbei." Sein Lächeln ließ meine Knie wackeln. „Es ist eine Phase, verstehst du?"

„Musst du das machen? Es gibt Arbeitszeitverordnungen, Betriebsvereinbarungen ..."

Sein Gesicht verhärtete sich. „Ja. Ich muss das machen. Verordnungen sind Papier."

„Das kann doch keiner von dir verlangen!"

„Macht auch keiner. Ich muss es trotzdem."

„Warum?"

„Es ist mir ein inneres Bedürfnis." Sein Blick sagte mir, dass Nachfragen zwecklos waren.

„Dienstgeheimnis?“

„Dienstgeheimnis.“

Oh Mann.

„Ich werde bald vereidigt. Dann schwöre ich unbedingte Verschwiegenheit. Wirst du es mir dann erzählen?“

Er lächelte, aber es war kein heiteres Lächeln. „Sicher. Mach dir keine Gedanken darum. Es ist – nur vorübergehend. Ich bin eben Polizist. Kannst du das aushalten?“

„Wie lange?“

Er zuckte mit den Schultern. „Weiß ich nicht. Ein paar Wochen?“

Jetzt waren es nur ein paar Wochen. Wann würden die nächsten paar Wochen kommen?

Ich studierte sein Gesicht, wagte die Frage nicht zu stellen. „Ist es ... etwas Persönliches?“ Das konnte ich nicht unterdrücken.

Er schaute auf, ein wachsamer Ausdruck erschien in seinem Gesicht.

„Wie kommst du darauf?“

„Also ja.“ Eine freundliche Kellnerin trug die Teller ab, während er sich mit beiden Händen durchs Haar fuhr und die Lippen zusammenpresste.

„Sagen wir so: Es ist mir wichtig.“

Es ist ihm wichtiger als du. Mein Stolz rüttelte an meinen Schultern, seine Lesebrille war verrutscht, sein schütteres Haar stand zu Berge. Ich rief ihn zur Ordnung. Doch er blieb hartnäckig, die Arme vor der Brust verschränkt, stand er breitbeinig vor mir. *Sag´ es.* Ich weigerte mich.

„Also gut. Mach´ es. Aber vergiss mich nicht ganz.“

Er lächelte, und mir wurde warm unter seinem Blick. „Ich denke jeden Tag an dich. Mindestens stündlich.“

DIE VERABREDUNG

„Hi Sabina, ich bin's. Lucas." Mein attraktiver, lustiger Kollege aus der Referendarzeit war am Telefon. Er gratulierte mir zu meinem Examen und erzählte von seiner Probezeit am Landgericht, die nächste Woche beginnen sollte.

„Ich hab sogar schon eine Robe", berichtete er. „Du, weshalb ich anrufe: Du kennst doch Enrica, eine Freundin von mir. Die fragte, ob ich ihr deine Telefonnummer geben kann. Sie wollte irgendwas von dir, hat mir aber nicht gesagt, worum es geht."

Enrica. Es klingelte bei diesem Namen etwas in mir. Das war die Freundin von Heimke!

„Klar, gib ihr ruhig meine Nummer", sagte ich und mein Atem ging flacher. Wusste sie etwas? Sie kannte die beiden Begleiterinnen, mit denen wir an diesem fatalen Abend im Februar aus gewesen waren.

„Das – sie kannte Heimke. Vielleicht will sie mir irgendetwas dazu sagen."

„Aber sie hat doch schon bei der Polizei ausgesagt", meinte Lucas. „Was sollte sie denn jetzt noch zu erzählen haben? Vielleicht will sie dich nur zu ´ner Fete einladen."

Warum sollte sie das tun? Ich kannte sie nur flüchtig. Es musste etwas anderes sein. Ich verabschiedete mich, schon in Gedanken.

Keine halbe Stunde später rief sie an.

„Hallo Enrica. Was gibt es denn?"

Ihre Stimme klang gepresst. „Sabina, ich muss dir etwas sagen. Aber nicht am Telefon. Es ist – also, es geht um Heimke. Können wir uns nicht treffen?"

Mein Puls ging schneller.

„Kannst du mir nicht sagen, worum es geht? Wenigstens eine Andeutung?"

„Ich – es – also ich glaube, ich habe einen Fehler gemacht. Es ist nur ein Gefühl, aber ... bitte, kann ich dich treffen?" Das kam hektisch.

„Ja, gut. Wann und wo?"

„Kennst du das ‚Leonie' in der Simon-Dach-Straße?"

„Ja, so ein Coffee-Shop."

„Genau. Morgen um 17 Uhr?"

Also gut. Sie klang erleichtert, als sie auflegte.

Als Leo abends kam, sah er abgekämpft und müde aus. Ich empfing ihn an der Haustür, warf meine Arme um ihn. Er rang sich ein Lächeln ab, doch seine Augen waren glanzlos. „Leo, du musst damit aufhören", murmelte ich an seiner Brust. „Das ist nicht gut für dich."

„Nein, sicher nicht." Er hielt mich für einen Moment fest und legte sein Kinn auf meinen Scheitel. „Ich muss das hoffentlich nicht mehr lange durchhalten." Wir seufzten im Chor.

Ich zog ihn in die Küche, wo ich Brote und einen Salat mit Hähnchenbruststreifen vorbereitet hatte. Noch hatte ich Zeit, ihn ein bisschen zu verwöhnen, das würde bald anders werden. Als Pawels Neuzugang würde ich wohl auch erst um dieselbe Zeit nach Hause kommen, wenn nicht später.

Beim Essen sprachen wir wenig. Ich schenkte ihm ein

Glas von Giorgios Merlot ein, und er trank den Wein wie Wasser.

„Leo, ermittelt ihr eigentlich noch in Sachen Heimke?“, wollte ich nach dem Essen wissen.

Er blickte auf. „Ja klar, wieso? Wir hören erst auf, wenn der Mörder gefasst ist. Aber das erledigen Dana und Mike. Ich bin da nur am Rande beteiligt.“

Man hatte ihn aus den Ermittlungen ausgeschlossen, wegen Befangenheit. Denn er war ja mit mir, einer Tatverdächtigen, zusammen. Was ihn nicht gehindert hatte, alle möglichen und unmöglichen Ermittlungen auf eigene Faust anzustellen.

Ich erzählte ihm von Enricas Anruf und konnte einen Funken Interesse in seinen Augen erkennen.

„Diese Enrica, sie hat zwei von den Mädels ein Alibi gegeben. Sie haben alle ausgesagt, sie waren zusammen shoppen in den Potsdamer-Platz-Arkaden. Wir haben das überprüft. Eine von denen hat uns einen Kassenbon vorgelegt, der ungefähr zur Tatzeit ausgestellt wurde. Die Verkäuferin konnte sich aber an nichts erinnern. ‚Diese Jeans verkaufe ich am Tag fünfmal‘“, äffte er den Ton nach.

„Sie sagt, sie hätte einen Fehler gemacht. Meinst du, sie hat gelogen?“

Er fuhr sich durchs Haar und nahm einen weiteren Schluck Wein. „Ich habe keine Ahnung. Wenn es so ist, warum will sie es dann dir sagen und nicht uns?“ Gedankenverloren drehte er das Glas zwischen seinen Fingern hin und her. *Ich liebe deine Hände*, dachte ich. Wenn er sie doch mal wieder benutzen würde, um mich zu streicheln ...

„Ich werde Dana bitten, sie noch einmal aufzusuchen. Sie ist Krankengymnastin und arbeitet in der Charité. Und erzähl´ du mir, was sie gesagt hat. Was ist?“ Sein prüfender Blick ruhte auf mir. Ich musste lächeln.

„Oh, nichts. Ich dachte nur an - an Lavertezzo.“

Sein Gesichtsausdruck wurde weicher. „Lass mich raten: Du dachtest an die Küche.“ Oh ja, daran dachte ich. Und an verschiedene andere Gelegenheiten, an denen er seine Hände und andere Körperteile benutzt hatte.

„Denkst du nie mehr daran?“

Plötzlich waren wieder die Goldpünktchen in seinen Augen, sie schimmerten auf diese unnachahmliche Weise. „Oh doch. Im Grunde genommen denke ich ausschließlich daran. Mal abgesehen von meiner Arbeit.“

Ich stand auf und legte meine Arme um ihn. „Vergiss deine Arbeit mal für - sagen wir: dreißig Minuten?“ Meine Hände wanderten an seinem Rücken entlang, und ich suchte seinen Mund. Der nur allzu bereitwillig meinen Kuss erwiderte.

„Ich vernachlässige dich sträflich“, murmelte er an meiner Schläfe. „Das geht ja gar nicht.“ Da hatte er in der Tat recht. Er erhob sich und packte mich an der Taille, hob mich auf und trug mich ins Schlafzimmer, im Vorbeigehen löschte er noch das Licht in der Küche, indem er mit dem Hintern den Lichtschalter betätigte.

Am nächsten Morgen erwachte ich zum ersten Mal wieder mit einem Lächeln im Gesicht. Und fühlte mich kein bisschen mehr vernachlässigt. Als ich in die Küche kam, stopfte er sich den letzten Happen eines Toastbrots in den Mund und spülte ihn mit einer Tasse Kaffee hinunter. Er war schon wieder in Eile.

„Leo, wenn ich dich heute zur Arbeit fahre, kann ich dann dein Auto haben? Du weißt doch, dieser Termin mit Enrica – das ist in Friedrichshain. Ich muss aber vorher noch zu Pawel, da wäre ich sonst den ganzen Tag unterwegs.“

„Nimm den Wagen ruhig. Freddy kann mich abholen." Er drückte mir einen Kuss auf die Lippen.

„Und heute Abend?"

„Bringt er mich wieder nach Hause." Er griff nach seinem ledernen Rucksack.

„Warum fährst du mit Freddy, der ist doch gar nicht in deinem Kommissariat?" Leo hielt in der Bewegung inne und wandte sich zu mir um.

„Freddy und ich, wir haben ein gemeinsames Projekt."

Das, worüber er nicht reden will. Schon klar. „Willst du mir gar nichts davon verraten?" Er zögerte.

„Es ist – eine Observation. Läuft nebenher. Ich hoffe, dass wir es bald geschafft haben. Dann kann ich dir vielleicht mehr erzählen, okay?"

Na gut. Ich stellte mich auf die Zehenspitzen, um ihn zum Abschied auf die Wange zu küssen. „Komm nicht immer so schrecklich spät", murmelte ich, und er drückte mich mit einem Seufzer an sich, bevor er sich davonmachte.

Das Leder dieses Traumautos roch noch genau so neu wie das erste Mal, als ich in seinen Wagen gestiegen war. Ich atmete tief ein und stellte das Radio an. Sie spielten „Treasure" von Bruno Mars, und lauthals stimmte ich in den Gesang mit ein, während ich auf die Kantstraße einbog. Pawels Kanzlei war in der Nähe des Savignyplatzes, und ich musste einige Zeit kurven, bis ich einen Parkplatz fand.

„Dr. Krawczyk ist noch in Moabit, er kommt in der nächsten halben Stunde. Wollen Sie warten? Ich könnte Ihnen schon mal Ihr künftiges Zimmer zeigen." Anja, die blonde Sekretärin von Pawel, erhob sich und schüttelte mir die Hand. Sie führte mich durch den Flur in ein kleines Zimmer, dessen Fenster zum Hof hinausging. Teppichboden, ein schlichter Schreibtisch aus einem rötlichen Holz mit passenden Regalen und einem kleinen Schrank. Hinter dem Schreibtisch stand ein Chefsessel! Für mich! Ich ging um den Tisch herum und befühlte das schwarze Leder. Wow. In Gedanken saßen mir bereits Mandanten auf einem der beiden Besucherstühle gegenüber. Ich blickte auf und strahlte.

„Wahnsinn."

Anja lächelte. „Wir haben es extra entrümpelt. Wir hatten ´ne Menge Uralt-Akten hier liegen, die haben wir jetzt endlich mal archiviert. Kommen Sie, ich zeige Ihnen den Rest." Sie führte mich durch alle Räume, und als wir gerade in der kleinen, leidlich aufgeräumten Küche standen, trat Pawel hinter uns.

„Guten Tag, meine Damen. Tut mir leid, es hat länger gedauert, Sie kennen das ja." Er schüttelte mir die Hand. „Wie gefällt Ihnen Ihr zukünftiger Arbeitsplatz?"

„Ich bin sprachlos vor Entzücken", grinste ich. „Allein der Chefsessel ..."

Pawel lachte. „Ich hoffe, das motiviert Sie. Und ich spare gleich ein paar Steuern."

Er händigte mir ein paar Unterlagen für meine Anwaltszulassung und den Entwurf eines Arbeitsvertrages aus. „Aber nicht gleich unterschreiben. Lesen Sie es sich zu Haus in Ruhe durch. Ach ja", er kramte in seiner Aktentasche. „Hier ist noch etwas für Sie."

Ein Brief der Staatsanwaltschaft. „... das Verfahren gegen Sie wegen Mordes wurde gemäß § 170 Absatz 2 Strafprozessordnung eingestellt ..." Endlich. Ich sank in einen Stuhl und atmete auf.

„Lesen Sie weiter. Sie haben Anspruch auf Haftentschädigung. Soll ich das für Sie erledigen? Aber Sie schreiben die Entwürfe, da können Sie gleich was lernen."

Ich überflog die komplizierte und langwierige Belehrung, die an das Schreiben angeheftet war. „Ja gut. Wann soll ich damit anfangen?"

„Sowie Ihr Rechner aufgebaut ist. Morgen kommt

jemand, der schließt alles an. Genießen Sie die freie Zeit noch ein bisschen, bald wird´s ernst." Pawel zwinkerte.

Ich berichtete ihm von meinem Termin mit Enrica. „Meinen Sie, das hat was mit unserem Fall zu tun? Sie wollte am Telefon nichts sagen."

Er wiegte den Kopf und legte die Fingerspitzen aneinander. Darüber hinweg sah er mich nachdenklich an. „Hmm. Könnte sein. Hat sie nichts Näheres gesagt?"

„Doch, dass sie einen Fehler gemacht hat."

„Vielleicht hat sie ein falsches Alibi gegeben. Das kommt öfter vor als man denkt."

„Leo will sie einbestellen lassen."

Er nickte. „Warten wir mal ab, was sie Ihnen zu sagen hat."

„Ok, ich rufe Sie dann an. Und nochmal vielen Dank! Ich freue mich schon", rief ich im Hinausgehen. Mein Herz hüpfte. Ich hatte einen Job! Ich wurde Anwältin! Ich hatte ein eigenes Büro mit Chefsessel!

„In-zwei-hundert-Metern bitte-links-abbiegen. Jetzt-links-abbiegen." Die Navi-Stimme kommandierte blechern meine Fahrtroute. Ich war zeitig aufgebrochen, um durch den dichten Berufsverkehr zu kommen. Die Ampel schaltete auf rot, und ich ordnete mich links ein. Summte ein Lied von den Lumineers mit. Es wurde grün, und ich fuhr langsam an. Die Autos vor mir bewegten sich im Schneckentempo, und ich trommelte ungeduldig auf das Lenkrad. Aus dem Augenwinkel nahm ich etwas Dunkles war, das sich seitlich näherte. Der hat doch rot, schoss es mir durch den Kopf. Als ich den Kopf wandte, prallte das Dunkle bereits mit einem blechernen Krachen in meine Seite. Pafff! Während sich die Airbags mit einem lauten Geräusch entfalteten, schleuderte der Wagen, drehte sich um sich selbst und kam dann zum Stehen. Mitten auf der Kreuzung. Benommen blieb ich sitzen, um mich herum kam Hektik auf. Hupen, laute Rufe. Menschen sprangen aus ihren Autos, kamen auf mich zugelaufen. Andere liefen an mir vorbei, wahrscheinlich zu dem dunklen, schweren Wagen, der mich offensichtlich gerade umgekachelt hatte. Ich registrierte diese Bewegungen um mich herum, ohne zu einem Gedanken fähig zu sein. Blickte leer geradeaus. Etwas Warmes lief über meine Schläfe.

Jemand versuchte, die Fahrertür zu öffnen. Er rüttelte und zog, aber nichts tat sich. Eine eiskalte Faust griff nach meiner Magengrube.

Die Beifahrertür ging auf, ein Mann steckte den Kopf ins Auto. Mit einem Ausdruck des Schreckens rief er hinter sich über die Schulter: „Holt einen Krankenwagen! Sie ist verletzt!“ Er wandte sich zu mir. „Können Sie aussteigen? Es geht nur auf dieser Seite. Sie müssen hier raus.“

„Ich ... ich versuch's“, stotterte ich. Vorsichtig bewegte ich Arme und Beine. Sie waren noch dran, nichts eingeklemmt. Nur die Tür drückte in meine linke Seite, wo das andere Auto gegengefahren war. Und das Warme an meiner Schläfe irritierte mich. Der Mann griff unter meine Arme, und ich strampelte über den Beifahrersitz, während er mich vorsichtig herauszog. Er legte mich auf die Straße. Ein anderer Mann kam herbei und hockte sich neben mich.

„Ich bin Arzt. Bleiben Sie ganz ruhig.“ Er nahm eine Hand und hielt sie fest, während er dem anderen Mann Anweisungen gab. Irgendwer legte mir etwas unter die Beine, und der Arzt deckte mich mit etwas Metallenem zu. Ich schloss die Augen. Das war ein übler Traum. Ich würde gleich aufwachen.

Die Sirene weckte mich, und mir wurde klar, dass es die verdammte Realität war. Ich lag auf einer breiten Straßenkreuzung, mit einer Aludecke über mir, und jemand tupfte an meiner Schläfe herum. Im Rettungswagen blickte ich in ein paar bebrillte Augen. Dieselben, in die ich schon einmal gesehen hatte. „So sieht man sich wieder", sagte die Brille. Er tätschelte meine Hand. Die, in der keine Kanüle befestigt war. „Sind Sie ein kleiner Pechvogel?", fragte er. Das war derselbe, der mich damals von der Straße aufgelesen hatte – als ich neben der toten Heimke umgefallen war.

Ich verzog mein Gesicht zu einer Art Lächeln. „Eigentlich nicht."

„Dann sind Sie sicher ein hoffnungsfroher Optimist. Eine Optimistin, sollte ich sagen. Und ein Glückspilz. Oder nein, eine Glückspilzin." Er brachte es tatsächlich fertig, mich zum Schmunzeln zu bringen. „Alles, was Sie haben, ist eine Schnittwunde an der Schläfe. Das hätte auch anders ausgehen können."

„Aber – das Auto?", flüsterte ich.

„Machen Sie sich jetzt keine Gedanken darum. Das kommt schon in Ordnung."

Doch. Ich machte mir Gedanken darum. Sie begannen, ausschließlich darum zu kreisen. Kein Vierteljahr, und ich hatte zwei Autos auf dem Gewissen. Das erste, mein eigenes, abgefackelt in der Osternacht. Und jetzt das hier. Wie sollte ich das Leo erklären? Dabei hatte ich doch grün …

ENRICA

Wie durch ein Fernglas nahm ich wahr, wie sie mich in ein Behandlungszimmer brachten, mich betasteten und fühlten, ob etwas gebrochen war oder ich innere Verletzungen hatte. Sie klebten meine Schnittwunde und schoben mich in einen Überwachungsraum. „Wahrscheinlich können Sie nachher schon wieder nach Hause. Ruhen Sie sich ein bisschen aus", sagte der Arzt. Er hatte mir ein Beruhigungsmittel gegeben, und ich döste vor mich hin. Meine Gedanken verlangsamten sich.

„Hasenkind! Was machst du bloß für Sachen?" Die Stimme meiner Mutter weckte mich. Ich musste eingeschlafen sein. Die Uhr über der Tür zeigte 22 Uhr 26.

„Mama. Wie kommst du hierher?"

Sie küsste mich und streichelte mein Haar, wie sie es oft getan hatte, als ich noch klein war. „Rate mal. Sie haben mich angerufen. In deinem Handy stehe ich als Notfallnummer!" Ach ja. Ein Glück. „Ich habe versucht, Leo zu erreichen, aber er geht nicht ans Telefon. Darum hole ich dich jetzt ab. Komm mit zu uns."

„Aber Leo ..."

„Dem schicken wir eine SMS aufs Diensthandy. Dann wird er sich schon melden."

Doch das war nicht nötig, denn in diesem Augenblick stand er in der Tür, Bestürzung im Blick. Küsste meine Mama auf die Wange und setzte sich zu mir aufs Bett.

„Leo, es tut mir so leid. Dein Auto ist ..."

„Psst. Du hast mir einen Riesenschreck eingejagt. Das Auto ist egal. Hauptsache, dir geht es gut." Er hielt meine Hand und in seinem Blick war nichts als Sorge und Zärtlichkeit. „Wie geht es dir?"

„Schon besser. Ich darf heute noch gehen, sagt der Arzt."

Er atmete hörbar auf. „Ich bin so froh, dass dir nichts Ernstes passiert ist." Seine Stimme bebte. In seinem Gesicht konnte ich nicht nur Erleichterung erkennen, sondern noch etwas anderes, das sich schwer einordnen ließ. Anspannung? „Ich – ich hasse Krankenhäuser," stieß er hervor.

„Trotzdem bist du hier." Ich musste lächeln.

„Ja. Das ist es ja. Ich hasse es, dich ... hier so zu sehen." Er presste die Lippen zusammen, als wollte er sie davon abhalten, noch mehr Worte herauszulassen. Er sah aus, als hätte er die Schmerzen, die sich unangenehm pochend in meiner Schläfe bemerkbar machten.

Vor meinen Augen verschwamm alles. Tränen begannen meine Schläfen herabzulaufen. „Warum muss bloß immer solche – solche Scheiße passieren?"

Meine Mutter nahm auf der anderen Seite des Bettes Platz, und sie beide murmelten im Chor: „Hasenkind ..." beziehungsweise „*Bella gioia* ...", während ich vergeblich versuchte, wieder klar zu sehen und das Nachdrängen weiterer Tränen zu unterdrücken. Ich schnüffelte und schniefte, und mit vereinten Kräften bemühten sich Mama und Leo, mich zu beruhigen.

„Tesoro, das ist nichts. Es hätte mir genau so passieren können. Du bist wohlauf, alles kommt in Ordnung", sagte Leo und strich mit der Rückseite seiner Finger über meine Wange. „Autos kann man ersetzen. Dich nicht." Er hauchte mir einen Kuss auf die Stirn. „Sie haben gesagt, du hattest grün. Der andere Fahrer hat das zugegeben. Er war angetrunken."

„Ein Glück, dass die Airbags aufgegangen sind", ergänzte meine Mutter.

„Gut, dass du da bist", sagte Leo zu Mama. „Ich muss wahrscheinlich noch mal weg. Kannst du sie zu euch mitnehmen? Ich will nicht, dass sie heute Nacht alleine ist."

Sie nickte. „Darum bin ich gekommen, nachdem ich dich nicht erreicht habe." Ein wenig Vorwurf klang in ihrer Stimme mit, und Leo seufzte.

„Ich kann nicht immer so wie ich will, Julia. Ich bin bei der Polizei."

„Weiß ich doch. Aber dass die euch da so ausbeuten. Das ist nicht in Ordnung."

Leo schüttelte den Kopf. „Das ist wirklich meine Entscheidung. Niemand hat mich gezwungen."

Meine Mutter musterte ihn von oben bis unten. „Du willst sagen, du beutest dich selbst aus? Lass das sein, Leo. Niemand gibt dir was dafür."

„Ich möchte etwas, das mir keiner geben kann."

„Du kannst nichts erzwingen."

Leo wollte zu einer Erwiderung ansetzen, als die Tür aufging. Eine junge Schwester steckte den Kopf zur Tür herein.

„Wenn Sie möchten, können Sie jetzt nach Hause, Frau Jung. Alles Gute!" Sie nickte in Richtung meiner beiden Besucher und verschwand. Ich richtete mich auf.

„Musst du wirklich noch mal weg, Leo?", fragte ich. In diesem Moment stieß sein Handy Rockmusik aus, und er zog die Stirn in Falten.

„Dana? Ja, ich komme“, stöhnte er, nachdem ihm seine Kollegin einen längeren Vortrag gehalten hatte. Er verdrehte die Augen in unsere Richtung.

„Sorry, diesmal ist es ein Tatort. Gerade hereingekommen. Shit.“ Er küsste mich sanft auf die Wange. „Morgen wollte ich mir freinehmen, aber das wird nichts mit dem neuen Tatort. Ich - es tut mir leid. Wir sehen uns morgen Abend, okay?“ Ich schlang meine Arme um ihn, um ihn noch ein bisschen länger festzuhalten.

„Ich werde dich vermissen. Komm schnell.“ Er drückte mich an sich, und ich konnte seinen Herzschlag spüren.

„So schnell ich kann, meine Süße.“

Als er durch die Tür war, schüttelte meine Mutter den Kopf.

„Er sieht ein bisschen erholungsbedürftig aus. Und das eine Woche nach dem Urlaub.“

„Hier.“ Mein Vater reichte mir einen Cognac. Von dem Guten, den er in seinem Arbeitszimmer versteckte. Er fand, ich könne nach diesem Schreck einen gebrauchen. Ich trank langsam, ließ das sanfte Brennen in meiner Kehle auf mich wirken.

„Also Leos Auto ist hin“, stellte er fest.

„Erinnere mich nicht daran.“ Das Scheppern von Blech, das Splittern von Glas klang nur allzu deutlich in meinen Ohren nach. „Ich kann das nie wieder gutmachen.“

„Schatz, das ist nur ein Auto. Leo kriegt einen Unfallersatzwagen. Und Geld für ein neues Auto. Die Ampel war grün für dich. Hauptsache ist doch, dass dir nichts Ernstes passiert ist. Willst du, dass ich die Sache in die Hand nehme?“

„Papa, wenn du das machen würdest ... das wäre echt

toll. Leo hat - gar keine Zeit im Moment. Ein Tatort, und dann noch etwas anderes - ich weiß nicht, was. Aber es beansprucht ihn sehr. Wäre schön, wenn du dich kümmern würdest."

Er nippte an seinem Glas und wechselte einen Blick mit meiner Mutter. „Es war ein so schönes Auto. Ein Jammer."

Ich dachte daran, wie er mich das erste Mal damit abgeholt hatte. Ich war sprachlos vor Staunen gewesen. Einem Polizisten hätte ich so ein Gefährt nicht zugetraut. Ich hatte meine Hände im Schoß gefaltet, schnupperte diesen Duft der Ledersitze, und dieses Lampenfieber war mir noch gegenwärtig. Dann seine Hand auf meinem Bein ... ich durfte nicht daran denken. Stattdessen nahm ich noch einen Schluck Cognac.

„Geh jetzt schlafen", sagte meine Mutter. „Wenn Leo schon nicht ausgeruht ist, kannst du es ja wenigstens sein. Es ist alles vorbereitet, ich habe dein Bett bezogen."

„Ach Mama. Danke. Ich weiß nicht, ob ich jetzt schlafen kann." So viele Gedanken kreisten in meinem Kopf herum. Der Unfall, Leos Auto, seine Überstunden. Sie legte die Hand auf meinen Arm.

„Nach dem Schnaps wird es schon klappen mit dem Schlaf. Schlaf morgen so lange du möchtest. Ich bin da. Wir könnten zusammen ins KaDeWe gehen. Oder Nick besuchen. Die freut sich bestimmt über ein bisschen Abwechslung."

Nick - meine beste Freundin. Natürlich. Vor meinem Examen hatte ich sie zuletzt gesehen. Sie hatte gerade Annick zur Welt gebracht – und die war bestimmt schon gewachsen. Mit dem Gedanken an meine Freundin und ihr Baby konnte ich schließlich wirklich einschlafen.

„Psst. Annick und Cedric schlafen gerade, klingelt nicht, sondern ruft mich auf meinem Handy an“, hatte Nick gesagt, als wir uns telefonisch angekündigt hatten. Cedric hatte einen Auftritt gehabt, mit anschließendem Umtrunk unter Musikerkollegen. Sie erzählte, dass er oft die „Nachtschicht“ bei Annick übernahm, wenn er abends nach Hause kam. Dafür ließ sie ihn morgens lange ausschlafen.

Als wir schließlich in ihrer Tür standen, fielen mir die Ringe unter ihren Augen auf.

„Hallo Süße. Hast du schlecht geschlafen?“ Sie küsste uns und lächelte.

„Immer. Annick will alle zwei Stunden an die Brust. Das zehrt.“ Sie rollte mit den Augen. Dann betrachtete sie mich mit ihrem kritischen Blick. „Und was ist mit dir? Was hast du da?“ Sie zeigte auf meine Wange, wo schmale Klebestreifen den Schnitt in meinem Gesicht zusammenhielten. „Kommt erst mal rein.“

Ich erzählte ihr von dem Unfall, und Nick ließ uns in ihrer Küche Platz nehmen. Während sie Kaffee für uns und ein übelriechendes Gebräu aus Fenchel, Kümmel und sonstwas für sich aufbrühte, musste ich ihr jede Einzelheit meiner Verabredung und des Crashs auf der Budapester Straße schildern.

„Ich muss schon sagen, du hast ein echtes Talent, immer zur falschen Zeit am falschen Ort zu sein“, sagte sie trocken, als ich meine Erzählung beendet hatte. „Was du in drei Monaten erlebst, schaffen andere noch nicht mal in zwanzig Jahren.“

„Nur kein Neid. Was du gerade erlebst, schaffen andere in ihrem ganzen Leben nicht.“

Nick strahlte. „Nicht wahr? So weit musst du es erst mal bringen. Ich bereue keine Sekunde – obwohl es im Moment noch ziemlich anstrengt. Aber meine Schwester hat gesagt, das gibt sich nach drei Monaten. Dann ist es nur noch schlimm, wenn sie krank sind.“ Wir schlichen an

Annicks Bettchen und bewunderten sie. Sie war kein verdrückter Alien mehr, sondern ein richtiges, süßes Baby geworden. „Wenn sie schlafen, sind sie am süßesten", flüsterte Nick, und Mama nickte.

Meine Mutter ließ es sich nicht nehmen, eine Menge Erfahrungen aus meiner Babyzeit zum Besten zu geben, und ich begann, mich direkt überflüssig zu fühlen. Mal ganz abgesehen von den peinlichen Dingen, die ich über mich selbst hören musste. Ich aß gut, aber schlief schlecht. Ja toll.

Wir verabschiedeten uns, als Annick geräuschvoll ihren Mörderappetit ankündigte und Cedric verschlafen in der Küche erschien.

Als ich bei Leo zu Hause die Wohnungstür aufschloss, stand sein Rucksack im Flur. Er war zu Hause! Am Nachmittag!

Er war nirgendwo zu sehen. Ich ging ins Schlafzimmer, und da lag er bäuchlings auf dem Bett. Splitternackt, sein rechter Arm hing vom Bett herab. Regelmäßige Atemzüge überzeugten mich davon, dass ihm nichts zugestoßen war. Seine Klamotten lagen auf links gezogen auf der Erde, dort, wo er sie sich gerade vom Leib gerissen hatte. Ich zog die Decke ein Stück höher, er rührte sich nicht. Schlief wie ein Stein. Mein Herz weitete sich bei seinem Anblick, ich musste den Impuls unterdrücken, ihn zu berühren. *Wenn sie schlafen, sind sie am süßesten.* Ich musste bei diesem Gedanken schmunzeln. Traf nicht nur auf Babys zu ...

~

Am frühen Abend stand er plötzlich hinter mir. Ich fuhr zusammen, als er seine Hände auf meine Schultern legte. Er küsste meinen Hals und umfasste mich von hinten. „Hey, nicht so schreckhaft. Seit wann bist du zu Hause?"

Ich lehnte mich an ihn und vergaß alles, was ich gerade tun wollte.

„Schon lange. Bestimmt zwei Stunden. Ich wollte dich nicht wecken. Du hast geschlafen wie ein Baby."

Er gähnte. „Ja, das war mal nötig. Bin erst morgens um sechs nach Hause gekommen." Er drehte mich zu sich um. Sein ernster Blick ruhte auf mir. „Hör´ mal, der Tatort gestern ... das war deine Bekannte. Enrica. Wir haben sie in ihrer Wohnung gefunden."

„Wie bitte?" Meine Knie wurden zu Wackelpudding. „Ist sie ... ?"

„Tot. Ja." Er musste mich stützen, als ich auf den Küchenstuhl sank. „Schwör mir, dass du keiner Menschenseele sagst, was ich dir jetzt erzähle."

„Ich – ich schwöre." Das Herz schlug mir bis zum Hals. Wenn ich sie getroffen hätte – hätte man mich verdächtigt? Ich begann, meinen Autounfall in anderem Licht zu sehen. Leo schob sich seinen Stuhl zurecht und ließ sich darauf fallen.

„Sie sollte morgen zu Mike und Dana kommen", begann er. „Sie haben entdeckt, dass ihr Alibi falsch war."

„Seit wann ist sie ...?"

„Ungefähr gestern Nachmittag. Sie wird noch untersucht." Ihr Bruder hatte sie gefunden, er war zu ihr gefahren, nachdem sie nicht zu seinem Geburtstag erschienen war. Leo schilderte, dass Mike Helmers die verkehrspolizeilichen Daten des Tages ausgewertet hatte, an dem Heimke umgekommen war. Leo und er hatten den drei Frauen aus Heimkes Freundeskreis nicht geglaubt, dass sie gemeinsam unterwegs gewesen waren. Sie entdeckten, dass Enrica eine halbe Stunde vor der Tat geblitzt worden war. Ganz in der Nähe des Tatorts, am Kaiserdamm.

„Ein eindeutiges Beweisfoto. Sie wusste, dass sie auffliegt, die Kollegen hatten ihr schon eine Verwarnung zugeschickt. Deshalb vielleicht ihr Anruf bei dir.“ *Ich habe einen Fehler gemacht.* Ich hörte noch ihre Stimme am Telefon.

„Dann hat sie selbst ...?“ Leo schüttelte den Kopf.

„Sieht nicht danach aus. Aber es ist noch nicht sicher. Du warst doch mit ihr verabredet. Da wird sie sich doch vorher nichts antun. Ich halte das für unwahrscheinlich.“

„Wenn es so ist, dann kommt sie als Heimkes Mörderin jedenfalls nicht infrage.“

Er zuckte mit den Schultern. „Ich weiß nicht. Es gibt so verrückte Sachen, das glaubst du gar nicht. Wir müssen sehen.“

„Dana, kannst du Sabinas Aussage aufnehmen? Ich bin dann weg.“ Wir standen in Leos und Danas schmucklosem Dienstzimmer. Sie hatten eine fahrbare Korkpinnwand aufgestellt, auf der sie alle möglichen Zettel, Notizen und Skizzen angebracht hatten. Ein Foto der lebendigen Enrica und eins vom Tatort. Die Fotos der Leiche ersparten sie mir zum Glück. Das Fenster stand offen, Spatzen schilpten in der Kastanie auf der Straße. Der Geruch gemähten Rasens drang ins Zimmer.

Dana wackelte mit den Augenbrauen. „Ich hab ja schon Routine darin, deine Freundin zu vernehmen. Wo gehst du wieder hin? Doch nicht zu Freddy? Wir haben hier einen neuen Fall.“

„Ich fahr in die Gerichtsmedizin. Ich hoffe, sie haben schon etwas herausgefunden. Und nein. Ich gehe nicht zu Freddy. Den treffe ich erst heute abend.“ Ein galliger Unterton in seiner Stimme.

Dana schien eine Erwiderung zu unterdrücken. „Bis nachher. Soll sie hier warten?“

„Lieber nicht. Ich weiß nicht, wie lange es dauert.“ Er küsste mich flüchtig. „Holst du unseren Mietwagen ab?

Hier ist die Vollmacht.“ Er steckte mir einen handgeschriebenen Zettel und ein paar Fotokopien zu. „Die Versicherung sagt, es reicht, wenn du das vorzeigst.“ Ein Lächeln, und er verschwand. Dana seufzte.

„Er ist so eigensinnig.“

„Geben Sie´s zu: In Wirklichkeit wollten Sie ‘stur’ sagen.“ Wir grinsten, wenn auch etwas freudlos. Ich schilderte ihr mein Telefonat mit Enrica und meinen Unfall. Sie schrieb direkt am Computer mit, flüssig wie eine Sekretärin, und ließ mich das Protokoll unterschreiben.

„Glauben Sie, dass sie ... es war?“, fragte ich. „Das mit Heimke?“ Sie blickte auf und lächelte.

„Selbst wenn ich es glauben würde, darf ich es Ihnen doch nicht verraten. Aber da Sie es sowieso erfahren: nein. Ich glaube, dass sie Opfer derselben Person geworden ist. Kannten Sie sie gut?“

„Nein. Sie ist eine Freundin meines Kommilitonen. Der war wohl mit ihr zusammen in der Schule oder so.“ Ich gab ihr Lucas´ Personalien.

NACHTWACHEN

Der Audi war nagelneu. Nicht so schön wie Leos Auto, aber immerhin hatten wir wieder einen fahrbaren Untersatz, bis die Versicherung zahlte. Ich kurvte damit durch unsere Straße, bis ich einen Parkplatz gefunden hatte. Beim Einparken sah ich sie. Die Frau aus der Bäckerei. Sie stand auf der Straßenseite gegenüber unserem Haus. Starrte auf die grün gestrichene Haustür. Ich betrachtete sie genauer, aber ich erkannte diesmal nichts, das mich an irgend jemanden erinnerte. Wohnte sie in der Gegend? Ich versuchte, mir das einzureden. Doch der Gedanke, dass sie meinetwegen hier sein könnte, drängte sich unbarmherzig in mein Bewusstsein. Warum?

Ich blieb im Auto sitzen, duckte mich. Genau wie damals bei Heimke. Doch etwas in mir weigerte sich, schon wieder das verängstige Kaninchen zu machen. Also richtete ich mich auf und stieg aus dem Wagen. Sie bemerkte mich nicht, bis ich die Autotür zuwarf und mich in ihre Richtung drehte.

In diesem Moment wandte sie sich ab und schlenderte davon, die Hände in den Taschen ihrer Jacke vergraben. Sie sah ganz entspannt von hinten aus, und ich fragte mich, ob sie mich erkannt hatte. Sollte ich ihr hinterhergehen?

„Hallo, verfolgen Sie mich?“ Nee. Das ging nicht. Sie hatte bisher nichts getan außer diesem einen hasserfüllten Blick. Es konnte eine Verwechslung sein oder sonst irgendetwas, das nichts mit mir zu tun hatte. Ich tat so, als fummle ich an der Autotür herum, öffnete den Kofferraum und schaute ihr über die Kante der Kofferklappe hinterher. Nur für den Fall, dass sie sich noch einmal umdrehen sollte. Aber das tat sie nicht. Als sie außer Sichtweite war, schlüpfte ich aufatmend ins Haus. Vielleicht war doch alles nur Einbildung gewesen.

Im Hausflur hörte ich schon das Telefon klingeln. Ich hastete in die Wohnung. „Bei König?“

„Meine Süße, üb´ doch schon mal meinen Namen schreiben. Und sagen. Vergiss das ‚bei'.“ Leos Stimme klang belustigt. Ich musste lachen.

„Ich kann deinen Namen schreiben. Und sagen. Aber ich bin ja nur bei dir zu Gast“, frotzelte ich.

„Hey, nicht so frech. Wir wohnen zusammen. Bring deine Sachen mit.“

„Schaff ich alleine nicht. Du musst mir schon helfen. Aber du hast ja nie Zeit.“ Ich wollte gar nicht, dass es so vorwurfsvoll klang, aber es kam einfach so aus mir heraus. In Gedanken sah ich ihn mit den Augen rollen.

„Tesoro, das tut mir leid. Wie oft soll ich mich dafür noch entschuldigen? Reicht einmal täglich?“

„Mensch Leo, schon gut. Heute kommst du also auch erst spät.“ Ich hörte ihn einen tiefen Seufzer ausstoßen.

„Verdammt, ja. Ich schaue kurz ´rein und bin gleich wieder weg. Ich wollte dir nur Bescheid sagen, dass ich jetzt komme.“

„Wo musst du denn noch so dringend hin?“ Schweigen. „Leo!“

„Ich sag´s dir zu Hause. Bis gleich.“

Ich schmiss mich auf die Couch.

„Jetzt wird es spannend.“ Leo schlang eilig ein paar Leberwurstbrote herunter und spülte mit einem Bier nach. „Wünsch uns Glück, dass wir heute Erfolg haben.“ Er war noch keine zehn Minuten hier. Anders als in den letzten Tagen funkelten seine Augen. Jagdfieber. „Wir kriegen ihn am Arsch“, kündigte er an.

„Wen?“

„Den Typen, den wir beobachten. Er hat sich aus der Deckung gewagt.“ Er schlang sich einen Pullover um den Bauch, warf die Lederjacke um und gab mir einen Kuss. „Bitte warte nicht auf mich. Kann sein, dass es heute die ganze Nacht dauert.“

„Und morgen ohne Schlaf in den Dienst oder wie?“

„Schlaf wird überschätzt.“

Ach Leo. Mir lag die Ermahnung auf der Zunge, dass Schlafmangel zu Schlaganfällen führen kann, aber ich schluckte sie runter. Hatte bei ihm sowieso keinen Zweck.

Ich hörte ihn direkt beschwingt die Treppen herunterspringen, als sei er voller freudiger Erwartung. Oh Mann. Ich beschloss, den Abend in Gesellschaft zu verbringen und schwang mich auf mein Rad. Franz, der Wirt der Disco-Kneipe „Randale“, in der ich bis zu meinem Examen gejobbt hatte, würde sich über ein Wiedersehen freuen.

Als ich an den Tresen kam, fuhr er sich gerade mit beiden Händen über seinen blankpolierten Schädel, als wolle er sich die nicht vorhandenen Haare raufen. Er beugte sich über den Tresen und kontrollierte einen langen Kassenbon. Noch war in dem Laden nicht viel los, gedämpfte Musik kam aus dem Raum mit dem Dancefloor, ein paar Figuren hatten sich um die Stehtische mit den Barhockern verteilt.

„Mensch Sabina!“ Er strahlte, als er aufblickte und mich entdeckte. „Wat machste´n hier? Allet jut? Kommst jerade recht.“ Er eilte um den Tresen und drückte mich väterlich an sich. Ich nahm eine Bierfahne wahr. Sonst trank er höchstens mal nach Feierabend etwas. Es musste was passiert sein.

„Wat hast du denn schon wieder jemacht!“ Er besah sich die Klebestreifen an meiner Schläfe. „Siehst aus, als wärste jejen nen Laster jeloofen.“

„So ähnlich, Franz. Ich hatte einen Autounfall.“

„Du lässt aber ooch nischt aus!“

„Ich hatte grün, der andere rot.“

„Det mein ick ja jerade. Wat haste bloß an dir, det de immer in sone Fallen stolperst. Komm wieder zu mir. Da biste sicha.“

Ach Franz. Ich musste schmunzeln. Gab es noch jemand auf dieser Welt, der so liebevoll mit mir umging? Ich gab der Versuchung nach, ihn zu umhalsen und ihm einen Kuss auf die Wange zu drücken.

Er zwinkerte verschwörerisch. „Du, jut, det de da bist. Ick habe da ´n Problem ...“ Er stellte mir ein Bier hin. „Jeht uffs Haus.“ Ein Zeichen, dass etwas Besonderes los war. Franz spendierte selten etwas, außer zu Werbezwecken. Wieder fuhr er sich über seinen Glatzkopf.

„Da werden doch so zwee lederbewamste Rocker zu mir kommen und Jeld fordern! Hundertfuffzich die Woche. Damit se mein Lokal schützen.“

Ich verschluckte mich fast. „Du meinst, Schutzgelderpressung?“

Er nickte. „Det is schon det zweete Mal.“ Mit grimmigem Gesicht füllte er weitere Biergläser. „Beim ersten Mal is allet jutjegangen. Aber jetze - die Schweine woll´n mir die Bude zusammenkloppen, sag´ ick dir.“

„Franz, du musst das anzeigen!“

Er schnaubte. „Du gloobst doch nich´, det se mir hier

Wachen hinstell´n. Und ick will ooch keene Bullen hier haben."

Beim Anblick meiner hochgezogenen Brauen beeilte er sich, hinzuzufügen: „Außer dein´ Leo natürlich."

„Und wie soll ich dir helfen, wenn du nicht auf mich hörst? Soll ich die verklagen oder was?"

Er zuckte die Achseln. „Ick dachte, ihr Juristen hättet da so´n paar Kniffe ..."

„Dazu müsste man erst mal wissen, wer die genau sind. Wie kommen die auf diesen Laden?"

„Die waren in der janzen Straße. Hab´ mit ´n paar Kollegen jesprochen. Überall detselbe."

„Dann tut euch zusammen. Und ruft die Polizei, um Gottes Willen. Die meisten Sachen passieren doch bloß, weil die nicht gerufen werden. Installiert eine Webcam am Tresen. Wenn die wiederkommen, habt ihr Beweise."

Franz wollte zu einer Erwiderung ansetzen, als jemand den Arm um mich legte. „Was wollt ihr beweisen?" Bernie Hofreiter! Er drückte mir einen Schmatzer auf die Wange und verzog sein Gesicht zu einem schiefen Lächeln. „Wälzt ihr etwa Juristenprobleme?"

Als er von den Rockern hörte, schien die Farbe aus seinem Gesicht zu weichen. Seine Miene spiegelte Betroffenheit, und er murmelte: „Wenn das mal nicht Barts Leute sind."

Franz hielt mitten in der Bewegung des Tresenabwischens inne und starrte Bernie an.

„Wat weißt du da drüber?", fuhr er ihn an. „Du hast doch wohl nischt damit zu tun?!"

Bernie wehrte ab: „Natürlich nicht! Aber die kennen mich – vielleicht hab ich sie irgendwie hergelockt ..." Jetzt war er es, der sich in einer ratlosen Geste durchs Haar fuhr.

„Scheiße, Mann." Franzens Faust sauste auf den

Tresen nieder, sodass die Gläser klirrten. „Denn lock´ se wieda weg!"

Bernie strich mit Daumen und Zeigefinger über seinen Dreitagebart. „Hmm – ich glaube, der schuldet mir noch was. Hat mich fies hängenlassen."

„Wie jetzt?" Franz sah aus, als hätte man ihm gesagt, die Erde sei eine Scheibe.

Bernie erläuterte uns, es handle sich bei Bart um einen gewissen Bertram Simon, genannt „Bart Simpson". Er stünde der Rockerclique „Daredevils" vor, einer Ansammlung von mindestens Kleinkriminellen. Die schuld an seiner Verhaftung vor ein paar Wochen war.

Franz grunzte. „Woher kennste so ´ne Schweinepriester?"

„Woher man sich eben so kennt", wich Bernie aus. „Weiß nicht mehr." Er leerte sein Bierglas, das Franz ihm inzwischen hingestellt hatte, und wischte sich mit dem Handrücken den Schaum von der Lippe. „Ich könnte jedenfalls mit ihm reden", bot er an.

„Damit de mit jebrochne Knochen inner Klinik landest oder wat?" Franz polierte den Tresen, als wolle er mit dem Lappen die Oberfläche abtragen.

Ich fing einen undeutbaren Blick aus Bernies Augen auf. „Lass´ mich mal machen", sagte er langsam.

„Du musst auf jeden Fall Anzeige erstatten, Franz", fuhr ich dazwischen. „Die kennen die Typen doch bestimmt."

„Ick weeß doch jar nich´, wer det war. Det können doch alle möglichen sein." Franz warf sich das Geschirrtuch über die Schulter und stützte die Arme auf den Tresen. Mit vorgerecktem Kinn wandte er sich an Bernie: „Wat willste bei diesem Bart erreichen?"

„Der kann sicher sagen, wer dahintersteckt. Wer weiß, ob der nicht wenigstens die Leute kennt." Er verschränkte die Arme vor der Brust.

„Und det wird der jerade dir uff de Neese binden, ja?“, höhnte Franz.

„Ich kann es versuchen. Ich - ich kenne ihn ganz gut.“ Bernie kramte in seiner Hosentasche und legte einen Fünfer auf den Tresen. „Ich muss los, tschüß, ihr beiden.“

Verblüfft starrten wir ihm hinterher. Die Art, wie er das Lokal verließ, erinnerte mich stark an eine Flucht.

„Da brat´ mir eener ´n Storch ...“ Franz sah aus, als sei er aus einem schlechten Traum aufgewacht. „Agnes!“, brüllte er. Die Angesprochene servierte gerade an einem Stehtisch und zuckte zusammen. „Ick brauch´ dich mal fünf Minuten hinterm Tresen!“

„Was machst du?“, wollte ich wissen.

„Ick führe ma ´n Telefonat. Ick kenne da so ne Sicherheitsfirma. Die sollen herkommen.“

„Das kostet dich auch eine Stange Geld!“

„Aba det muss ick nich´ diese Schweine in den Rachen werfen und det sind Betriebsausjaben“, blaffte er.

Es war zwei Uhr nachts, als ich heimkam. Wir hatten noch eine Weile hin- und herdiskutiert, wie Franz sich schützen sollte. Sein Telefonat schien jedenfalls erfolgreich gewesen zu sein, denn er verkündete, dass schon morgen ein oder zwei Türsteher kämen. „Is sowieso besser“, meinte er. „Det wird ja imma schlimma mit die Kriminalität hier.“

Jetzt kam ich in eine leere Wohnung. Keine Spur von Leo. Ich warf mich auf sein King-Size-Bett und dachte über seinen Jagdeifer nach. Was war es, das ihn über jede Dienstpflicht hinaus antrieb? *Ich will etwas, das mir keiner geben kann*, hatte er im Krankenhaus gesagt. Was mochte das sein?

Ich fiel in einen unruhigen Schlaf, träumte wirres Zeugs von Heimke in ihrer Blutlache, von meiner Gefängniszelle, die ich mit Olga geteilt hatte, der Frau, die ihren Mann erschlagen hatte.

Ich erwachte davon, dass Leos Hand auf meiner Schulter lag. Die Sonne schien durch die Ritzen der fest zugezogenen Vorhänge, helle Streifen malte sie an die Schrankwand. Ein Blick auf den Wecker verriet, dass es schon nach zehn war. Leo lag auf der Seite, mir zugewandt. Ich hatte nicht gehört, wie er ins Bett gekommen war. Es schien erst vor Kurzem gewesen zu sein, seine regelmäßigen Atemzüge zeigten, dass er im absoluten Tiefschlaf war. Vorsichtig schob ich seine Hand von meiner Schulter und wand mich aus seinem Griff. Er seufzte nur, rührte sich aber nicht.

Ich setzte gerade die dritte Tasse Kaffee an den Mund und betrachtete das unbenutzte Frühstücksgeschirr an unserem Küchentresen, als Leo hereinschlurfte, die Haare verstrubbelt, mit nichts als ein Paar Boxershorts angetan. Er lächelte aus müden Augen auf mich herunter.

„Hallo mein Schatz." Er küsste mich und ließ sich auf den Hocker neben mir fallen. „Spendierst du mir ´ne Tasse Kaffee?" Er stützte den Kopf in die Hände und sah so was von zerknautscht aus. Egal – ich hätte ihn trotzdem abknutschen mögen.

„Hier. Habt ihr ihn nun am Arsch, den Typen?"

Leo drehte die Tasse zwischen seinen Fingern und blickte auf den Milchkaffee, als könne er darin lesen.

„Das nicht", entgegnete er bedächtig. „Aber wir wissen jetzt, wo er gerne hingeht. In den Puff. Ziemlich teure Angelegenheit."

„Ist doch gut. Da stellt er wenigstens nichts Böses an." Ich schob mir eine Erdbeere in den Mund. Sie schmeckte wässrig. Dabei hatten die so verführerisch ausgesehen. Das kommt davon, wenn man die Gewächshausmodelle im Supermarkt kauft, schalt ich mich.

„Woher hat der das Geld? Und woher weißt du, dass

er da nichts Böses anstellt? Wir haben jede Woche Anzeigen von vermöbelten Nutten, die auf irgendeinen Verrückten gestoßen sind. Ich wette, der gehört auch zu der Sorte."

„Wisst ihr das oder vermutet ihr das nur?"

„Bis jetzt ist das nur eine Vermutung. Wir wissen nur, dass er Prostituierte und Sexclubs aufsucht. Und dafür braucht er massig Kohle. Wo hat der die her?"

„Was wollt ihr denn überhaupt erreichen? Ihr könnt den doch nicht rund um die Uhr beschatten, wenn er nichts gemacht hat."

Leo setzte ein resigniertes Gesicht auf. „Sicher nicht. Wir möchten ihn aber dabei erwischen, wie er was anstellt. Er darf nicht frei herumlaufen. Er ist eine Gefahr. Und diese Arschlöcher von Richtern und Staatsanwälten haben das nicht erkannt. ‚Der Arme, wir können den doch nicht für immer einlochen ... '", äffte er die Stimme eines imaginären Weichei-Juristen nach. „Die haben einfach vergessen, ihm Sicherungsverwahrung zu geben, und wir müssen das jetzt ausbaden."

Er wandte den Kopf zu mir, und in seinen Augen glühte Zorn. „Aber wir finden was. Irgendetwas Illegales macht der, da kannst du Gift drauf nehmen. Irgendetwas, das reichen könnte, um ihn wieder einzubuchten. Bevor er wieder ..." Er presste die Kiefer aufeinander.

„Bevor er wieder ...?"

„Frauen überfällt." Er griff nach einer Scheibe Salami und steckte sie sich in den Mund. „Das Geld. Ein Ex-Knacki mit Geld. Er hatte keins, als er damals verhaftet wurde. Und jetzt hat er welches. Warum? Ich bin sicher, es gehört nicht ihm."

„Vielleicht hat er eine Bank überfallen, und ihr wisst das nicht?"

Er schaute auf, die Lachfältchen in seinen Augenwinkeln kräuselten sich. „Schlaue Vermutung, Frau Assessorin.

Leider gibt es keine unaufgeklärten Banküberfälle, haben wir schon recherchiert."

„Und welche, bei denen die Beute fehlt?"

Ein anerkennendes Lächeln huschte über sein Gesicht. „Sehr clever, *tesoro*. Wirklich. Willst du bei uns anfangen?"

Ich knuffte ihn in die Seite. „Hey, du verarschst mich."

„Würde mir nie einfallen. Nein, das ist wirklich ein guter Ansatz. Aber es gibt noch viele andere Möglichkeiten ... Lottogewinne, illegales Glücksspiel, Online-Poker ..."

„Dabei wird man eher arm als reich", gab ich zu bedenken. „Er könnte aber geerbt haben."

„Haben wir überprüft. Der ist offiziell arm wie eine Kirchenmaus."

„Dürft ihr überhaupt ermitteln, wenn ihr doch nichts gegen ihn habt?"

Er grinste. „Niemand hat etwas dagegen, wenn wir ihm ein bisschen auf den Zahn fühlen. Alle bei Freddy im Kommissariat wissen, dass der gefährlich ist. Hat jeden verdammten Tag seiner Strafe abgesessen. Keine vorzeitige Entlassung, keine Freigänge. Nichts. Warum wohl?"

Ja sicher. Hätte er sich gut geführt, hätte man ihm irgendwelche Hafterleichterungen gewährt. Ich hatte als Referendarin ein Praktikum im Gefängnis gemacht. Gefangenenpersonalakten gelesen und bei Entscheidungen über Freigang und so weiter mitgewirkt. Wer seine Tat nicht bereute, seine Schuld nicht aufarbeitete, hatte keine Chance.

„Und jetzt?"

Er zuckte die Achseln. „Wir finden alles über ihn heraus. Seinen Tagesablauf. Seine Vorlieben. Seine Lieblingsnutten." Er schlug mit der flachen Hand auf den Tisch. „Verdammt noch mal, wir finden was. Ich weiß es. Und wenn nicht ..."

„... dann hängt ihr im was an, oder wie?"

Leos Blick jagte mir einen Schauer über den Rücken.

„Ich glaube, in diesem einen Fall würde ich sogar so weit gehen."

„Leo! Tu nichts, was du später bereust."

Mit einem eigenartigen Ausdruck im Gesicht erwiderte er leise: „Ich bereue einige Dinge, die ich nicht getan habe. Zutiefst. Aber gegenüber diesem – diesem Monster werde ich nie und nimmer irgendetwas bereuen. Nie und nimmer."

„Aber dein Job", gab ich zu bedenken. „Wenn das rauskommt! Und wann willst du den überhaupt noch machen, wenn du die ganze Zeit unterwegs bist!"

„Das *ist* mein Job", sagte er mit Nachdruck. „Und den mache ich gut. Guck dir die Sache mit Enrica an. Das klappt schon."

„Weiß man schon was?"

„Sie ist vermutlich erstickt. In ihrer eigenen Wohnung. Montag bekommen wir das Ergebnis der Laboruntersuchungen. Vielleicht sogar heute schon. Dana kümmert sich darum. Dann werden wir wissen, wie es geschehen ist. An einen Unfall glaube ich jedenfalls nicht."

Wäre ja auch zu komisch, wenn sie ausgerechnet in dem Moment einen Unfall erleiden würde, in dem sie mir etwas über den Mord an Heimke zu erzählen gehabt hätte. Ich versuchte, mir ihr Aussehen ins Gedächtnis zu rufen. Doch ich hatte keine Erinnerung an Einzelheiten. Ich hatte sie ja nur ein- oder zweimal zu Gesicht bekommen. Und jetzt war sie einfach tot, ausgelöscht, nicht mehr da. Wie schnell diese Dinge passierten. Ohne jede Vorwarnung.

Leo streckte die Arme in die Luft, räkelte sich und gähnte.

„Sag´ mal, wie wäre es: Ich bummle heute Überstunden ab. Wollen wir nach Menzow? Ich könnte ein bisschen Erholung gebrauchen." Ein unmissverständliches

Funkeln in seinen grünen Augen verriet, welche Art von Erholung er sich genau vorstellte.

Der Gedanke an eine oder zwei Nächte in seinem kleinen Liebesnest trieb mir die Röte in die Wangen. Er bemerkte es und fasste mit einer Hand unter mein Kinn, zog mein Gesicht zu sich heran und küsste mich. „Lass uns gleich fahren“, murmelte er.

EIN TATORT

Genau wie nach unserer allerersten gemeinsamen Nacht war der Himmel über dem kleinen weißen Holzhäuschen am See wolkenverhangen, und es nieselte. Und genau so wie damals erschien mir das Grau des Tages, das sich im Wasser spiegelte, als die schönste Farbe. Der Geruch nach Wasser und Wald erinnerte mich daran, wie ich nur mit seinem Hemd bekleidet auf der Holzterrasse gestanden hatte, überwältigt von meinen Gefühlen.

Leo hievte eine Sporttasche aus dem Kofferraum, in die wir hastig ein paar wenige Kleidungsstücke und Essensvorräte gestopft hatten.

Wir hatten kaum die Tür hinter uns geschlossen, als Leo und ich gierig übereinander herfielen. Wir rissen uns auf dem Weg ins Schlafzimmer gegenseitig die T-Shirts vom Körper, und als die Wärme seiner Haut auf meine traf, schnappte ich das erste Mal nach Luft, während tausend kleine elektrische Entladungen meinen Unterkörper überfielen. Eine Spur achtlos hingeworfener Kleidungsstücke hinter uns lassend, landeten wir auf dem Bett, das fast das gesamte kleine Schlafzimmer einnahm.

„Hab ich dir heute schon gesagt, dass ich dich liebe?“,

raunte er mir ins Ohr, während seine Hände über meine Haut glitten. Sein Streicheln genügte schon, um mich in einen Taumel zu versetzen, mich schwindlig zu machen. Ich drängte mich an ihn und fühlte sein hartes Glied an meinem Bauch.

„Hast du nicht“, flüsterte ich und streifte dabei seinen Mundwinkel. Seine Lippen nahmen von meinem Mund Besitz, seine Zunge forderte mich sanft heraus. Ich schloss die Augen, um das Gefühl seiner Nähe ganz auszukosten. Seine Finger schmeichelten sich zwischen meine Beine, ich zitterte, als sie mein Lustzentrum trafen, hob ihm meine Hüften entgegen und stöhnte.

„So süß und nass bist du“, murmelte er, „Scheiße, macht mich das an ...“ Meine Antwort war ein lauteres Stöhnen, die Sprache hatte es mir verschlagen. Das Wissen, dass meine Erregung seine anfachte, steigerte sie noch, ich fühlte das Laken unter mir feucht werden.

Oh. Mein. Gott. Genüsslich streiften seine Finger meine Schamlippen, umkreisten sanft meinen Kitzler, und ich krallte meine Hände ins Betttuch. Meine Gedanken waren ausgeschaltet, ausgeknipst durch seine Zärtlichkeiten, seine Begierde. Sein Mund wanderte langsam an mir hinab, verweilte auf meiner Brust, streifte meine Brustwarzen. Er glitt an mir herab, kitzelte mit der Zunge meine Leistenbeuge und raunte mir zu: „Und jetzt lasse ich dich kommen.“ Ein Schauer nach dem anderen rieselte über meine Haut, und ich krächzte heiser „Ja, ja ...“, als er seine Zähne in die Innenseite meiner Schenkel grub, sanft und herausfordernd zugleich. Mit kleinen, provozierenden Bewegungen tanzte seine Zunge über meine Perle, immer wieder machte er kurze Pausen, die mich fast in den Wahnsinn trieben.

„Mach weiter, ohh bitte, mach weiter“, hörte ich mich wimmern. Doch er ließ sich Zeit, neckte mich und zog sich zurück, immer wenn er spürte, dass ich kurz vor der Explosion stand. Erst als er fühlte, dass er nichts mehr aufhalten konnte, gab er nach, drängte zwei Finger in mich hinein und saugte sich an meiner Perle fest. Wie ein Katapult schoss er mich ab ins Universum, alles löste sich auf in Atome, die sich nur ganz allmählich trudelnd wieder auf der Erde einfanden und sich zu meinem Ich zusammensetzten.

Mit einer trägen Bewegung rutschte er zu mir herauf, küsste mich hart und drehte sich auf den Rücken. Er zog mich auf sich und hielt mein Gesicht zwischen seinen Händen. Unsere Blicke tauchten ineinander, ich las die Zärtlichkeit und zugleich ein glutheißes Verlangen darin.

Langsam spreizte ich die Beine, rieb meine nasse, schmerzhaft geschwollene Spalte an seiner Schwanzspitze. Er vergrub beide Hände in meinem Haar und wand sich unter mir.

„Los, fick mich“, verlangte er mit rauer Stimme. „Jetzt.“ Er griff nach meinen Brüsten, schob mich in die sitzende Position. Gerne hätte ich ihn noch ein bisschen gequält, mich weiter an ihm gerieben, um ihn wahnsinnig zu machen, aber ich hielt es nicht mehr aus. Voller Ungeduld ließ ich ihn in mich eindringen, mit einem Ruck, und wir seufzten gleichzeitig auf.

Er hielt meine Brüste umfasst, während ich mich auf ihm bewegte, langsam zuerst. Bei jeder Bewegung entkam ihm ein Stöhnen. Die Welt um uns herum versank, es gab nur noch uns, unsere Liebe, unsere Einheit. Sein Gesicht verzerrte sich vor Anspannung, als ich allmählich das Tempo erhöhte. Er begann, mir seine Hüften entgegenzudrängen, packte meine Hinterbacken, um den Druck zu verstärken. Doch jetzt ließ ich mir Zeit, stoppte zwischendurch, spürte dem Pochen seiner Erektion in meinem Inneren nach, und er biss sich auf die Lippen. „Ich liebe dich“, keuchte ich, während ich wieder Gas gab, schnell und schneller wurde. Ich ritt ihn in einem atemlosen

Galopp, und langsam stieg das Kribbeln des nächsten Höhepunktes in mir auf. Die Muskeln in meinem Inneren zogen sich fest zusammen, als ich kam, und ich schrie seinen Namen heraus. Seine Finger gruben sich noch fester in mein Fleisch, ich konnte nicht aufhören, mich zu bewegen, ließ eine heiße Welle nach der anderen über mich hereinbrechen, bis sein Körper sich in höchster Lust versteifte und er sich pulsierend in mir ergoss.

Für einen Moment verharrten wir bewegungslos, fast erstaunt betrachteten wir uns gegenseitig, als wäre es das erste Mal, dass wir uns solch wahnsinnige Gefühle schenkten. Ich ließ mich auf ihn fallen, rollte mich zur Seite und kuschelte mich in seinen Arm. „Du bist der Wahnsinn", flüsterte er, und es dauerte keine fünf Sekunden, bis wir beide in seliger Entspannung einnickten.

Ich erwachte vom Dröhnen eines Gitarrenriffs. Leos Handy. Ach du Scheiße. Ein bläuliches Schimmern am Himmel verriet, dass die Nacht bereits fast vorüber war. Wir hatten den Rest des gestrigen Tages mit völligem Müßiggang verbracht, Dösen, Lesen, Schlafen. Und natürlich dem, wozu wir hergekommen waren ... Ich fühlte immer noch eine angenehme Schwellung zwischen meinen Beinen, ein Gefühl, das mich durch den Tag tragen würde wie auf Wolken. Leo stöhnte neben mir, als er nach dem Handy angelte.

„Ja", nuschelte er ins Mikrophon. Dann setzte er sich mit einem Ruck auf. „Ihr habt - *was*?"

Ich konnte eine aufgeregte Stimme am anderen Ende hören, die in einem Fort auf Leo einredete. *Das ist doch nicht wahr. Werden wir nie Ruhe haben?* Ich begann, seinen Beruf zu verfluchen. Mein Herz begann lauter zu schlagen, als ich ihn erwidern hörte: „Ich komme."

Jetzt? Es ist 4 Uhr 30! Doch da wandte Leo sich schon zu mir um und strich mit der Rückseite seiner Finger über meine Wange. Ein bedauerndes Lächeln im Gesicht, kündigte er an: „Ich muss rausfahren. Sie haben eine Leiche gefunden. Bitte bleib hier, bis ich wiederkomme. Es kann nicht allzu lange dauern.“

Ich griff nach seinem Handgelenk. „Versprichst du es?“ Oh Mann. „Warum immer du? Kann das nicht ein Kollege machen?“ Er presste die Lippen aufeinander.

„Es hat mit - meinem Fall zu tun. Ich kann das niemand anderem überlassen. Bitte.“ Verdammt. Mein Stolz richtete sich auf und zeigte mit dem Finger auf mich. *Du wirst ihn jetzt nicht einfach so gehen lassen.* Oh doch. Das würde ich. *Ich bin kein Klammeraffe,* gab ich in Gedanken zurück. *Er tut, was er tun muss.*

„Wirst du mich nachher abholen?“, fragte ich, anstatt ihn weiter zu bedrängen. Oh Gott, hoffentlich würde ich irgendwann den Lohn dafür erhalten, dass ich mich so wahnsinnig *verständnisvoll* zeigte.

„Ich komme wieder, und wir bleiben bis morgen. Mir geht das genau so gegen den Strich wie dir.“ Das jagdlustige Funkeln in seinen Augen strafte seine letzten Worte Lügen. Doch ich sagte nichts dazu. Je schneller dieser Spuk vorüber war, um so besser. Vielleicht hatten sie ja jetzt endlich die Chance, die Sache hinter sich zu bringen.

Ich ließ mich in die Kissen zurückfallen, und er küsste meine geschlossenen Augenlider. „Vergiss´ nie, dass ich dich liebe. Auch wenn ich mal nicht da bin.“ Ich schüttelte den Kopf und musste trotz meiner Enttäuschung lächeln.

„Entschuldigen Sie, dass ich Sie schon wieder belästige.“ Ich nutzte den Vormittag, den ich ohne Leo verbringen musste, um einige Telefonate zu führen.

„Sie können mich gar nicht belästigen, Sabina.“ Pawels Stimme am anderen Ende der Leitung klang belustigt. Ich sah ihn vor mir, wie er verschwörerisch grinste. „Was ist los?"

„Ich würde jetzt gerne anfangen. Etwas eher als geplant, meine ich. Leo ist sehr – beschäftigt. Und mir fällt langsam die Decke auf den Kopf."

„Kommen Sie doch gleich übermorgen. Begleiten Sie mich ins Gericht."

„Au ja. Was gibt es dort?"

„Großes Kino. Mordprozess gegen einen Türsteher. Soll einen Gast erschossen haben."

„Klingt spannend."

„Ist es auch. Gestern ist übrigens auch Ihre Ladung als Zeugin angekommen."

Ich stutzte. Wofür war ich Zeugin?

„Sie wissen schon", erklärte er. „Ihre Freundin Olga. Ihr Termin ist aber erst im Juli."

Olga. Ach ja, meine ehemalige Mitgefangene. Mein Herz plumpste in die Kniekehlen. Sie hatte mir genauestens erzählt, wie sie ihren Mann umgebracht hatte. Wenn ich das vor Gericht erzählte, würde sie mindestens wegen Totschlags verurteilt. Ich würde lügen müssen.

„Davor graut mir ein bisschen", begann ich zögernd. „Ich – sie – ich kann sie doch nicht in die Scheiße reiten ..."

Pawel schwieg für einen Moment.

„Sabina, hören Sie. Sie dürfen nicht lügen. Das wissen Sie."

Nein, sicher nicht. „Ich muss es aber. Sonst ist sie dran. Und das hat sie nicht verdient, nach allem, was dieses - dieses Schwein mit ihr gemacht hat."

Noch mal Schweigen. Ich hörte das Klicken eines Feuerzeuges. Sicher steckte er sich gerade eine „Romeo y Julieta" an, so wie er es am Tag meiner Verhaftung getan hatte. Er schien einen tiefen Zug am dem Zigarillo zu nehmen.

„Bis dahin ist Ihre Anwaltszulassung durch. Dann brauchen Sie nichts mehr zu sagen. Denken Sie später darüber nach. Ich sehe Sie erst mal am Freitag."

Ja, bis Freitag. Übermorgen. Daran, was Leo sagen würde, wenn ich jetzt schon bei Pawel anfangen würde zu arbeiten, dachte ich lieber nicht. *Ich habe das Recht dazu. Er hat mich auch nicht gefragt, ob er sich die Nächte mit einer verrückten Observation um die Ohren schlagen darf. Soll ich hier versauern?*

Als Leo am frühen Nachmittag zurückkam, sprach ich das Thema nicht an. Er würde sowieso nichts davon mitbekommen, wenn er wieder zu seinen Verbrechern aufbrach.

Er begrüßte mich stürmisch, als hätten wir uns eine Woche nicht gesehen, riss mich in seine Arme. Ich ließ meine Hand über seinen Rücken gleiten und vergrub meine Nase an seiner Brust, atmete seinen Duft tief ein, als wollte ich mich mit seiner Liebe und Nähe vollsaugen. Er ließ es geschehen, wartete ein Weilchen, bis er mich vorsichtig von sich wegschob, einen Kuss auf meine Nase plazierte und mit einem Lächeln sagte: „Ich könnte jetzt etwas zu essen vertragen."

„Ich habe extra für dich Kassler gemacht."

Er strahlte. „Das gefällt mir. Eine Ehefrau, die kochen kann."

„Was ist passiert?", fragte ich, als wir am Tisch saßen, und goss ihm ein Glas Wein ein.

„Ein natürlicher Tod wahrscheinlich. Sonst wäre ich jetzt nicht schon hier. Eine alte Frau in einer Kleingartenanlage. Offenbar hat sie keiner vermisst. Sie lag da schon seit mehreren Wochen, vermuten wir."

„Du hast dich umgezogen", stellte ich fest. Er nippte an seinem Glas und nickte.

„Ich werd´ den Teufel tun und dir mit Tatortklamotten unter die Augen treten. Das willst du wirklich nicht erleben." Augenzwinkern. „Ich habe Reservekleidung im Büro. Für alle Fälle."

Ich zählte an den Fingern ab. „Eins, zwei, drei. Du hast jetzt drei Fälle aufzuklären. Und dann noch diese – diese verrückte Sache mit deinem Freddy. Das geht doch unmöglich gleichzeitig." Ich blickte in seine Augen, die sich augenblicklich verengten.

„Es gibt da Zusammenhänge. In Wirklichkeit also nur zwei Fälle. Ist nicht das erste Mal im übrigen", erwiderte er knapp.

„Ich mache mir langsam Sorgen. Du gehst nicht mehr rudern, triffst keine Freunde mehr ..."

„Ich bin hier. Was willst du mehr? Und rudern kann ich jetzt noch gehen. Mein Boot liegt draußen. Soll ich?" Er griff nach meiner Hand. „Ich kann das nicht ändern, Sabina. Es ist mein Job. Es ist wichtig für mich. Lass´ mich das zu Ende bringen."

Ach Leo. Er stand auf, nestelte an seiner Hosentasche. „Übrigens – Dana hat mich gebeten, dir das hier mitzubringen." Er zog einen zusammengefalteten Zettel heraus.

Es war eine Zeugenvorladung für Freitag früh um neun. „Sie möchte dir Bilder von ein paar Mädels zeigen, die mit Heimke befreundet waren. Hat sich extra ihre Fotos von der Personalausweisstelle besorgt."

Na super. Den Türsteher konnte ich gleich wieder abhaken. Ich seufzte. „Eigentlich hatte ich da einen Termin." Leo beäugte mich misstrauisch.

„Verschieb ihn. Du willst doch auch endlich einen Schlussstrich unter die Heimke-Sache ziehen. Das ist wichtig."

Dana Kanther legte auf ihrem Schreibtisch fünf Fotos wie Patiencekarten in eine Reihe.

„Lassen Sie sich Zeit. Schauen Sie sich die Gesichter genau an."

Uff. Das klang leichter, als es war. Fünf Schwarzweißaufnahmen in Passbildgröße.

Leo hatte mich gleich morgens mit in sein Büro genommen. Während sie beide auf irgendeiner Frühbesprechung gewesen waren, durfte ich an Leos Schreibtisch lümmeln. Ein paar dünne Akten mit grünen Deckeln lagen säuberlich gestapelt in der Mitte des Schreibtisches. Daneben ein unordentlicher Haufen Papier, den er schon länger nicht mehr angefasst zu haben schien. Ein wenig Staub lag darauf. Das Display seines Computers zeigte ein langweiliges Bild „Polizei Berlin". Ein loses Blatt fiel mir auf. Es lag direkt auf seiner Tastatur, als wolle er es als Erinnerung an irgendeine Aufgabe benutzen. Ich konnte einen neugierigen Blick darauf nicht unterdrücken.

„Bericht", stand darauf.

„Gemeinsam mit KHK Duvenage suchte ich die Kleingartenanlage „Gartenfreunde" in Berlin-Buchholz auf. Die weibliche Leiche wies deutliche Zeichen fortgeschrittener Verwesung auf ..." Es folgte eine detaillierte Beschreibung des offenbar verwahrlosten Gartenhauses, in dem sie die alte Frau vor zwei Tagen gefunden hatten. „Auffallend waren einige lose Bodendielen in unmittelbarer Nähe des Fundortes. Die Dielen ließen sich ohne Mühe entfernen. Darunter befindet sich ein etwa ein Quadratmeter großes Areal frisch aufgewühlter Erde, als hätte jemand dort gegraben. Die PTU war bereits vor Ort und sicherte die Spuren. Die Leiche wurde zur Klärung der Todesursache in das gerichtsmedizinische Institut verbracht ..."

Als ich bis dorthin gelesen hatte, hörte ich ein Geräusch an der Tür und erhob mich hastig von Leos Arbeitsstuhl. Ich tat so, als betrachte ich gelangweilt die Bilder an der Korkpinnwand, wo jetzt neben den Bildern der toten Enrica runde und eckige Kärtchen mit Namen, Adressen und Anmerkungen hingen. Dana hatte inzwischen den Raum betreten, in der Hand einen Umschlag mit Fotos, und mich gebeten, sie zu betrachten.

Jetzt hielt ich mir eines nach dem anderen vor die Nase. Auf jedem war eine junge Frau abgebildet, vielleicht in meinem Alter.

„Sehen Sie sich erst diese fünf Bilder an, danach habe ich noch mal genau so viel."

„Warum zeigen Sie sie mir nicht alle auf einmal?"

Dana lächelte. „Es ist einfacher so. Und auch beweiskräftiger, wenn Sie wirklich jemanden erkennen."

Zögernd deutete ich auf eins der Fotos. Die Frau war blond, hatte helle Augen und eine auffallend spitze Nase.

„Die hier habe ich vielleicht schon mal gesehen." Dana nahm das Bild in die Hand und betrachtete es noch einmal.

„Geht es noch ein bisschen genauer? Ist sie eine von Heimkes Bekannten?"

Ja, wenn ich das wüsste. Ich zuckte die Achseln. „Ehrlich gesagt, ich habe keine Ahnung. Aber mir ist so, als hätte ich sie schon einmal gesehen. Vielleicht auf der Party, wo ich Heimke kennengelernt habe? Wenn es so ist, müsste auch mein Kollege Lucas sie kennen. Er war der Gastgeber."

Dana nickte und notierte sich etwas in ihrem schwarzen Notizbuch. „Das ist die Nummer zwei." Sie sammelte die Bilder wieder ein und legte mir fünf neue vor.

Dasselbe Spiel. Warum war es nur so verdammt schwer, eine Person wiederzuerkennen? Ich dachte an all die Zeugen, die jeden Tag in Polizeirevieren auf der ganzen Welt Fotos betrachten mussten. Wie war es möglich, dass ausgerechnet ich so total unfähig war?

Einzig auf dem letzten Bild klingelte bei mir etwas. Diesen Blick hatte ich schon einmal irgendwo gesehen. Aber wo? Die Frau hatte langes, dunkles Haar, das ihr lose auf die Schultern fiel. Ihre dunklen Augen schienen starr auf die Kameralinse gerichtet gewesen zu sein, völlig ausdruckslos. Aber dieses Starren erinnerte mich an irgend etwas. Nur – woran?

Ich blickte auf in Danas erwartungsvolles Gesicht. „Die hier – also, ich habe sie wohl schon einmal gesehen. Der Blick ist mir irgendwie im Gedächtnis geblieben. Und Heimke hatte damals eine Blonde und eine Dunkelhaarige dabei, das weiß ich. Aber ob sie es ist ... dazu müsste ich sie vielleicht in Natura sehen ..."

Sie seufzte. „Ok, das ist die Nummer acht." Sie schrieb wieder in ihr Notizheft, zog die Tastatur ihres Computers zu sich heran und begann zu tippen. Fünf Minuten später zog sie das fertige Protokoll aus ihrem Drucker und reichte es mir zur Unterschrift.

„Noch etwas: Können Sie sich an die Namen der Begleiterinnen von Heimke erinnern? Also an die, mit denen Sie an diesem einen Abend unterwegs waren, auf der Party ihrer Fakultät?"

Eben nicht. Hätte ich geahnt, dass es darauf später einmal darauf ankommen würde, hätte ich sicher genauer hingeschaut und mir die Namen gemerkt.

„Irgendwas mit A. Und die andere hieß irgendwie ... was mit S. Andrea? Alexa? Susanne? Ich weiß es einfach nicht mehr. Tut mir leid." Ich schämte mich fast dafür. Als Zeugin war ich einfach eine Katastrophe.

Doch Dana nickte nur. „Ich verstehe das. Es ist schon gut. Sie brauchen sich nichts auszudenken. Es war nur eine Frage. Da kommt Leo." Die Tür ging, und Leo trat ein, einen beinahe fiebrigen Ausdruck im Gesicht.

„Mike hat herausgefunden, wem die Hütte gehört, in der wir die Tote gefunden haben. Könnte die Besitzerin sein. Sie arbeiten noch an der Identifizierung."

Er warf einen weiteren Stapel Papiere, diesmal in einer

blauen Papphülle, achtlos auf seinen Schreibtisch. „Konntest du jemanden erkennen?“, fragte er, zu mir gewandt.

„Ich bin leider eine miserable Zeugin“, seufzte ich. Leos Lachfältchen kräuselten sich.

„Das hast du mit 99 Prozent aller Menschen gemeinsam. Mach dir nichts draus.“

Dana hatte sich die Akten in der blauen Papphülle gegriffen und darin geblättert. „Du, Leo.“ Sie runzelte die Stirn und schaute auf. „Die Besitzerin dieses Gartenhäuschens – die hieß Lamberti.“

„Lamberti? Sagt mir jetzt nichts.“

„Doch, doch! Da war was mit Lamberti ...“ Sie schien meine Anwesenheit vergessen zu haben und tippte hektisch Suchbegriffe in ihren Computer ein, während Leo mich zur Tür brachte.

„Ich muss los, in die Gerichtsmedizin. Wenn mir danach nicht schlecht ist, könnten wir zusammen essen?“ Er grinste etwas schief.

Mir fiel meine Verabredung mit Pawel ein. Wenn ich jetzt losfuhr, konnte ich den Rest der Türsteher-Verhandlung noch miterleben. Bedauernd schüttelte ich den Kopf. „Schade, das geht wohl nicht. Ich habe einen Termin. Mit meinem Chef, du weißt schon ...“ Leos Augen verdüsterten sich für einen Moment.

„Mit deinem *zukünftigen* Chef, wolltest du sagen.“

Jaa doch. „Ich schaue mir nur einen Mordprozess an.“

Leo legte seine Lippen an mein Ohr. „Denk immer dran, du wirst *meine* Frau“, flüsterte er. „Mit *mir* verbringst du dein Leben, ist das klar?“

Ich wand mich unter seinem Griff. „Alles klar.“ Ich funkelte ihn an. „Das ist doch genau, was ich will. Mensch.“ Ich hauchte ihm einen Kuss auf die Wange, und er drückte mich kurz an sich, bevor ich aus der Tür schlüpfte.

NEUGIER

Leos Schreibtisch war wie immer von Papieren übersät. Wie sollte ich da die Rechnung finden? Heute Morgen hatte Leo mich schon gebeten, sie zu suchen. Aus meinem Türsteherprozess wurde nichts, der Prozess war vertagt worden. Daher hatte ich jetzt Zeit, mich über diese Papierstapel herzumachen.

„Es ist für den Dachboden, weißt du. Johannes hat einen Statiker für den Ausbau beauftragt, und ich finde dieses Scheiß-Papier nicht mehr. Muss irgendwie auf dem Schreibtisch liegen." Leos Schreibtischordnung war ein Thema für sich.

„Ich kann doch nicht deine Papiere durchwühlen!", protestierte ich.

„In wenigen Wochen sind das auch deine Papiere, *tesoro*. Dann bist du meine Frau und meine Angelegenheiten sind auch deine." Er lächelte sein unwiderstehliches Lächeln, und ich fühlte mich dahinschmelzen. Ja, ich werde seine Frau.

„Ich fühle mich sehr geehrt", grinste ich.

Doch nun hatte ich schon eine Viertelstunde vergeblich in seinen unzähligen Papieren gewühlt. Ich gab der Versuchung nach, sie nach „Abzulegen“, „Rechnung“ und „Zu erledigen“ zu sortieren. Nahm jedes verdammte Blatt in die Hand und legte es auf einen der drei Stapel. Das passte irgendwie nicht zusammen: Er vertraute mir seine ungeordnete Korrespondenz an, verschwieg mir aber immer noch, was ihn dazu trieb, jede Nacht bis in die Puppen hinter einem entlassenen Häftling hinterher zu sein.

Versicherungsunterlagen, Mieteranfragen, ein Katalog für Polizeiausrüstung, Aborechnungen für diverse Fachzeitschriften ... wie lange hatte er nicht mehr hier in seinem Arbeitszimmer gesessen?

Und wie lange hatte er keine Gitarre mehr in die Hand genommen? Sicher wären die beiden Gitarren, die hinter mir an der Wand hingen, schon längst eingestaubt, hätte Senora Isabel, seine Haushaltshilfe, sie nicht regelmäßig mit einem Staubwedel bearbeitet. Doch sein Schreibtisch war für sie Tabu.

Auf der Suche nach ein paar Büroklammern, um meine Ordnungsarbeit abzusichern, zog ich die oberste Schreibtischschublade auf. Na ja, ich gebe es zu: Es war auch meine unbezähmbare Neugier dabei. Bisher hatte ich mir jeden Blick auf seinen Schreibtisch versagt. War schließlich seine Privatangelegenheit, wie er mit seinem Papierkram umging. Doch hatte er mich nicht geradezu aufgefordert, mich dort umzublicken?

Die oberste Schublade enthielt lediglich einen Stapel Druckerpapier. Ich öffnete die zweite. Zuoberst lag ein Bilderrahmen, den Rücken nach oben, schlichtes Schwarz. Kaum größer als eine Postkarte. Ich drehte ihn um - und sah in das Gesicht einer hübschen jungen Frau mit dunklem Haar und wunderschönen großen, dunklen Augen. Umschattet von fein gezeichneten Augenbrauen, mit langen, dichten Wimpern. Sie lächelte, und ihr ganzes schmales Gesicht schien zu strahlen. Sie mochte Anfang 20 sein.

Sofort drängten sich hundert Fragen in mein Bewusstsein. Wer war sie? Warum lag das Bild hier? Schaute er es sich oft an? Warum?

Er erzählte nie von meinen Vorgängerinnen (von denen es sicher Dutzende gab). Nie hatte ich ein Foto von ihm mit anderen Frauen gesehen - von seinen Schwestern und Cousinen einmal abgesehen.

Mir fiel die Fotowand im Wohnzimmer ein. War dort nicht diese Lücke gewesen - eine Lücke mit einem verwaisten Bildernagel in der Wand? Mit klopfendem Herzen stand ich auf und ging zu seiner Fotosammlung, das Foto in der Hand. Ich hielt es genau an die Stelle, wo ein Bild fehlte. Es passte.

Unzählige Vermutungen, Befürchtungen und Spekulationen gingen mir durch den Kopf, doch ich verwarf sie alle hastig. Ich vertraute Leo von Grund auf. Sollte ich das wirklich aufs Spiel setzen, indem ich Fragen stellte?

Vorsichtig legte ich das Bild zurück, in der Hoffnung, dass Leo keine Positionsänderung feststellen würde, wenn er das nächste Mal danach sah.

Es dauerte eine weitere halbe Stunde, bis ich das richtige Papier in der Hand hielt. „Ingenieurbüro Hanssler - Vermessung und Statik". Uff. Ich legte es auf seine Computertastatur. Direkt daneben lag eine blaue Papphülle wie die, die er heute so achtlos in seinem Büro auf den Stapel gepackt hatte.

„Enrica Hendriksen" stand darauf. Hatte er die Unterlagen mit nach Hause gebracht?

Wollte er, dass ich das lese? Oder hatte er einfach nur vergessen, sie wegzuschließen? Jetzt war das eh schon egal. Ich streckte meine Hand danach aus. Sie zitterte leicht, als ich danach griff, aber die Wissbegier war stärker als mein Gewissen.

„Gerichtsmedizinische Untersuchung", stand auf dem obersten Blatt. Eine umfängliche Beschreibung des Aussehens von Enrica versagte ich mir, blätterte weiter bis zum endgültigen Untersuchungsergebnis.

„Der Tod trat durch Ersticken ein. Jedoch wurde das Opfer vorher mit Gammahydroxybuttersäure betäubt. Die verabreichte Dosis war nicht geeignet, den Tod des Opfers herbeizuführen, genügte jedoch für eine lang anhaltende Bewusstlosigkeit. Es ist davon auszugehen, dass diese Bewusstlosigkeit vom Täter genutzt wurde, um die Tötungshandlung auszuführen. Es wurden Baumwollfasern im Gesicht der Toten gefunden. Die Untersuchung erbrachte eine Übereinstimmung mit den Fasern des Kopfkissenbezuges."

Ich legte die aufgeschlagene Mappe in den Schoß und starrte auf den schwarzen Computerbildschirm. Vor meinen Augen erstand das Bild, wie eine Person Enrica ein Getränk anbietet. Sie nimmt es an, fällt um – und der Täter erstickt sie einfach mit einem Kissen. *Ich wünschte, ich könnte dieses Bild wieder loswerden.*

Von diesem Zeug, was der Mörder benutzt hatte, hatte ich schon einmal gehört. GHB. Drogensüchtige verwendeten es als Stimmungsmacher. Deshalb nannten sie es auch „Liquid Extasy". Doch mein Ausbilder bei der Staatsanwaltschaft hatte mir auch von Fällen erzählt, wo das Zeug als K.O.-Tropfen eingesetzt wird, um Frauen willenlos zu machen und sexuell zu missbrauchen.

Ob es einfach war, da heranzukommen?

Ich dachte an Pawels Akte. Amtsbekannt wegen Drogenbesitzes ... die drei Freundinnen hätten also alle die Gelegenheit gehabt, sich so ein Zeugs zu besorgen. Wahrscheinlich brauchte man sich dazu bloß im Mauerpark ein bisschen umzuhören.

„Kann das nicht endlich ab?" Nick deutete auf die beiden

schmalen Pflaster, die immer noch den Schnitt an meiner Schläfe zusammenhielten. Wir spazierten mit dem Kinderwagen, in dem die kleine Annick schlief, durch den Lietzenseepark.

Leo verbrachte diesen Samstagnachmittag endlich mal wieder im Ruderclub, wo man ihn bereits sehnsüchtig erwartete. Die nächste Regatta stand an, und Leo musste um seinen Platz als Schlagmann kämpfen, nachdem er nun schon öfter das Training geschwänzt hatte.

Ich nutzte die Gelegenheit, Nick zu besuchen, die sich schon mehrmals beklagt hatte, dass sie als junge Mutter völlig vereinsame. „Die Freundinnen ohne Kind gehen alle arbeiten, die mit Kind sind selber völlig beschäftigt. Mir fällt hier noch mal die Decke auf den Kopf!“, hatte sie am Telefon gejammert, als ich meinen Besuch anmeldete.

Nun standen wir am Ententeich und betrachteten ein halbes Dutzend der wolligen Knäuel von Entenküken, die piepsend hinter ihrer Mama herpaddelten. Die hohen Bäume warfen sanfte Schatten auf die Wiese, auf der wir standen. Der Verkehrslärm des nahen Kaiserdamms drang nur gedämpft hierher.

Ich fasste an die juckende Wunde und versuchte, eines der Pflaster zu lösen.

„Lass das lieber, ich glaube, die fallen irgendwann von allein ab! Erzähl mir lieber, wie es dir so geht“, verlangte meine Freundin. Ich warf einen verstohlenen Blick auf sie. Ihr Gesicht war zart gebräunt, sie war wohl viel mit Annick an der frischen Luft. Aber die Ringe um ihre Augen ... War sie unzufrieden mit ihrem Mutterdasein?

„Nee, sag du mir erst einmal, ob bei dir alles in Ordnung ist.“

Nick zuckte mit den Schultern und blickte mir in die Augen. „Ja klar - oder sehe ich so aus, als ob ich unglücklich bin?“

„Nicht direkt.“

Nick lachte. „Wirklich nicht. Manchmal fällt mir nur einfach die Decke auf den Kopf. Dann denke ich daran, wie wir früher im Club versackt sind. Oder bei Franz. Das ist das Einzige, was mir fehlt. Elisabeth hat mich 'spießig' genannt, weil ich jetzt andere Dinge habe, mit denen ich mich beschäftige." Elisabeth war ihre Cousine, gerade mal 17 Jahre alt. Wir grinsten.

„Engagier sie doch mal als Babysitter, dann können wir zusammen eine Sause machen", schlug ich vor. Nick unterdrückte ein herzhaftes Gähnen.

„Könnten wir wirklich mal machen", kam es nicht sehr enthusiastisch.

„Oder komm´ am nächsten Sonnabend zu uns. Leo hat Geburtstag. Wir feiern ein bisschen. Bring doch Annick einfach mit, die bringen wir dann so lange im Gästezimmer unter."

„Das klingt gut! Ich überleg es mir. Cedric ist an dem Abend aber nicht da, er hat einen Auftritt." Cedric spielte Cello und war fast an jedem Wochenende unterwegs mit seinem Orchester oder seinem Kammermusik-Quartett.

„Aber nun sag mir endlich, was bei dir so abgeht."

Ich stieß einen Seufzer aus und erzählte ihr von Leos nächtlichen Ausflügen. Nicks Augen begannen abenteuerlustig zu funkeln.

„Hey, geh ihm doch mal hinterher. Vielleicht macht er was, von dem er nicht unbedingt möchte, dass du es erfährst." Worauf sie sich verlassen konnte.

„Vielleicht will ich es selbst auch gar nicht wissen."

„Doch, das willst du. Ich kenne dich. Du bist neugierig. Und willst du echt die Katze im Sack heiraten? Wenn er jetzt schon Geheimnisse vor dir hat ..."

„Aber ich kann doch nicht ..."

„Klar kannst du. Du musst. Stell´ dir vor, er – er hat irgendwelche abartigen Vorlieben, die du nicht kennst!"

Ich brach in schallendes Lachen aus. „Ja nee, ist klar.

Er verlobt sich mit mir, unser Liebesleben ist in Ordnung, aber nachts verschwindet er zu geheimen erotischen Abenteuern. Nick, also wirklich!“

„Bist du so naiv? Guck dich um, Kerle machen so was ständig. Hast du mir nicht erzählt, dass sein Erzeuger wegen Untreue geschieden wurde? Wer weiß schon, ob …“

„Nein!“ Ich wollte mir das nicht vorstellen. Es gab keinen Grund dazu. Empört schüttelte ich den Kopf. Dann dachte ich an das Bild in seinem Schreibtisch. Es war wie ein kleiner Nadelstich. Nicht schmerzhaft. Aber es piekte. Nick merkte es.

„Ich sag es ja. Du hast einen Verdacht. Du solltest dem nachgehen.“

„Du spionierst Cedric doch auch nicht hinterher, wenn er nachts weg ist. Er könnte sonst was anstellen, und du wüsstest es nicht.“

Nick blinzelte in die Sonne, die zwischen den grünen Blättern hindurchschien. „Als ich schwanger war, habe ich es einmal gemacht“, sagte sie leise. „Ich bin ihm nachgefahren und habe mich in der Nähe der Künstlergarderobe versteckt. Fast hätte er mich erwischt. Ich war genau zwei Minuten vor ihm zu Hause, hab mir im Bad die Klamotten vom Leib gerissen und mich ins Bett geschmissen. Er hat gar nichts gemacht. Nur Musik. Zwei Mädels haben sich von ihm ein Autogramm geben lassen, das war alles. Seitdem habe ich Vertrauen zu ihm.“ Sie kickte ein paar Steinchen aus dem Weg und warf mir einen Seitenblick zu. „Schockiert?“

„Wieso, ist ja offenbar normal, dass Frauen in die Handys ihrer Männer schauen und ihnen hinterherschnüffeln.“

Sie boxte mich in die Seite. „Hallo, das war ein einziges Mal! Und in sein Handy schaue ich nie. Hast du noch nie so was getan?“

„Doch, wenn ich es recht bedenke …“ Ich schilderte ihr meine Schreibtisch-Aktion.

„Ganz klar eine Ex von ihm“, erklärte sie, als ich ihr das Foto beschrieben hatte. „Ich würde ihn wenigstens danach fragen.“

„Wenn ich ihn mal in ansprechbarem Zustand antreffe. Ich will keinen Streit.“

Sie schnaubte spöttisch. „Glaub mir, den wirst du sowieso irgendwann kriegen, wenn er so weiter macht.“

Immer wieder erschreckend, wie viele Kleidungsstücke man besitzt. Ich hatte zwei Koffer und ein paar Müllsäcke vor dem Kleiderschrank in meiner alten Wohnung aufgestellt, und während aus meiner Stereoanlage „Blurred Lines“ von Robin Thicke und weitere Hits dröhnten, leerte ich die Stangen, Fächer und Schubladen. Bald würde Laura hier wohnen, und ich konnte ihr meine überquellenden Schränke unmöglich zumuten. Nick hatte keine Zeit gehabt, mir bei diesem schrecklichen Unterfangen zu helfen, also hatte ich Mama gebeten, alles mit mir auszusortieren. Und das, obwohl ich eine Menge Ermahnungen und kritische Bemerkungen zum Zustand meiner Wohnung im Allgemeinen und meines Schrankes im Besonderen vorausahnte.

Doch ohne sie hätte ich die meisten Sachen wahrscheinlich behalten, obwohl ich sie nie wieder anziehen würde. Einen ganzen Nachmittag lang wühlten wir so lange in den Sachen, bis wir schweißgebadet vor anderthalb gepackten Koffern und vier vollen Müllsäcken auf mein Bett sanken, eine Tasse Kaffe in der Hand.

„Na bitte, geht doch“, sagte meine Mutter und ließ ihren befriedigten Blick über unser Werk schweifen. „Wenn du jetzt richtig Geld verdienst, kannst du schön shoppen gehen, und im Schrank ist trotzdem noch Platz. Kauf´ dir bloß nicht wieder solche bauchfreien Wurstpellen!“ Sie spielte auf ein paar enge T-Shirts an, die vor zehn Jahren mal modern gewesen waren, und die ich als Teenager mit Vorliebe getragen hatte, um meine Eltern zu ärgern.

Ich grinste. „Auf keinen Fall. Jetzt nur noch Designerkostüme fürs Büro!“

„So viele brauchst du nicht. Ein Hosenanzug, ein Kostüm, ein paar Oberteile, basta. Ich seh´ dich doch auch nur in Jeans.“ Wir lachten, erleichtert und beschwingt. Der leere Schrank hatte eine Wirkung wie Champagner.

Sie verabschiedete sich, nachdem wir alles im Auto zum Abtransport verstaut hatten. „Und nächste Woche kümmern wir uns mal um dein Hochzeitskleid.“ Damit eilte sie davon, um sich für einen der seltenen Theaterbesuche mit meinem Vater aufzurüschen.

Ich blickte mich auf der Straße um. Dort drüben, am Eingang des Parks, war es passiert. Das mit Heimke. Ich überquerte die Straße, um den ehemaligen Tatort zum ersten Mal zu betrachten. Hier hatte sie gelegen, ein Messer in der Brust. Und ich daneben. Ohnmächtig. Ich schüttelte mich, als ich daran dachte, wie sie zuerst bewusstlos und wenig später tot dagelegen hatte. Jetzt erinnerte nichts mehr daran, die Blutspuren waren weggewaschen, Menschen gingen ahnungslos auf dem Bürgersteig entlang, ohne zu wissen, was hier vor wenigen Wochen geschehen war.

Mir fiel ein, dass Lucas in der Nähe wohnte. Vielleicht konnte er mir etwas zu den Freundinnen von Heimke sagen, damit ich sie irgendwie einordnen konnte. Ich beschloss, bei ihm zu klingeln.

„Hey, Überraschung! Ich bin’s, Sabina“, rief ich in die Gegensprechanlage seines Wohnhauses.

„Hallo! Komm´ rein.“

Er drückte mich an sich und verpasste mir einen

dicken Schmatzer auf die Wange, als ich vor ihm stand. Obwohl er selbst in ausgebeulten Jogginghosen und mit verwaschenem T-Shirt außergewöhnlich gut aussah, regte sich kein Herzklopfen in mir. Ich wusste, dass es ihm mit mir genauso ging. Trotzdem waren wir beste Freunde. „Ich hab aber nicht viel Zeit, muss mein erstes Votum schreiben." Gerade hatte er beim Landgericht angefangen. In seinem Wohnzimmer lag eine dicke Akte, aufgeschlagen, daneben ein Dutzend lose Zettel mit Notizen.

„Was zu trinken? Ich hätte Bier da."

„Bier ist okay."

„Hast dich ja lange nicht sehen lassen", sagte er, als er mit zwei offenen Bierflaschen und einem Glas für mich aus der Küche zurückkam. Er trank lieber aus der Flasche. „Ist was?"

Wir prosteten uns zu. „Ich war gerade in der Gegend. Es ist immer noch die Sache mit Heimke. Und Enrica."

Sein Gesicht verdüsterte sich. „Ja, daran muss ich auch oft denken. Ich stelle mir immer vor, dass es jemand gewesen sein kann, den ich kenne."

„Du kennst auf jeden Fall die Namen von Enricas Freundinnen, oder?"

„Du meinst die von meiner Fete. Ja, die kenne ich. Das war eine Alexa und eine Sophia. Und natürlich Heimke. Die hab ich nicht mehr vergessen."

Ich reckte triumphierend die Faust in die Luft. „Wusste ich´s doch. Es war etwas mit A und etwas mit S. An mehr konnte ich mich nicht erinnern."

„Ich muss übermorgen zur Polizei, um mir Fotos von ihnen anzuschauen."

„Hoffentlich bist du da besser als ich. Ich konnte sie nicht eindeutig erkennen."

Obwohl ich ihn um eine Beschreibung der beiden bat, gelang es mir auch danach nicht, einen Namen einem Gesicht zuzuordnen.

„Mach dir nichts draus. Es hängt nicht von dir ab, ob sie den Täter finden. Du hast sicher dein Bestes getan", sagte er. „Du warst es nicht. Die Aufklärungsquote beträgt bei Mord 98 Prozent. Ist nur eine Frage der Zeit, wann sie es schaffen."

„Wie überaus beruhigend."

Lucas tat einen tiefen Zug aus der Bierflasche. „Hier." Er hielt mir eine Zeitung von gestern hin. „Lies das mal."

„Auf offener Straße erstochen!", stand da in großen blutroten Lettern.

„Der Student Alan P. wurde gestern Nachmittag mitten auf der belebten Müllerstraße mit einem Messer im Rücken tot aufgefunden. Die Polizei steht vor einem Rätsel. Bereits im April kam es wenige Hundert Meter weiter zu einem ähnlichen Verbrechen, das bis heute nicht aufgeklärt ist. Die Verdächtige, die seinerzeit festgenommen wurde, musste wieder freigelassen werden. Bis heute fehlt von dem unbekannten Täter jede Spur. Musste Alan P. sterben, weil er etwas über den Fall wusste? Polizeihauptkommissarin Dana Kanther bittet um Hinweise aus der Bevölkerung: Wer hat gestern zwischen 14:30 und 15:30 Uhr auf der Müllerstraße etwas Verdächtiges wahrgenommen oder eine Person beobachtet, die sich verdächtig verhalten hat? Hinweise werden bei jeder Polizeidienststelle aufgenommen."

Ich blickte auf. „Lucas, wenn das derselbe ist, dann - dann weiß der, wo ich wohne."

Er schüttelte den Kopf. „Jedenfalls sieht man daran, dass du es nicht gewesen sein kannst. Und für dich dürfte der sich nicht interessieren."

„Wie überaus beruhigend", schnaubte ich erneut.

MITGEHÖRT

„Alles Gute zum Geburtstag!" Ich schlängelte meine Arme von hinten um Leos Bauch, während er ein Liedchen summend an der Kaffeemaschine stand. „Ich liebe dich ..." Das Gefühl seiner glatten Haut unter meinen Händen war mir so vertraut, und doch war es immer wieder etwas Neues, ihn zu berühren. Jedes Mal wieder überraschte mich seine sofortige Reaktion. Er holte tief Luft und wandte sich zu mir um, Goldpünktchenfunkeln in den Augen. Mein Herz machte einen riesengroßen Hüpfer.

„Hey, Sabina, *tesoro*." Er lächelte und drückte seine Lippen auf meine, zuerst voller Zärtlichkeit, dann mehr und mehr verlangend. „Du hättest doch meinetwegen nicht aufstehen müssen", murmelte er zwischendurch, presste dabei meinen Po an sich und ließ mich fühlen, wie steinhart er war. Gleich würde ich in Flammen aufgehen.

„Doch", flüsterte ich. „Schließlich ist es dein Geburtstag. Willst du etwa ohne Geschenk aus dem Haus gehen?" Ich musste schlucken, plötzlich war mein Mund so trocken.

„Schenk´ mir einen Morgen-Quickie." Seine Stimme war jetzt heiser, und er küsste mich gierig.

„Moment noch. Gleich.“ Ich entwand mich seinem festen Griff und langte hinter mich, wo ich das Päckchen abgelegt hatte. Meine Abneigung gegen rosa Herzchen hatte mich veranlasst, das Ganze in elegantes, cremefarbenes Lackpapier zu wickeln und lediglich mit einer knallpinken Schleife zu verzieren, in die ich eine kleine rosa Rosenblüte gesteckt hatte. „Für dich.“

„Danke! Das sieht ja schick aus. Aber können wir nicht erst ...“

„Oh nein. Mach es auf.“

Er zog vorsichtig an der Schleife und wickelte es sorgfältig aus. Als er die Schachtel öffnete, riss er die Augen auf. *„Caspita“*, murmelte er, und ich konnte mit Befriedigung beobachten, wie sich seine Wangen röteten. Für einen Moment wirkte er sprachlos. Mit fahrigen Fingern nahm er das Geschenk aus der Schachtel, hielt es ein Stück von sich weg, zog es wieder zu sich heran und begann, ungeduldig darin zu blättern.

Lange hatte ich mir den Kopf zerbrochen, was man einem Verlobten schenken kann, der sich jeden Wunsch selbst erfüllen konnte - aber nie einen äußerte. Bis ich auf die Idee mit den Aktfotos gekommen war. Ein Kalender zum Aufstellen, mit zwölf sexy Nacktaufnahmen von mir, für jeden Monat eine. Plus Titelbild. Mehrere Stunden hatte ich im Fotostudio zugebracht, mir nagelneue Dessous dafür zugelegt. Und trotz meiner Angst, unfotogen zu sein, waren der Fotografin Nicoletta Winter fantastische Aufnahmen gelungen.

„Ich kann dir gar nicht sagen wie sehr ... komm´ her.“ Er legte den Kalender zur Seite und riss mich in seine Arme, küsste mich ab und fuhr mit dem Daumen sanft über meine Lippen. „Ich wusste, dass ich eine schöne Frau habe, aber das ... das ist einfach der Wahnsinn.“ Sein Mund nahm von meinem Besitz, und er schob mich einfach an die Wand, zerrte mir den knappen Slip vom

Leib und streifte sich die Boxershorts ab. Seine Küsse umnebelten mein Gehirn, ich wollte nur noch eins: ihn in mir spüren, seine Leidenschaft auskosten. Er umfasste meine Pobacken und hob mich hoch, ich schlang meine Beine um ihn, und mit einem harten Stoß war er ganz in mir drin. Sein Schwanz spannte mein Innerstes fast zum Zerreißen, und ich hörte mich jammern, wie gut sich das anfühlte.

„Oh Gott, mach weiter, bitte hör nicht auf", flehte ich, und er überwältigte mich mit kraftvollen Stößen. Ich krallte mich an seinem Rücken fest, während er sich schneller und heftiger in mir bewegte. Mein Körper explodierte in einem gewaltigen Orgasmus, doch er hörte nicht auf, trieb seinen harten Schaft immer wieder in mich hinein, mit unnachgiebiger Kraft. Ein zweiter Höhepunkt überflutete mich, und er hielt inne, als ein Zucken seinen Körper überlief und er mit einem tiefen Stöhnen kam.

Behutsam stellte er mich wieder auf die Beine, und ich barg meinen Kopf an seiner Schulter, lauschte seinen schnellen Atemzügen. Er streichelte meinen Rücken und ließ seine Lippen an meinem Haaransatz umherwandern. „Das beste Geburtstagsfrühstück, das ich je hatte", erklärte er, nachdem sich unser Atem etwas beruhigt hatte, und küsste mich auf den Mund. Mit einem Funkeln in den Augen setzte er hinzu: „Könnten wir das nicht jeden Morgen so machen?"

Ich musste schmunzeln. „Machen wir oft genug", nuschelte ich an seiner Brust. „Nur bequemer, im Bett ..."

Er lachte.

Zwanzig Minuten später stand er in der Wohnungstür, in einer dünnen Leinenhose und einem weißen Hemd, dessen Ärmel er bis über die Ellenbogen aufgekrempelt hatte, seinen ledernen Rucksack über der Schulter. Er zog mich an sich, um mir einen Abschiedskuss zu geben, als ihm etwas einzufallen schien. „Aber sag´ mal ...

in diesem Fotostudio war doch hoffentlich kein Kerl zugegen? Sonst müsste ich da jetzt hin und den Laden auseinandernehmen.“ Obwohl seine Lachfältchen sich vertieften, schimmerte so etwas wie Misstrauen in seinen Augen.

Ich grinste. „Du glaubst doch nicht etwa, dass ich mich vor fremden Männern einfach so ausziehe.“

Jetzt grinste er ebenfalls. „Bei euch Frauen weiß man nie.“ Ich knuffte ihn zum Abschied auf die Schulter.

„Hätte ich gewusst, dass das Wetter heute besser wird als angesagt, hätten wir in Menzow grillen können.“ Verstimmt deutete Leo auf den blauen Himmel draußen, während er die ersten Geburtstagsgäste in die Küche führte, wo wir ein kleines Buffet aufgebaut hatten. Ich hatte Mamas Bouletten-Geheimrezept (mit Knoblauch und Schafskäse in der Mitte) ausprobiert, und köstliche Düfte durchzogen die Wohnung.

Im Wohnzimmer stand ein nagelneuer Kugelgrill, ein Geschenk von Leos Familie. Sie hatten uns schon vorgestern mit ihrem Besuch beehrt. Charlotte und Anna-Maria waren heute auf einer Ruderregatta, während ihre Eltern nach Leipzig gefahren waren, wo André einen Vortrag halten sollte.

Meinen Fotokalender hatte Leo mit verschwörerischer Miene im Schlafzimmer versteckt, damit keiner einen Blick auf mein unverhülltes Ich werfen konnte.

„Sabina, das ist mein Kollege Frederic Duvenage.“ Er sprach es aus wie 'Düvenasch'. Ein rundlicher Mann von Mitte Vierzig streckte die Hand nach mir aus, die ich höflich ergriff. Der spärliche Haarkranz um seine Schläfen war von einem rötlichen Blond, seine Augen leuchteten himmelblau. Den Mangel an Haupthaar glich KHK

Duvenage mit einem wohl gestutzten rotblonden Schnurrbart aus.

„Hallo Herr Duvenage. Freut mich, Sie endlich kennenzulernen.“ Er lockerte seine Krawatte und schenkte mir ein interessiertes Lächeln.

„Oh, mich auch“, versetzte er. „Leo hat mir viel von Ihnen erzählt.“

„Dann wissen Sie mehr von mir als ich von Ihnen.“ Seine Hand war etwas schwitzig. Er zog die Augenbrauen hoch und setzte ein gewinnendes Lächeln auf.

„Tatsache? Nun, das können wir gleich nachholen.“

Bevor ich etwas erwidern konnte, fiel mir Leo ins Wort. „Jetzt trinkst du erst mal was.“ Er hielt ihm ein Bier hin und bedachte ihn mit einem warnenden Blick. „Sabina, ich glaub´, da klingelt es. Gehst du mal? Ich muss Freddy mit Johannes bekanntmachen.“

Es war kein Klingeln. Jedenfalls nicht an der Haustür. Stattdessen bimmelte sich das Telefon im Schlafzimmer lautstark die Seele aus dem Hals. Wieso lag es im Schlafzimmer? Ich hastete dorthin.

„Sabina Jung, bei König?“ Verdammt, konnte ich mir dieses „bei“ nicht endlich abgewöhnen?

„Oh, Sabina, das ist ja schön.“ Es war Lauras weiche Stimme. „Du, ich bin schon hier, habe zufällig einen Billigflug bekommen. Könnte – könnte mich jemand abholen? Irgendwie finde ich hier kein Taxi ...“ Ach ja, die hatten ja heute irgendeine Protestveranstaltung.

„Warum hast du nicht schon gestern angerufen? Leo feiert heute seinen Geburtstag nach, da kann er schlecht weg.“

„Oh. Ja, ich habe es versucht, aber ich habe keinen erreicht bei euch. Tut mir leid, wenn ich Umstände mache.“

„Schon gut, Laura. Ich organisiere was. Ich ruf dich gleich zurück, okay?“

Ich stieß auf dem Weg zurück in die Küche mit Johannes zusammen, Leos bestem Freund. Er hatte beeindruckend klassische Gesichtszüge, bevorzugte aber einen Bürstenhaarschnitt, der in nichts den Vorstellungen von einem Adonis entsprach. Seine haselnussbraunen Augen lächelten, als er mich sah. „Wohin so eilig, schöne Frau?"

„Psst, Johannes! Du darfst nicht mit mir flirten!" Ich zwinkerte verschwörerisch. Johannes war so ziemlich der Einzige, bei dem Leo nichts dagegen hatte. Ihm vertraute er.

„Ich will aber", schmunzelte er.

„Keine Zeit, ich glaube, ich muss jemanden vom Flughafen abholen. Taxistreik, du weißt doch."

„Jetzt? Mitten in der Party?"

Ich erzählte ihm von Laura.

„Ist sie hübsch?"

„Johannes! Was, wenn ich Nein sage?"

„Also ja. Ich komme mit. Nein, ich fahre dich." Ein spitzbübisches Grinsen auf dem Gesicht, dirigierte er mich in die Küche, wo Leo gerade eine Weinflasche öffnete, und machte ihn mit seinem Vorhaben vertraut.

„Super, Johannes. Ich kann hier wirklich nicht weg. Bringt sie her, sie kann heute Nacht im Gästezimmer schlafen. Morgen arrangieren wir dann alles."

Ich gab Laura Bescheid, und 30 Minuten später sprang ich aus Johannes´ Porsche Cayenne, während er verbotenerweise am Taxistand von Gate A in Tegel wartete. War sowieso kein Taxi zu bekommen.

Ich erkannte sie sofort. Mit nachdenklichem Blick studierte sie die Ankunfts- und Abflug-Schilder in der Haupthalle des Flughafens, in dem um diese Uhrzeit nicht viel los war. Ihr dunkles Haar hatte sie zu einem Pferdeschwanz gebunden, sie trug enge Jeans und eine weiße Bluse, die ihre schlanke Figur vorteilhaft betonten. Turnschuhe an den Füßen, einen Trenchcoat über dem Arm.

Als sie mich sah, ließ sie ihren Koffer stehen und stürmte auf mich zu.

„Danke, dass du mich abholst. Ich dachte schon, ich muss stundenlang im Bus durch die Stadt fahren. Ich kenne mich doch überhaupt nicht aus!“ Sie küsste mich links, rechts, links auf die Wange.

Johannes war ausgestiegen und erwartete uns mit verschränkten Armen am Auto lehnend. Er sah aus wie ein Bodyguard mit seiner schwarzen Jeans, dem gleichfarbigen T-Shirt (Aufschrift: „Take me as I am“) und einer coolen Sonnenbrille, die er sich beim Anblick meines Gastes in die Stirn schob. Er löste sich von seinem Auto und machte ein paar Schritte auf uns zu. Nein, nicht auf uns. Auf sie.

„Hallo, du bist also Laura.“ Seine Stimme war wie Samt. Er musterte sie wohlwollend, um nicht zu sagen, er verschlang sie mit seinen Blicken. Ach du Schreck. Ich hatte vergessen, welcher Ruf Johannes vorauseilte.

Überrascht, aber keineswegs eingeschüchtert, erwiderte sie seinen Blick. Ein neckisches Lächeln huschte über ihr Gesicht. „Und du bist ...?“

Er reichte ihr die Hand. „Johannes Heinrich. Ich bin Leos Freund.“ Er griff nach ihrem Koffer und wuchtete ihn in den Kofferraum. Dann öffnete er ihr die Beifahrertür, warf mir einen flehenden Blick zu, dem ich kaum widerstehen konnte. Seufzend nahm ich auf dem Rücksitz Platz. Das konnte ja heiter werden.

Die Atmosphäre im Auto knisterte wie von statischer Aufladung. Ich versuchte mich an Smalltalk mit Laura, erkundigte mich nach ihrem Flug und ihren Plänen für die nächsten Tage. Doch ich fühlte, dass ich gerade überflüssig geworden war. Jedenfalls für Johannes. Dabei tat er nichts Besonderes. Steuerte nur schweigend das Auto durch die ziemlich verwaisten Straßen, auf die die Häuser jetzt schon lange Schatten warfen. Laura drehte sich zu mir um und lächelte entschuldigend. „Tut mir leid, dass ich euch

Unannehmlichkeiten bereitet habe. Ich habe einfach die Gelegenheit genutzt."

„Ach was, du kommst gerade recht, um mit uns ein bisschen zu feiern." Ich deutete mit den Augen auf Johannes. „Es wird dir gefallen, wir haben leckeres Essen gemacht - und wirklich nette Gäste."

„*Das* habe ich schon gemerkt", entgegnete Laura mit einem Schmunzeln.

Johannes grinste verstohlen, wie ich im Rückspiegel sehen konnte. Au weia.

~

Die Party war im vollen Gange, als wir zurückkamen. Zum Glück gab es noch ein paar Bouletten und Salat, und Leo kramte gerade eine Riesenschüssel Mousse au Chocolat aus dem Kühlschrank, die er höchstpersönlich zubereitet hatte – nicht ohne mehrmals auf diesen Umstand hinzuweisen. „Hey, ich dachte, das machst du nur für mich", raunte ich ihm im Vorübergehen zu, und er griff nach meinem Arm, drehte mich zu sich um und küsste mich.

„Nachher zeige ich dir, was ich alles nur für dich mache", flüsterte er mir ins Ohr, und ich fühlte eine für diesen Augenblick ziemlich unangemessene Hitze zwischen meinen Beinen aufsteigen.

Beim Anblick vieler benutzter, aber inzwischen alleingelassener Gläser verging dieser Anflug von Sinnlichkeit schnell, und ich begann, das Chaos ein wenig zu lichten, während aus dem Wohnzimmer, vom Balkon und auch in der Küche laute Gesprächsfetzen und unbändiges Gelächter zu mir drangen.

Ein Kontrollblick in den Kühlschrank verriet, dass sich die Gäste an einer Menge Getränken gütlich getan hatten, und ich eilte in die Kammer hinter der Küche, um Bier, Wein und Sekt nachzufüllen.

„Leo, du musst es ihr jetzt sagen.“ Die Stimme von Freddy Duvenage war zwar etwas verwaschen, aber unüberhörbar. Er schien unmittelbar an der Tür zu stehen, die die kleine Kammer vom Eingangsbereich trennte und von meiner Seite aus mit einem Regal verstellt war.

„Lass das meine Sache sein. Ich weiß, was ich tue.“ Das war Leo. Ich richtete mich auf, zwei Flaschen Prosecco in der Hand.

„Nein. Du kannst sie nicht heiraten, ohne ihr alles gesagt zu haben. Und sie muss das auch erst mal verdauen. Mach es morgen, spätestens.“

Leo schnaubte. „Ich denke nicht daran. Erst will ich was gegen Küster in der Hand haben. Ich kann nicht an zwei Fronten zugleich kämpfen.“

Die Stimme Freddys wurde eindringlicher: „Ich warne dich, Leo. Wenn dir was daran liegt, dann mach nicht dieselben Fehler wie ich damals. Sonst bist du sie los. Das geht schneller als du bis zehn zählen kannst. Wäre doch schade drum.“

Vielen Dank, Herr Duvenage. Mein Stolz verschränkte gerade seine Arme über der Hühnerbrust. *Er verschweigt dir etwas und er lügt dich an. Schon gecheckt, Mädel?*

„Ich kann das noch nicht. Nicht jetzt. Ich will sie nicht unnötig verletzen.“

„Leo, wir haben den Küster bald. Wir haben die Tote gefunden. Wir wissen, wo er hingeht. Aber sie wird es dir ewig übel nehmen, wenn du ihr nicht alles sagst. Vorher. Guck´ dir Ramona an. Und das war noch harmlos.“

„Sie – sie ist nicht so.“

„Noch nicht. Warte mal ein paar Tage oder Wochen ab. Dann kannst du dir die Karten legen, wenn du mit der Wahrheit rauskommst.“

„Nur, weil Ramona und du ...“ Leos Stimme wurde heftiger.

„Quatsch. Es geht hier nicht um mich. Erzähl´ ihr

alles. Bring´ sie auf deine Seite. Sie wird es schon verstehen.“

Meine Hände hatten zu zittern begonnen. Ich musste aufpassen, die Flaschen nicht fallen zu lassen. Ich hätte weggehen sollen. Doch eine unsichtbare Fessel hielt mich an diesem Ort fest, zwang mich, alles mit anzuhören.

„Sie wird dazu Zeit brauchen. Ich – ich muss es ihr richtig erklären, sonst ...“

„Eben! Je eher du damit anfängst, um so schneller hast du den Ärger hinter dir.“

Ich hörte Flaschen aneinander klirren. „Prost, Freddy. Du bist ein echter Freund.“

„Jetzt werd´ nicht sarkastisch.“

„Hey, das meine ich ernst. Aber ich kann es nicht. Noch nicht. Erst will ich Küster.“

Ich setzte mich auf einen Bierkasten, immer noch den Prosecco in der Hand, den Kopf voller Fragen.

DIE VERFOLGUNG

Der Rest der Party verschwand für mich hinter einem Nebelschleier. Ich kam notdürftig meinen Mit-Gastgeberpflichten nach. Nickte hier freundlich und sagte da ein nettes Wort. Beobachtete Johannes, wie er Laura anbaggerte, und Leo, wie er geschäftig Gläser nachfüllte und mit seinen Gästen plauderte. Freddy Duvenage hatte einen glasigen Blick, und ich wusste nicht, ob das von seinen nächtlichen Eskapaden mit Leo oder vom Alkohol kam.

„Sabina, bist du jetzt sauer?“, fragte Laura plötzlich neben mir.

„Nein, wieso?“

„Du machst so ein Gesicht ... irgendwas ist doch los.“

„Ach Laura, nein, überhaupt nicht“, log ich. Sie konnte ja nichts für meinen Gemütszustand. „Mit mir ist alles in Ordnung.“ Ich versuchte ein Lächeln und stopfte mir eine Boulette in den Mund. Das Erste, was ich heute aß, nach all den Vorbereitungen. Anschließend stürzte ich ein Glas Rotwein hinunter. Und das war nicht das erste. Bei genauerem Hinsehen hätte ich wissen können, dass schon mehr als eine Flasche auf mein Konto ging.

Keine Ahnung mehr, wie ich den Rest der Nacht herumkriegte. Irgendwann fiel ich ins Bett, allein. Leo saß noch mit Johannes und Laura im Wohnzimmer, ich hatte ihm ins Ohr geflüstert, dass ich jetzt nicht mehr könne. Er hatte gelächelt und genickt.

Obwohl mein Kopf umnebelt war vom Wein, kamen meine Gedanken zuerst nicht zur Ruhe. Sollte ich gute Miene zum bösen Spiel machen? Sollte ich ihn zur Rede stellen? Was verschwieg er mir so hartnäckig, dass es selbst seinem Kollegen auffiel? Verdammte Scheiße. War ich wirklich drauf und dran, die Katze im Sack zu kaufen? Mein Stolz schien ein Nickerchen zu halten, er war weder ansprechbar noch meldete er sich wie sonst ungefragt zu Wort. Gerade jetzt, wo ich ihn gebraucht hätte!

Er wollte mich heiraten, er liebte mich. Davon war ich überzeugt. Aber was verbarg er vor mir? Welche Reaktion befürchtete er, wenn ich es erfuhr? *Schluss jetzt. Morgen ist auch noch ein Tag, heute nicht mehr nachdenken,* befahl ich mir schließlich, und als Leo sich kurz darauf neben mich legte, gelang es mir sogar, mich an ihn zu kuscheln und im Bewusstsein seiner Nähe einzuschlafen.

„Was schaust du so merkwürdig?“, fragte er mich am nächsten Nachmittag, nachdem wir die Reste des Party-Chaos beseitigt und Laura in meine alte Wohnung gebracht hatten.

Sie hatte sich strahlend umgesehen und war mir um den Hals gefallen. „Danke, ihr beiden. Das ist wirklich schön hier!“

Jetzt saßen wir in unserem gemieteten Audi, und er hatte mir schon mehrere prüfende Blicke zugeworfen, während ich starr geradeaus blickte. „Hast du einen Kater?“

Ich musste lachen. An sich war es gar nicht so schwer, so zu tun, als sei alles in Ordnung. Auch wenn es mir gewaltig gegen den Strich ging. Doch wenn ich herausfinden wollte, was *nicht* in Ordnung war, musste ich vorsichtig sein.

„Ich denke gerade darüber nach, wo du heute Abend noch hinwillst." Er hatte angekündigt, Nachtdienst zu haben.

„Ich *will* nirgendwohin. Ich muss aber leider. Es gibt da ein paar Mordfälle." Ich bemühte mich, den sarkastischen Unterton zu überhören.

„Aber es ist Sonntag!"

Er legte mir die Hand auf das Knie und drückte es leicht. „Dafür habe ich ein anderes Mal frei. Ich kann bald viele Überstunden abbummeln."

„Wahrscheinlich genau dann, wenn ich welche machen muss", knurrte ich.

„Ach *tesoro*, mach dich nicht verrückt deswegen. Wir schaffen es schon, uns Zeit freizuschaufeln." Er lächelte, und verdammt! Es war unmöglich, ihm zu widerstehen.

Aber mein Entschluss stand fest: Ich würde ihm nachspionieren. Und wenn es nur eine Nacht lang war. Spätestens morgen oder übermorgen Nacht, wenn Freddy ihn mit dem Dienstwagen abholte und ich den Audi für mich hätte.

Nachdem er mich zu Hause abgesetzt hatte, um gleich weiter zu seiner Dienststelle zu fahren, rief ich als erstes Nick an, um ihr von meiner Entscheidung zu berichten. Ich erzählte ihr alles, was ich gestern von Freddy und Leo gehört hatte. Sie hatte ihren Besuch kurzfristig abgesagt, weil Annick Fieber hatte.

„Wenn ich doch mitkommen könnte", seufzte sie. „Aber Cedric ist die ganze Woche auf Tournee, da bin ich mit Annick alleine. In dem Zustand kann ich sie auch nicht zu Mutti bringen."

„Vielleicht kannst du ja wenigstens am Telefon erreichbar sein. Könnte ja sein, dass ich irgendwie Hilfe brauche."

„Was für Hilfe? Wenn die dich dabei erwischen, dass du hinter ihnen her bist, dann kann ich auch nichts machen."

„Ich dachte ja nur ... dann würde ich mich dabei nicht so alleine fühlen."

Nick lachte. „Du kannst dir meiner Unterstützung gewiss sein. Glaubst du, ich erlaube, dass der solche Sachen mit dir abzieht? Nimm doch Max mit, der würde das sicher total cool finden!"

„Gute Idee. Nur, dass er gerade mitten in irgendwelchen Prüfungen steckt. So schnell kann ich ihn nicht aus Cottbus loseisen." Mein Bruder wäre sicher der Richtige für eine nächtliche Verfolgungsaktion gewesen ...

„Dann frag Pawel."

„Wenn Leo mich mit dem erwischt, ist es aus."

„Dann lass´ dich einfach nicht erwischen. Pawel fällt schon etwas ein, wie er dich da raushaut, wenn nötig."

Mein Herz begann lauter zu schlagen. Warum eigentlich nicht?

„Sind Sie wahnsinnig? Auf keinen Fall!" Pawels Stimme überschlug sich fast am Telefon, als ich ihm von meiner Idee berichtete. Ich hatte abgewartet, bis Leo sich heute Mittag übernächtigt zur Arbeit geschleppt hatte – ein Anblick, der mir fast körperliche Schmerzen bereitete. Nach seinem Nachtdienst am Sonntag war er gestern schon wieder herausgerufen worden und erst nachts um zwei zurückgekehrt.

Wenn ich mit meiner Aktion nur erreichen konnte, dass diese Besessenheit vorüberging, wäre das schon ein Erfolg.

„Bitte, Pawel. Mir zuliebe. Ich – ich muss wissen,

warum er so verbissen da dran ist. Er will es mir nicht sagen."

„Wenn Sie das machen, dann ohne mich. Ich mische mich da nicht ein." Das klang ungewohnt endgültig.

„Pawel, wir machen doch nichts Verbotenes. Es geht doch einfach nur um ..."

„... um Ihre verdammte Neugier. Nicht, dass das etwas Schlechtes ist. Aber hier ist sie fehl am Platz. Bleiben Sie geduldig."

„Ich bin geduldig." Fast hätte ich dabei mit dem Fuß aufgestampft. „Aber jetzt reicht ´s."

„Hören Sie, Sie glauben doch nicht, dass ausgerechnet ich mich in Ihre Beziehung einmische?"

„Ich mache es auch allein. Pawel, sehen Sie es doch als kleinen abendlichen Ausflug an. Wir könnten auch vorher oder hinterher etwas trinken gehen. Ich - ich lade Sie auch ein."

„So weit kommt´s noch, dass Sie Ihren zukünftigen Chef einladen." Er seufzte.

„Wir könnten es auch als Übung betrachten für künftige Fälle. Sicher gibt es immer wieder mal etwas zu ermitteln und zu observieren. Das wäre doch gut für meine berufliche Fortbildung."

Jetzt lachte er. „Sabina, Sie können einem Mann ganz schön zusetzen. Haben Sie denn gar kein Gewissen?"

„Ach Pawel. Doch. Ein schlechtes."

„Was bekomme ich dafür, wenn ich mich ausnahmsweise zu so einer verrückten Aktion breitschlagen lasse?"

„Ich könnte Ihr nächstes Plädoyer vorbereiten. Richtig schriftlich ausarbeiten und so."

„Nein. Sie räumen zusammen mit Anja meine Altablage auf. Fünf Stunden, ohne Bezahlung. Danach gehen wir essen."

„Danke Pawel, Sie sind ein Schatz! Ich mache alles,

was Sie wollen!“ Hätte er vor mir gestanden, wäre ich ihm jetzt leichtsinnigerweise um den Hals gefallen.

Am übernächsten Abend betrat er pünktlich um zehn vor acht das Café bei uns um die Ecke, das wir als Treffpunkt ausgemacht hatten. Ich hatte Leo etwas von einer Verabredung mit Nick vorgeschwindelt. Er hatte es ohne mit der Wimper zu zucken geschluckt.

So leger gekleidet hatte ich ihn noch nie gesehen: abgewetzte Jeans, Sneakers, ein verwaschenes Poloshirt. Über dem Arm trug er eine tarnfarbene Barbour-Jacke mit Karofutter. Ich umhalste ihn kurz, was ihn zu einem verlegenen Räuspern veranlasste.

„Uff, das hat gedauert. Kein Parkplatz weit und breit“, stöhnte er. „Lassen Sie uns gehen, bevor sein Kollege mit ihm abdampft.“

Wir stiegen in seinen Range Rover, der mit Schlammspritzern übersät war.

„Ein unauffälligeres Auto konnten Sie wohl nicht auftreiben?“, rutschte mir bei diesem Anblick heraus. Seine blauen Augen fixierten mich mit einer Mischung aus Ärger und Amüsement.

„Sie werden jetzt nicht auch noch Ansprüche stellen. Schlimm genug, dass ich hier bin und nicht in meinem sicheren, gemütlichen Büro.“

Ich grinste. „Pawel, ich bin Ihnen sehr dankbar.“

„Das sollten Sie auch. Was hat mich bloß geritten, dass ich auf diesen Plan eingegangen bin?“

„Da sind sie!“ Ein blauer Opel Astra hielt vor unserem Haus, und Leo stieg ein. Pawel war in Schrittgeschwindigkeit die Straße entlanggefahren und gab nun Gas, um die beiden nicht zu verlieren. „Hoffentlich merken sie nichts.“

„Schauen Sie dauernd in den Rückspiegel, ob ein Auto Ihnen folgt?“, fragte er mit spöttisch hochgezogenen Augenbrauen. „Das hier ist nicht das Fernsehen. Die sind selber darauf aus, jemanden zu beobachten. Da achten sie nicht auf uns."

Trotzdem machte ich mich klein in meinem Sitz, wenn der Abstand zu Leo und Freddy sich verringerte. Mein Herz schlug bis zum Hals. Wir folgten dem Opel bis nach Gesundbrunnen, in eine schmale Straße, wo sich Dönerläden, Eckkneipen und Internetcafés aneinanderreihten.

„Sie parken ein." Pawel legte den Rückwärtsgang ein. Während er zurücksetzte, stiegen Leo und Freddy aus. Im selben Moment setzte sich ein anderes Auto in Bewegung, der Fahrer schien ihnen zuzuwinken. Ich duckte mich so tief ich konnte. Sicher waren das Leos Kollegen, die jetzt Feierabend machten. Es hätte mich beruhigen können, dass Leo hier nur seiner Arbeit nachging und nicht auf erotischen Abwegen war. Doch warum sprach er nicht davon – von seiner wilden Entschlossenheit, von seinem Motiv?

Sie betraten einen Dönerladen in einem schäbigen Altbau, von dem der Putz abblätterte. Das einzig Farbige an diesem Haus war die schrille Leuchtreklame über dem Imbiss mit der Abbildung eines überdimensionalen Döner Kebap.

„Steigen Sie aus und stellen Sie sich in den Hauseingang da. Ich suche einen Parkplatz."

Ich gehorchte, mit rasendem Puls, drückte mich an die abgewetzte Haustür und spähte um die Ecke. *Sie verfolgen jemanden, der drei Menschenleben auf dem Gewissen hat.* Das hatte Leo gesagt. Und gleich würde ich ihn womöglich zu Gesicht bekommen.

Hinter mir gab die Tür nach. Jemand öffnete sie, und ich verlor kurz das Gleichgewicht. Hastig trat ich einen Schritt vor und bückte mich, tat so, als suche ich etwas auf dem Bürgersteig, eine verlorene Münze oder so. Aus den Augenwinkeln konnte ich ein paar Männerfüße in ausgetretenen Schuhen von undefinierbarer Farbe wahrnehmen.

Sie machten ein, zwei Schritte, blieben dann vor mir stehen. Der Mann schien eine Weile auf mich herabzusehen, bevor er sich langsam entfernte. Ich klopfte mir innerlich auf die Schulter, dass ich ein Basecap aufgesetzt und meine Haare darunter zu einem Knoten geschlungen hatte. Mein Gesicht würde er nicht erkennen.

Wo blieb Pawel bloß? Ich richtete mich vorsichtig auf, um dem Mann hinterherzusehen. Er war groß und beleibt. Trug ein blaues T-Shirt mit der Aufschrift irgendeiner Fußballmannschaft auf dem Rücken, das sich eng um seine rundlichen Hüften schmiegte. Er schlurfte gemächlich in Richtung des Dönerladens, doch er ging daran vorbei.

Scheiße. Pawel war immer noch nicht da, als Leo und Freddy aus dem Laden kamen und Freddy direkt in meine Richtung schaute. Mir blieb das Herz stehen. Kurz entschlossen wandte ich mich ab und ging langsam, Schritt für Schritt, in die entgegengesetzte Richtung, bis ich den nächsten Hauseingang erreichte. In Gedanken hörte ich Leo schon rufen: „*Tesoro*, was machst du denn hier?“

Doch nichts geschah. Als ich mich nach ihnen umblickte, waren sie verschwunden. Wie vom Erdboden verschluckt. Sowohl der Typ als auch meine Polizisten. Weg.

Die Warterei auf Pawel raubte mir fast den letzten Nerv. Ich stand schon geschlagene 20 Minuten hier herum, den Blick starr auf den Opel Astra gerichtet, und hoffte, dass Leo und Freddy bald hierher zurückkehren würden. Dann könnten wir doch noch ihre Spur aufnehmen. Doch stattdessen kamen die merkwürdigsten Gestalten an mir vorbei, von denen die meisten mich misstrauisch musterten. Dachten die, ich bin eine Bordsteinschwalbe? Unmöglich.

Keins meiner Kleidungsstücke konnte jemanden auf diese Idee bringen. Statt Nutten-Berufskleidung trug ich Jeans und Chucks und eine völlig unauffällige blaue Bluse mit hochgerollten Ärmeln.

„Ey, haste was? Für ´n Fuffi?" Ein blasser Typ mit mageren, eckigen Schultern trat auf mich zu und taxierte mich mit fiebrigem Blick. Ich fuhr zurück, als stünde ein Gespenst vor mir, betrachtete ihn genauer. Abgerissen sah er aus. Beim Lächeln entblößte er bräunliche Ruinen, die einmal Zähne gewesen waren. Es dauerte einige Sekunden, bis mir sein Anliegen klar wurde. Er wollte Stoff. Harten. Nein, er wollte nicht, er brauchte. Es schien dringend zu sein.

Irgendwie rührte sein jämmerlicher Anblick mein Herz, und anstatt ihn anzublaffen, er solle sich verpissen, murmelte ich nur: „Ich hab auch nix, Mann." Vage deutete ich in die Richtung, die Leo und Freddy eingeschlagen hatten. „Versuch´s mal da hinten."

„Kommst du mit?"

Wie bitte?

„Nee, ich warte hier auf jemanden."

„Vielleicht hat der was dabei?" Andeutung eines Hoffnungsschimmers in seinem Gesicht.

„Nee, der macht so was nicht mehr."

„Scheiße, Mann." Ach du meine Güte. Jetzt wollte der mir auch noch Gesellschaft leisten.

„Achtung, die Bullerei", flüsterte ich und duckte mich in den Hauseingang. „Hau bloß ab."

Widerwillig trollte sich der Typ, mit hängenden Schultern.

Ich begann, ungeduldig auf und ab zu laufen, kickte kleine Steinchen vor mir her auf den Bürgersteig. Verdammt. Irgendwas musste passiert sein, Pawel würde mich nicht einfach hier stehen lassen. Ich malte mir aus, wie er mit blutender Nase auf dem Boden lag, zusammengeschlagen von irgend jemandem, der an sein Handy wollte. Oder vielleicht hatte die Polizei ihn angehalten, weil er ein für diese Gegend so auffälliges Auto fuhr. Oder er hatte einen Herzinfarkt. Ich hatte den Gedanken noch nicht zu Ende gedacht, als ich mit jemandem zusammenprallte. Pawel!

„Meine Güte, wo waren Sie denn“, fuhr ich ihn an. „Ich stehe hier schon eine halbe Stunde herum! Ist Ihnen nicht gut?“ Er atmete schwer, sein Gesicht war gerötet.

„Mir geht es bestens, liebe Sabina. Nur, dass ich gerade einen Straftäter zur Strecke bringen musste. Ich bitte um Entschuldigung“, fügte er sarkastisch hinzu.

„Erzählen Sie schon.“

„Mich hat einer mit ´ner Damenhandtasche in der Hand über den Haufen gerannt. Ich habe ihn, ähm, gestoppt und festgehalten, bis die Polizei kam.“

„Sie – Sie haben die *Polizei* gerufen?“

„Selbstverständlich. Soll ich einen Handtaschenräuber laufen lassen?“ Er verschränkte die Arme über der Brust. „Er hat nicht viel Fisimatenten gemacht, als ich ihn erst mal im Griff hatte.“ Ein selbstzufriedenes Lächeln umspielte sein Gesicht. Mir fiel ein, dass er Karate konnte. „Und bei Ihnen? Alles in Ordnung?“

„Sie meinen, abgesehen davon, dass Leo und Freddy wie vom Erdboden verschluckt sind, ich um Drogen angehauen wurde und mehrere Typen mich angestarrt haben wie das achte Weltwunder?“, versetzte ich schnippisch.

„Sie haben sie also aus den Augen verloren. Na toll.“ Er hakte mich freundschaftlich unter, während ich vor Ärger schnaubte, und rempelte mich an. „Hey, gucken Sie nicht so. Gehen wir. Wenigstens wissen Sie jetzt, dass er nur seinen Dienst tut.“

„Aber sie werden zum Auto zurückkommen, Pawel. Dann können wir sie weiterverfolgen.“

„Nix da, meine Liebe. Wenn die wiederkommen,

fahren sie gemütlich nach Hause. Dann sind wir auch nicht schlauer." Er zog mich mit sich in Richtung Auto. „Lassen Sie uns lieber was trinken gehen. Das ist auch eine viel angenehmere Beschäftigung, als nachts hinter anderen herzuschleichen."

ENDLICH ANWÄLTIN

Da war sie wieder. Gerade war ich aus dem Auto gestiegen, als mir die Platinblonde ins Auge fiel. Was wollte sie hier - vor meiner alten Wohnung? Bisher hatte ich sie nur in Leos Straße gesehen. Ich war mit Laura verabredet, wir wollten zusammen zu Franz ins „Randale".

All meine Bemühungen, Pawel zu einer Wiederholung des gestrigen Abends zu bewegen, waren gescheitert. Stattdessen setzte er den Beginn meines Arbeitsverhältnisses auf übernächsten Montag fest.

„Sie machen zu viel Unsinn, wenn Sie nicht ausgelastet sind. Übernächsten Montag um neun. Das ist mein letztes Wort", hatte er gestern auf der Heimfahrt gesagt. „Es gibt Wichtigeres zu tun, als Ihrem Verlobten hinterherzuspionieren."

Ich teilte diese Auffassung ganz und gar nicht. Doch das behielt ich nun lieber für mich.

Und jetzt stand diese Frau da im Park, fast genau an der Stelle, wo es damals ... Das ist kein Zufall, ging es mir durch den Kopf. Ich fühlte, wie das Blut schneller durch meine Adern rauschte. Ducken war jetzt sinnlos, sie hatte mich sicher gesehen. Wusste sie schon, wo ich hinwollte?

Zögernd machte ich zwei Schritte in ihre Richtung. Sie wandte sich ab, genauso wie neulich, und schlenderte davon. Ganz gemächlich. Kein Versuch, sich zu verstecken oder wegzurennen. Sie beobachtete mich. Das war mir jetzt klar. Ich blieb stehen, unschlüssig, was zu tun war. Doch sie nahm keine Notiz mehr von mir, und nach wenigen Augenblicken war sie aus meinem Blickfeld verschwunden, verborgen hinter den dichten Büschen, um die sich der Weg schlängelte.

Laura fiel mir um den Hals, als ich vor der Wohnungstür stand. „Danke noch mal, dass du mich hier wohnen lässt. Das ist wirklich traumhaft! Was ist? Du siehst ein wenig blass aus."

„Oh, nichts weiter. Meine Wunde juckt nur ein bisschen." Das war schon das zweite Mal, dass ich Laura hinters Licht führen musste. Ich wollte sie nicht beunruhigen. Ich fasste an meine Schläfe. Die Pflaster waren inzwischen entfernt worden, und darunter war ein rötlicher Zacken zurückgeblieben, der glücklicherweise jeden Tag blasser wurde. „Und, hast du dich eingelebt?"

Laura nickte lächelnd. „Johannes hat mir die Stadt ein bisschen gezeigt." Irrte ich mich, oder machte sich eine sanfte Röte auf ihren Wangen breit?

Es war halb zwei, als ich wieder vor unserer Haustür stand. Ich hatte mich den ganzen Abend lang an den Gesprächen zwischen Laura, Bernie Hofreiter und Franz nicht richtig beteiligen können - zu sehr beschäftigte mich die Platinblonde vor meiner alten Wohnung.

Ein Auto hielt direkt vor der Haustür, und ich fühlte Panik in mir aufsteigen. Doch als die Autotür geöffnet wurde, hörte ich nur Leos ausdrucksvolle Stimme.

„*Tesoro*, was machst du denn hier? Ich dachte, du schläfst schon längst."

Er winkte dem Fahrer des Autos zu und kam auf mich zu, küsste mich und drückte die Haustür auf. Kavaliersmäßig ließ er mir den Vortritt. An der Fahrstuhltür drehte ich mich zu ihm um.

„Leo, ich ... ich werde verfolgt. Diesmal sollst du es gleich wissen.“ Obwohl er Schatten unter den Augen hatte, war sein Blick sofort hellwach. Ich beschrieb ihm die Frau und die Umstände, unter denen ich ihr begegnet war.

„Das ist kein Zufall.“ Leo schob mich in den Fahrstuhl, der gerade knarrend und ächzend das Erdgeschoss erreicht hatte, und drückte auf die „4“.

„Nein, eben. Aber ich kenne sie nicht. Und sie tut, als kennt sie mich auch nicht. Obwohl sie schon beim Bäcker so komisch geschaut hat.“

„Und du bist sicher, dass du sie vorher noch nie gesehen hast?“

„Nein, bin ich nicht. Ich habe keine Ahnung, aber ... irgendwie kommt sie mir bekannt vor. Ich weiß nur nicht, woher.“

„Das ist die Person vom Tatort.“

„Aber mein Nachbar hat die ganz anders beschrieben. Und ich habe sie doch damals gar nicht gesehen.“

Er strich sich mit der Hand nachdenklich über das Kinn. „Hmm. Und du kannst sie auch nicht zu Heimkes oder Enricas Bekannten zuordnen.“

Der Fahrstuhl kam mit einem Ruck zum Stehen - etwas, das mich noch immer erschreckte, obwohl Leo mir tausendmal versichert hatte, dass mit dem Fahrstuhl alles in Ordnung war. Die Tür öffnete sich, und er ging vor, um die Wohnungstür aufzuschließen.

„Ich habe null Ahnung. Mein Personengedächtnis ist für so etwas einfach nicht ausgelegt.“

Leo stöhnte. „Nicht genug, dass ich einem Schwerverbrecher hinterher rennen muss.“

„Ich kann doch nichts dafür!“, schnaubte ich empört.

„Du hättest gewisse Situationen meiden sollen. Die Verantwortung musst du übernehmen.“

„Aber Leo ..."

„Schon gut. War nicht so gemeint." Er gähnte und warf seinen Rucksack in die Ecke. „Ich kümmere mich morgen darum. Lass´ uns jetzt schlafen gehen."

Ich hatte bereits die Augen geschlossen und die Bettdecke bis unters Kinn hochgezogen, als er sich mit einem Ruck aufsetzte.

„Sie verkleidet sich. Ganz klar. Du kennst sie nicht, weil sie sich verkleidet. Zeig´ sie mir, und ich werde ihre Personalien feststellen."

„Ich schwöre bei Gott dem Allmächtigen und Allwissenden, die verfassungsmäßige Ordnung zu wahren und die Pflichten einer Rechtsanwältin gewissenhaft zu erfüllen, so wahr mir Gott helfe." Uff. Geschafft. Die Aufregung ließ mich stottern, und ich hoffte, mein erstes Plädoyer als frischgebackene Anwältin würde flüssiger über meine Lippen kommen als dieser Amtseid. Ich stand vor drei schwarzberockten zukünftigen Kollegen in einem Gerichtssaal des Ehrengerichts der Rechtsanwaltskammer. Der Vorsitzende, ein Mann mit grauen Schläfen und einer schwarzen Hornbrille, legte mir das Protokoll zur Unterschrift hin.

„Unseren Glückwunsch, Frau Kollegin. Bitte quittieren Sie auch den Erhalt dieser Unterlagen." Er überreichte mir einen Stapel Merkblätter, Einladungen, Broschüren von Versicherungen und die Satzung der Rechtsanwaltskammer.

Die Nachricht von meiner Zulassung als Anwältin hatte mich vor genau drei Tagen überrascht - ich hatte schon fast nicht mehr daran geglaubt. Und jetzt hielt ich endlich alle Papiere in der Hand. Wow.

Nun musste Leo akzeptieren, dass ich bei Pawel anfing.

Endlich konnte ich mein Talent ausprobieren und mein Wissen unter Beweis stellen. In den letzten Tagen hatte sich eine gewisse Leere in mir breitgemacht. Leo selten daheim, meine Freundinnen alle mit Arbeit, Kind oder Studium beschäftigt. Selbst die Hochzeitsvorbereitungen, auf die ich mich mit Eifer gestürzt hatte, konnten diese Leere nicht ausfüllen. Wir hatten nichts Großes geplant, ich freute mich darauf, mit den liebsten Menschen an meiner Seite ein gemütliches Fest zu feiern, ohne großes Gedöns. Und so war nur wenig mehr zu tun als Gäste- und Wunschlisten zu schreiben, ein paar in Frage kommende Locations zu begutachten und Einladungskarten in Auftrag zu geben.

Mit meiner Zulassung in der Hand wedelte ich wenig später vor Anja, Pawels Sekretärin herum. „Ich hab´s geschafft! Ist Pawel da?“ Sie lächelte und klimperte mit ihren langen Wimpern.

„Mandantengespräch. Warten Sie einen Augenblick. Ich sage ihm Bescheid.“ Sie drückte auf einen Knopf am Telefon. „Sie ist da, mit ihrer Zulassung.“

Ich musste mich eine halbe Stunde gedulden, bis sich die Tür zu Pawels Büro öffnete und er einen Jüngling von vielleicht 20 Jahren verabschiedete, der unter seinem südländischen Teint blass und besorgt aussah.

„Das wird schon, Herr Akgüler. Bleiben Sie ganz entspannt.“ Der Mandant seufzte und verschwand, während Pawels Blick auf mich fiel.

„Sabina, ich freue mich. Kommen Sie herein.“ Er führte mich in sein wie immer penibel aufgeräumtes Büro, wo er mir heftig die Hand schüttelte und über das ganze Gesicht strahlte.

„Wenn Sie jetzt Zeit haben, können Sie gleich eine Aufgabe für mich erledigen.“

„Ihre Ablage aufräumen?“ Ich erinnerte mich nur

ungern an dieses Versprechen, das ich ihm neulich gegeben hatte. Er lachte.

„Vergessen Sie die Ablage. Ich konnte Ihnen nicht helfen, wir haben dafür einen netten Abend verbracht. Das erledige ich mit Anja und einem professionellen Aufräumdienst. Nein, schreiben Sie Ihren Entschädigungsantrag für die Haftentschädigung. Hier sind die Akten, ich habe sie extra noch einmal angefordert. Und hier ist eine Vorlage, habe ich für Sie herausgesucht. Wenn Sie sich gleich dransetzen, sind Sie in einer Stunde damit durch. Wir könnten dann zusammen essen gehen, und Ihr erster Probearbeitstag wäre damit erledigt."

Der Plan klang gut, und so betrat ich voller Vorfreude mein eigenes Büro, in dem sich jetzt auch ein riesiger Computerbildschirm und eine Tastatur befanden. Für einen Augenblick lehnte ich mich in meinem nagelneuen Chefsessel zurück und schloss die Augen. Atmete den Duft des Leders ein, mit dem dieser Sessel bezogen war, lauschte den Spatzen, die hinter mir durch das offene Fenster zu hören waren, und dem leisen Rauschen der Blätter des Kastanienbaums auf dem Innenhof. Ein Mülltonnendeckel klapperte, und aus einem Fenster drang leise Musik. Es fühlte sich gut an.

Ich schlug die Akte auf, wühlte mich durch den Wust an Blättern, um die richtigen Daten in meinen Antrag zu schreiben. Dank Pawels Muster ging es schneller als erwartet. Bevor ich ihm mein Werk zur Begutachtung vorlegte, blätterte ich noch einmal ganz hinten in der Akte. Am Ende befanden sich einige lose zusammengeheftete Blätter. Auf dem obersten stand: „Ergebnisse E. Hendriksen". Wie war er da herangekommen?

Neben dem Bericht der Gerichtsmedizin, den ich schon auf Leos Schreibtisch gesehen hatte, lag ein Untersuchungsbericht der Kriminaltechnik. „DNA-Analyse".

„Die Untersuchung der Probe 1 (Zigarettenkippe Tatort H.

Ilanz) und der Probe 2 (Zigarettenkippe Tatort Hendriksen) erbrachte eine 99prozentige Übereinstimmung des anhaftenden DNA-Materials. Es ist davon auszugehen, dass beide DNA-Spuren von ein und derselben Person stammen. Eine Übereinstimmung mit einliegenden Proben aus der DNA-Täterdatei konnte indes nicht festgestellt werden.“

Beim Mittagessen in einem kleinen asiatischen Imbiss um die Ecke sprach ich Pawel darauf an. Er zwinkerte mit den Augen.

„Ich habe da meine Quellen“, grinste er, während er einen Klecks Reis mit Soße gekonnt auf zwei Stäbchen balancierte. „Ich dachte mir, dass Sie das interessieren würde.“

„Und wie! Aber - ist das nicht illegal, dass Sie ...“

„Das lassen Sie mal meine Sorge sein, Sabina. Ich stelle mit diesem Wissen ja nichts an. Schade nur, dass der Abgleich mit den Daten aus der DNA-Datei nichts gebracht hat, sonst wäre die Polizei jetzt ein Stück weiter.“

„Ich frage mich, was sie als Nächstes tun“, sinnierte ich und schilderte ihm die Sache mit der Platinblonden.

Er stimmte mir zu, dass es kein Zufall sein konnte. „Aber was will sie von Ihnen? Warum ist sie plötzlich da?“

Darauf wussten weder er noch ich eine Antwort. Wenn sie die Mörderin war, kehrte sie vielleicht an den Ort der Tat zurück. Doch was machte sie vor Leos Haus?

„Ich hoffe nur, sie will mir nicht an die Wäsche“, seufzte ich. „Langsam verfalle ich schon in Verfolgungswahn.“

„Haben Sie es Leo gesagt?“

„Ja, er meint, sie verkleidet sich. Er will sie identifizieren lassen.“

„Das ist eine vernünftige Idee. Halten Sie die Augen offen, dann wird nichts passieren. Und machen Sie keine Dummheiten mehr.“

„Natürlich nicht.“ Pawel musste nicht gleich erfahren,

dass ich mit Max telefoniert hatte, um mit ihm noch einmal Leo zu folgen.

Leo hob mich hoch, schwenkte mich einmal im Kreis und setzte mich wieder ab. Sein Lächeln war von einer Zärtlichkeit, die mich sämtliche Zweifel, die ich an ihm hatte, vergessen ließ.

„Oh Mann, bin ich stolz auf dich, Frau zukünftige Star-Anwältin. Und das, wo ich mich in eine kleine Bedienung verliebt habe."

Ich musste lachen, als ich an unsere erste Begegnung dachte. Bei Franz im „Randale". Wie er mir die Visitenkarte zugesteckt hatte mit seiner Telefonnummer. „Anruf erwünscht", hatte er darauf geschrieben, und als ich es gelesen hatte, war mir fast das Herz stehen geblieben.

Ich konnte dem Drang nicht widerstehen, meine Hände in seinen Locken zu vergraben und ihn zu küssen. Seine Lippen hießen mich sofort willkommen, und seine Hände auf meinem Rücken ließen sanfte Schauer an meinem Rückgrat entlangrieseln.

„Ach Leo, ich bin so froh, dass du schon da bist", hauchte ich. Wir standen in der Küche, und neben mir auf dem Herd stieg duftender Dampf aus dem Spargeltopf empor, den ich gerade aufgesetzt hatte. Es war einer der wenigen Abende, an denen er nicht in Sachen „Observation" unterwegs war.

„Und ich erst", murmelte er und ließ seine Lippen an meinem Hals entlanggleiten. Er hatte mich an sich gepresst, und ich fühlte sein Herz an meiner Brust schlagen. „Aber wie ich sehe, bekommen wir Gäste - oder hast du diese Unmengen nur für uns gekocht?" Er hob die Deckel von den Kochtöpfen, in denen neben Spargel neue Kartoffeln vor sich hinköchelten.

„Laura wollte vorbeikommen. Ich dachte, ich lade sie ein, damit sie nicht so einsam ist in der neuen Umgebung." Was ich jetzt ein wenig bereute, als er so nahe bei mir stand. Ich hob den Kopf und sah leises Bedauern in seinen Augen.

„Schon okay. Wir müssen uns ja ein wenig um sie kümmern." Er lächelte und strich mir eine Haarsträhne hinters Ohr, die sich aus meinem Pferdeschwanz gelöst hatte.

„Leo, kannst du mir jetzt nicht ein bisschen mehr über deine Ermittlungen verraten? Ich bin jetzt Anwältin!", bettelte ich, froh, ihn in sanftmütiger Stimmung abgepasst zu haben. „Irgendetwas ist doch los mit dir, das - das musst du doch auch zugeben."

Sein Gesicht verschloss sich, und ich schalt mich in Gedanken für diesen Vorstoß.

„*Tesoro*, lass mich doch bitte meine Arbeit machen. Ich tue, was ich tun muss. Quäl mich nicht damit. Die Kartoffeln kochen übrigens gerade über."

„Ups." Hastig hob ich den Deckel, streute Salz in das kochende Wasser und drehte die Hitze herunter. Während ich die Pfütze um den Topf herum aufwischte, fuhr Leo fort:

„Ich kann dir aber wenigstens sagen, wie sie vermutlich heißt, deine neue Stalkerin." Ich fuhr herum.

„Sie ist nicht meine neue Stalkerin. Ich kenne sie nicht. Ich habe sie nie gesehen. Nenne sie nicht so. Das ist was ganz anderes als das mit Heimke."

Er hob die Hände. „Schon gut, schon gut. Willst du es nun wissen? Wir lassen gerade ein Bild von ihr anfertigen, wie sie jetzt nach deiner Beschreibung aussehen könnte."

„Sag´ schon."

„Warte." Er holte einen Zettel aus seiner hinteren Jeanstasche und entfaltete ihn. „Alexa. Alexa Bentin."

„Nie gehört. Doch - den Vornamen. Aber ich verbinde kein Gesicht damit."

„Ich sag´ ja, sie hat sich verkleidet. Wir haben die andere - eine Sophia - noch einmal vernommen. Sie hat zugegeben, dass sie als einzige zur Tatzeit im Shopping-Center war und die anderen Mädels gedeckt hat. Also kann es nur diese hier gewesen sein."

„Oder jemand ganz anderes", gab ich zu bedenken, während ich Schinkenscheiben in dekorative Falten legte und auf einem Teller drapierte.

„Möglich ist alles. Aber die hier, diese Alexa, die war Teil des Dreier-Alibis. Und sie ist verschwunden. Abgetaucht. Spricht also viel dafür, dass sie es ist."

„Wie - verschwunden?"

„Ohne festen Wohnsitz, ausgezogen aus ihrer alten Wohnung, nirgendwo polizeilich gemeldet. Wir machen Hausermittlungen." Er kramte im Küchenschrank nach den Tellern, als es läutete.

„Da ist sie." Doch stattdessen steckte Johannes seinen Kopf zur Tür herein.

„Stör´ ich?", fragte er mit einem verschmitzten Lächeln. „Hmm, hier riecht´s aber gut ..."

Leos Miene heiterte sich auf, als er seinen besten Freund sah.

„Na so ein Zufall, mein Alter. Hast wohl das Essen gerochen? Komm´ rein."

Johannes sah sich um. „Ihr habt sogar für mich mitgedeckt. Woher wusstet ihr, dass ich komme?"

Ich lachte. „Mensch Johannes, wir kriegen Besuch von Laura. Leo, leg´ ihm auch noch ein Gedeck auf."

„Ach, Laura kommt? Das ist ja eine Überraschung." Johannes´ unschuldiger Blick konnte nicht darüber hinwegtäuschen, dass er genau das gehofft – oder sagen wir besser: geplant hatte. Ich musste grinsen.

„Du wirst jetzt nicht meine Cousine anbaggern, Alter."

„Aber woher denn. Ich kenne sie doch kaum." Johannes mühte sich um ein ernstes Gesicht, was aber ziemlich misslang.

„Ich kenne dich, das war bisher auch kein Hindernis für dich."

„Hey Leo, sie ist erwachsen. Und wenn ich die Sache richtig sehe, ist sie kein ähh – Typ zum Anbaggern." Johannes´ Wangen röteten sich, und Leo und ich wechselten einen Blick. Aha.

Laura schien jedenfalls über sein Auftauchen erfreut zu sein. Sie schenkte ihm ein warmes Lächeln, das sein Gesicht aufleuchten ließ.

Nicht lange, nachdem wir aufgegessen und es uns in der Sitzecke mit dem riesigen Sofa bequem gemacht hatten, gähnte Laura verstohlen.

„Entschuldigt, ich glaube, ich muss mich noch ein bisschen akklimatisieren. Die Luft ist hier so anders ..."

„Nicht so schön wie bei euch im Tessin", warf ich ein.

„Doch, ich weiß schon, was Johannes mit ‚Berliner Luft' meinte. Es ist nicht unangenehm. Aber ich bin noch ein bisschen müde von dem ganzen Umzug. Tut mir leid." Sie erhob sich, und Johannes sprang auf.

„Ich bringe dich nach Hause." Ein tadelnder Blick von Leo, den er aber vollkommen ignorierte.

„Danke, ich kann mir ein Taxi nehmen. Bald habe ich auch ein Auto."

„Nix da. Ich fahre dich. Ich habe morgen auch einen langen Tag."

„Das ist lieb von dir, aber ich möchte dir keine Mühe machen."

Johannes blickte sich hilfesuchend nach mir um. „Sag´

du ihr doch bitte, dass es für mich keine Mühe, sondern ein Vergnügen ist."

Laura lächelte. Ich erwiderte: „Sag´s ihr doch selbst."

„Laura, es ist mir ein Vergnügen." Johannes deutete eine Verbeugung an.

„Na schön, unter diesen Umständen mache ich von deinem Angebot Gebrauch."

Johannes warf uns einen triumphierenden Blick zu, und zwei Minuten später waren sie auch schon verschwunden.

„Mit ihr wird er das nicht machen", grummelte Leo. „Sie ist meine Cousine, und er wird sie nicht wegwerfen wie ein Stück Fleisch."

„Leo, er wirkte nicht so, als ob er sie jetzt gleich im Auto überfällt."

„Du kennst ihn nicht. Irgendwann wird sie ihm auf den Geist gehen, so wie alle Frauen seit Tanja."

„Sie wird ihn nicht ´ranlassen." Laura hatte nicht den Eindruck gemacht, als ob sie ihn gleich anschmachten würde.

„*Speriamo!* Hoffen wir ´s."

Kaum hatte er das ausgesprochen, meldete sich sein Diensthandy. Ich begann, AC/DC zu hassen.

Mit dem Telefon am Ohr wanderte Leo in Richtung Arbeitszimmer. „Habt ihr was?", hörte ich ihn fragen.

„Du meinst, Lamberti hat mit ihm die Zelle geteilt?" Seine Stimme vibrierte plötzlich. „Wie – er ist tot?" Er schloss die Tür hinter sich, aber ich schlich mich hinterher. Die Erregung in seiner Stimme sagte mir, dass es um seinen Spezialfall ging.

VIOLETT

Ich schlich mich an die Tür des Arbeitszimmers heran. Leos Stimme klang dumpf durch die geschlossene Tür, aber ich verstand, dass er sagte: „Dann müssen wir die Akten haben. Und wir brauchen die Fingerabdrücke. Vielleicht hat der den Schein angefasst. Wenn wir die Akten haben, holen wir uns einen Beschluss.“ Es folgten Anmerkungen wie „hmm“ und „verstehe“.

„Dana, du bist ein Held. Danke. Damit können wir übernehmen und alles offiziell machen.“

Er verabschiedete sich, und ich schlenderte unauffällig in die Küche, um ein wenig aufzuräumen. *Alles offiziell machen.* Was hieß das?

„Musst du etwa heut noch raus?“, fragte ich, als er hinter mir auftauchte, ein Tablett mit leeren Flaschen und Gläsern in der Hand.

„Nein nein, Dana hat mir nur ein paar Infos gegeben. Wenn alles klappt, dann ist dieser Observationsspuk bald vorbei.“ Er seufzte und stellte die leeren Flaschen weg. „Wenn wir Glück haben, können wir dem Typen vielleicht einen alten Mord anhängen.“

„Anhängen oder nachweisen?“

Er schnaubte. „Ist mir ehrlich gesagt bei diesem Kerl egal. Aber nachweisen wäre mir lieber. Er hat es getan, das weiß ich. Fehlen nur noch ein paar Beweise."

Ich wandte mich zu ihm um. „Erzähl´ mir mehr!"

„Noch nicht." Leo schüttelte den Kopf. „Ich weiß nichts Genaues. Könnte sein, dass er einen Mitgefangenen umgebracht hat, um an Geld zu kommen."

„Und dann fährt er wieder ein, ohne dass ihr ihn weiter beobachten müsst. Klingt gut."

Ein Goldpünktchenlächeln stand in seinen Augen. „Ja, *tesoro*. Sogar viel besser, als du dir überhaupt ausmalen kannst." Er zog mich in seine Arme, und ich sog seine Nähe, seine Wärme, seinen Geruch in mir auf. „Lass´ uns jetzt da weitermachen, wo wir vorhin unterbrochen wurden", flüsterte er mir ins Ohr.

„Mit dem allergrößten Vergnügen, Herr Kriminaldirektor."

Und wir feierten seinen Ermittlungserfolg und meine Zulassung als Anwältin auf unsere ganz eigene, leidenschaftliche Weise.

„Kann ich heute etwas für dich tun?", fragte ich am nächsten Morgen, als er wie immer an der Kaffeemaschine hantierte, und schlang ihm meine Arme von hinten um den Bauch. Ich liebte es, seine Haut unter meinen Händen zu spüren, und schob sein T-Shirt ein Stück hoch. Er stieß ein wohliges Brummen aus und atmete schneller, ließ sich aber nicht davon abbringen, Wasser und Bohnen nachzufüllen.

„Du meinst, noch mehr als das von heute Nacht, *bella gioia*?" Seine Stimme war ein wenig rau. „Geht das überhaupt?" Ich lehnte meine Wange an seinen Rücken und kicherte.

„Ich meine irgendetwas, was ich für dich heute erledigen kann, wenn du unterwegs bist."

„Oh, schade. Aber doch, da wäre etwas. Ich brauche

ein Sakko. Ein ordentliches. Falls wir eine Pressekonferenz geben. Im Schrank müssten zwei hängen. Vielleicht kannst du sie in die Reinigung bringen."

„In Ordnung." Ich widerstand der Versuchung, meine Hände unter seine Gürtellinie gleiten zu lassen. Er war spät dran heute.

Eine Stunde später erschien Senora Isabel, Leos spanische Haushaltshilfe, und während sie sich summend über unser Wohnzimmer hermachte, begann ich, in Leos Schrank zu kramen. Da hing mein apfelgrünes Kleid. Keine drei Wochen mehr, dann würde ich es tragen, einen Blumenstrauß in der Hand, neben mir meinen persönlichen Traummann in seinem wahnsinnig distinguierten Anzug. Dieser hing, ordentlich in einen dünnen Kleidersack verstaut, daneben. Es war der einzige Anzug, den Leo besaß.

Es war nicht schwer gewesen, meine Kleider in seinem riesigen Schrank unterzubringen, seine Garderobe war überschaubar. Die beiden Sakkos waren schnell gefunden. Er trug sie gelegentlich, gerade neulich hatte er eines angehabt, das, in dem er mich das erste Mal von zu Hause abholte. Unser erstes Date ... Er hatte mir gleich im ersten Moment den Atem geraubt, und immer noch konnte ich mich kaum daran gewöhnen, ihn zu sehen, ohne gleich Herzklopfen oder weiche Knie zu bekommen.

Ich nahm es heraus. In diesem sah er einfach fantastisch aus, ein schlichtes anthrazitfarbenes Modell aus einer Art feinem Waffelcord. Aber was war das? Ich hielt es ins Licht, und etwas Lilafarbenes schimmerte an der linken Schulter. Kein Zweifel: Das war ein Haar. Ein langes, am Ende gelocktes lila Haar. Also keins von ihm. Und keins von mir.

Ich setzte mich auf das Bett, und in meinen Ohren dröhnte es lauter als der Staubsauger, den Senora Isabel gerade mit Schwung im Flur hin- und hersausen ließ. Ich schnupperte an dem Sakko. Es roch jedoch völlig unauffällig, verlockend nach Leo und seinem Aftershave.

Alle möglichen Erklärungen kamen mir in den Sinn, wie ein lila Frauenhaar auf Leos Kleidung kommen konnte. Eine Festnahme vielleicht. Eine Betriebsfeier, auf der getanzt wurde. Oder ... Ich wollte den Gedanken nicht zu Ende denken. Unmöglich. Undenkbar, dass er etwas mit einer Frau mit lila Haaren hatte. Kunsthaaren womöglich. Diese Farbe war doch unmöglich in echte Haare zu färben. Das konnte nicht sein. Nicht nach dieser Nacht, nicht nach seinen Worten, die er mir gestern vor dem Einschlafen zugeflüstert hatte: „Ich kann nie, nie, nie genug von dir bekommen."

Wie in Trance nahm ich das lila Beweisstück und legte es in eine kleine Plastiktüte mit Reißverschluss, von denen es in unserem Haushalt gefühlte tausend Stück gab. Eine der Tüten, in die Leo und seine Kollegen Fundstücke vom Tatort verpackten. Leo hatte in jeder Tasche ein paar Stück davon. Ich steckte die Tüte in meine Handtasche. Später würde ich sie in meinem Büro bei Pawel einschließen.

Dann tat ich etwas, was ich mir selbst nie zugetraut hätte - und worauf ich wirklich nicht stolz bin: Ich durchsuchte Leos Jackett-Taschen. Redete mir dabei ein, es sei sowieso nötig, da sie ja in die Reinigung sollten.

Ich fand nichts außer den unvermeidlichen Plastiktütchen und einem Paar Einweg-Gummihandschuhen. Die übliche Ausrüstung. In der Innentasche seines Samtjacketts befand sich außerdem noch eine Visitenkarte. „Kostümverleih Burg, Neukölln". Sicher von einer Außenermittlung übrig geblieben. Ich legte sie auf den Papierstapel in seinem Arbeitszimmer.

Eigentlich logisch, dass ich nicht fündig wurde. Sonst hätte Leo mich nicht so vertrauensselig um diesen Gefallen gebeten.

Ich hätte erleichtert sein sollen. Aber die Idee, dass er mir etwas verschwieg, das mich verletzen würde, hatte sich in mir festgesetzt. Der Gedanke ätzte sich durch meinen Verstand und meine Eingeweide. Hatte er neulich zu Freddy nicht genau das gesagt? *Ich will sie nicht unnötig verletzen.*

„Sabina, kann ich rein? Ich wollte jetzt hier weitermachen." Isabel steckte ihren Kopf zur Tür hinein. „Ist etwas los? Sie sehen aus wie ..."

„Nein, nein, ich ... es ...", stotterte ich. „Es sind nur diese Sakkos hier, die in die Reinigung müssen. In einem ist das Futter kaputt."

Sie wiegte misstrauisch den Kopf, stellte aber keine weiteren Fragen. Stattdessen riss sie die Fenster auf und zerrte den Staubsauger hinter sich her.

Ich ging in die Küche und wählte Max´ Handynummer, während Isabel im Schlafzimmer weiterlärmte. „Hier ist Max Jung. Nein, nicht selber. Nur sein AB. Sprich bitte drauf, ich meld´ mich." Typisch. Nie war mein Bruder selbst am Telefon. Na gut, vielleicht hatte er gerade in der Uni zu tun.

„Max, ruf mich bitte zurück. Du musst mir helfen, du weißt schon. Das mit Leo und seinem Kollegen. Bitte, ruf mich schnell an und sag, wann du Zeit hast."

Ich musste nicht lange auf seinen Rückruf warten und schilderte ihm mein Vorhaben. „Du wolltest doch diese Woche sowieso nach Hause kommen, kannst du dir da nicht einen Abend für mich Zeit nehmen?"

„Ist es wieder so was wie ´ne tote Maus?"

„Quatsch. Nur ein kleiner – Abendspaziergang, wenn du so willst."

„Verstehe ich das richtig – du willst deinem Verlobten hinterher spionieren, weil er dich *betrügt*?“

Betrügt. Das Wort schnitt in mein Herz. Bisher hatte ich es nie ausgesprochen, noch nicht einmal gedacht. Musste eine Frau ständig damit rechnen? Immer darauf vorbereitet sein? Verdammte Scheiße. Tränen stiegen in mir auf, die dringend hinaus wollten und mir die Sicht verwischten.

„Nein, ich will es eher – ausschließen. Es ist ... ach, ich weiß nicht. Komm einfach. Bitte. Aber sag´ um Gottes Willen nichts zu Mama und Papa!“

Schon am nächsten Abend holte er mich mit Mamas Auto ab. Er hatte gerade einige Prüfungen abgelegt und ein paar Tage vorlesungsfrei. Seine Augen glitzerten abenteuerlustig, als er mir die Autotür aufhielt. Ich küsste ihn auf die Wange. „Du bist ein Schatz!“ Er grinste.

„Abwarten. Erst mal will ich wissen, wo es hingeht.“

„Wedding, genauer gesagt Gesundbrunnen. Die Straße geht von der Soldiner Straße ab.“

Die Straßen glänzten regennass, gerade war ein Schauer niedergegangen.

„Und nun erzähl´ mal“, forderte Max mich auf, während wir auf den Ernst-Reuter-Platz einbogen. Der Springbrunnen in der Mitte des Platzes schleuderte abwechselnd dünne, meterhohe Fontänen und einige mickrige Spritzerchen in die Luft.

Ich beschrieb ihm, was seit Leos Geburtstagsfeier passiert war, und ließ auch meinen gemeinsamen „Ausflug“ mit Pawel nicht aus.

„Und du bist sicher, dass die heute wieder dorthin fahren?“

„Natürlich nicht. Aber die observieren da irgendwas. Sie haben ein anderes Team abgelöst. Also muss es ja wohl von dort aus losgehen.“

Max tippte sich an die Stirn. „Du spinnst ja. Wenn sich

der Typ, den sie beobachten, nur zufällig kurz dort aufgehalten hat, sind wir geplatzt."

„Ich hab´ doch sonst nichts anderes. Soll ich ihm im Dienst auflauern?"

Er zuckte die Schultern. „Also gut. Schauen wir mal." Schweigend steuerte er Mamas Golf durch die Straßen.

„Wenn du weißt, dass er an dem Ort nur seine Arbeit macht, warum willst du ihm dann so dringend hinterher? Es wird dir doch auch nicht helfen zu entdecken, wen er verfolgt. Ich finde das ziemlich hirnrissig", sagte er nach einer Weile.

„Ich weiß nicht, was ich finden will. Am liebsten gar nichts. Aber es muss doch einen Grund geben, dass er mir nicht alles sagt. Dass sogar sein Kollege ihn deshalb ermahnt."

„Der Typ hat ihm wahrscheinlich ´ne Beförderung vermasselt oder so", mutmaßte mein Bruder.

„Ach was. Das könnte er mir doch sagen."

„Oder er hat einen von Leos Kollegen auf dem Gewissen. Und er gibt sich die Schuld daran. Muss doch absolut nichts mit Sex zu tun haben."

„Das sind alles Sachen, die er mir erzählen könnte."

„Vielleicht hat er dabei keine gute Figur gemacht. Hat Angst, du könntest ihn irgendwie schief angucken."

Ohne dass wir beide es zu diesem Zeitpunkt wussten, hatte Max die Sache damit auf den Punkt gebracht.

Ich dirigierte ihn in die Straße, in der wir Leo und seine Kollegen das letzte Mal gesehen hatten. Diesmal wich ich Max nicht von der Seite, während er einen Parkplatz suchte. Nicht, dass wieder etwas schiefging. Wir setzten Sonnenbrillen auf, bevor wir aus dem Auto stiegen.

„Lass´ uns da reingehen." Max deutete auf ein heruntergekommenes Internetcafé gegenüber des Dönergeschäfts, in dem Leo und Freddy zuletzt verschwunden waren. Halbdunkel empfing uns. Direkt am Fenster waren zwei Laptops auf einem Tisch aufgebaut, mit Blick nach draußen. Ein dicker, dunkelhaariger Mann stand hinter einem klebrig aussehenden Tresen und verkaufte uns eine Stunde Surfen für einen Euro und zwei Dosen Cola. Ansonsten war das Café gähnend leer, an den Wänden einige durch kleine Raumteiler abgetrennte Surfplätze, auf den Bildschirmen krochen einige Buchstaben träge über einen schwarzen Hintergrund: „Astani Internetcafé".

Wir nahmen am Fenster Platz. Während Max gelangweilt auf der abgenutzten Tastatur herumklimperte und ein Onlinespiel aussuchte, mit dem wir uns die Zeit vertreiben konnten, starrte ich angestrengt hinaus.

Es war erst halb acht, und wenn alles so lief wie neulich, würde sich frühestens in einer halben Stunde etwas tun.

Zwei Männer kamen aus dem Dönerladen, jeder eine türkische Pizza in der Hand. Waren das die Polizisten, die auf Ablösung warteten? Sie stiegen in einen zerbeulten alten Golf. Sah nicht aus wie ein Dienstwagen der Kripo. Aber wer wusste das schon?

Max hatte bereits ein imaginäres Mittelalterdorf auf dem Computer errichtet und mehrere Schlachten mit bösen Zauberern geschlagen, als ein Opel Astra langsam die Straße entlangfuhr. Ich stieß ihn mit dem Ellenbogen an.

„Das müssten sie sein."

„Moment, hier startet gerade ein Angriff." Routiniert bewegte er eine Kriegerschar mithilfe der Maus über den Bildschirm.

„Max!"

„Ja doch!"

Er blickte kurz auf und stieß einen unterdrückten

Fluch aus. „Scheiße, sie kommen hierher!“ Tatsächlich schlenderten Leo und Freddy gerade über die Straße und nahmen Kurs auf die Eingangstür. Das Blut in meinen Adern stockte.

„Psst, kein Wort. Beug´ dich runter und such was in deiner Handtasche“, zischte Max, zog sein Basecap in die Stirn und duckte sich hinter den Bildschirm, so unauffällig es eben ging. „Wenn sie drin sind, schleichen wir raus.“

Mit zitternden Händen wühlte ich in meiner Tasche, den Blick starr auf den Fußboden gerichtet. Ich wagte kaum zu atmen. Schritte hinter uns. Sie gingen auf den Tresen im hinteren Bereich des Raumes zu.

„Guten Tag, Kriminalpolizei.“ Das war Leos Stimme. Oh mein Gott. Bestimmt sah sich Freddy jetzt im Raum um. Alles, was uns schützte, war die niedrige Trennwand, die unseren Surfplatz von den anderen abteilte. Doch von hinten würde er uns sehen können. Im Zeitlupentempo nahm ich meine Sonnenbrille heraus und setzte sie auf. „Haben Sie diesen Mann hier schon einmal in Ihrem Lokal gesehen?“

Schweigen. Ich hielt die Luft an, fürchtete, jeder in diesem Raum könnte meinen Herzschlag hören, der sich wie ein Presslufthammer anfühlte.

„Kennischnisch“, kam es vom Tresen. Mürrisch.

„Schauen Sie noch mal genau hin. Es ist wichtig.“

Wieder Schweigen.

„Entschuldigung, kann ich mal Ihre Toilette benutzen?“ Freddy.

„Da hinten.“

„Danke.“ Schritte, die sich weiter entfernten.

„Jetzt“, flüsterte Max und erhob sich betont langsam. Ich tat es ihm gleich, und fühlte, wie meine Knie unter mir nachzugeben drohten. Ohne einen Blick auf den Tresen zu werfen, schlichen wir so lautlos wie möglich hinaus.

Max hakte mich fest unter und hinderte mich daran, loszurennen.

„Gaaanz langsam. Wir wollen keine Aufmerksamkeit“, ermahnte er mich und hielt mich in eisernem Griff. Er zwang mich zu einem scheinbar gemächlichen Schritt, in dem wir uns nach rechts vom Eingang des Cafés entfernten. Dann drängte er mich in eine Hofeinfahrt, schob mich an die Wand und spähte um die Ecke.

„Was siehst du?“, keuchte ich. Mein Puls wollte sich nicht beruhigen.

„Nichts. Doch, Leo kommt raus.“ Er zog hastig seinen Kopf zurück. „Steht vor dem Café und wartet. Der andere Typ ist sicher noch drin. Achtung!“ Max packte mich, riss mich in seine Arme und presste mein Gesicht an seine Schulter. Mein Widerstand gegen seinen festen Griff erlahmte, als ich Schritte an uns vorbeigehen hörte. Sie schienen kurz zu stoppen, doch nach einer Schrecksekunde, die sich für mich wie Stunden anfühlte, setzten sie sich wieder in Bewegung und entfernten sich in Richtung Café.

Max ließ mich los und lehnte sich an die Wand. Er nahm das Basecap ab und fuhr sich mit einer Hand über die Stirn. „Uff. Das war Leos Kollege. Offenbar hat das Lokal noch ´nen Hinterausgang. Weg hier.“ Er zog mich in Richtung Straße, aber ich blieb stehen.

„Nein, noch nicht. Wenn sie nun hier lang gehen ...“

„Na gut. Dann da lang.“ Er deutete auf den Hof, und wir durchquerten die Einfahrt, betraten den Hof und lugten um die Ecke. Doch niemand kam vorbei.

„Wenn wir jetzt nicht rausgehen, verlieren wir sie wieder“, zischte ich.

„Also gut“, Max nahm mich bei der Hand, und wir betraten den Bürgersteig. Er zog mich zwischen zwei parkende Autos und drückte mich halb in die Hocke. „Sie gehen rüber in den Döner“, raunte er und ließ mich wieder aufstehen. „Komm mit.“ Wir überquerten die Straße und duckten uns in genau denselben Hauseingang, der mir neulich schon als Versteck gedient hatte.

Es dauerte, bis sich mein Herzschlag wieder normalisiert hatte. Max hingegen schien die Situation in vollen Zügen zu genießen. Es machte ihm nichts aus, dass wir jetzt schon eine halbe Stunde hier standen, ohne dass sich Nennenswertes ereignet hatte. Leo und sein Kollege waren aus dem Döner nicht wieder herausgekommen. Die Straße lag inzwischen komplett im Schatten, der Himmel über uns ging langsam in ein dunkleres Blau über. Die Sonne war untergegangen, und bald würde hoffentlich die Nacht hereinbrechen und uns unsichtbar machen.

Max stieß mich an. „Guck mal da.“ Ein stämmiger Mann verließ das Lokal. Er blieb kurz stehen, und ich konnte einen Blick auf sein wenig einnehmendes Gesicht werfen. Feiste Wangen und Knubbelnase. Die Augen verschwanden fast in seinem fetten Gesicht und unter dichten Augenbrauen. Ein schwarzes T-Shirt spannte sich über seinem Bauch und ließ den Blick auf seine tätowierten Arme frei. Gelassen zog er eine Schachtel Zigaretten aus der hinteren Tasche seiner schmuddeligen Jeans und zündete sich eine davon an. Einen tiefen Zug nehmend, lenkte er seine Schritte von uns weg und gewährte uns einen Blick auf seinen nur von einem schütteren Haarkranz umgebenen Hinterkopf. Sein Gang schaukelte, als stünde er auf einem Schiff in schwerer See.

Kaum hatte er sich in Bewegung gesetzt, traten aus der Tür des Dönergeschäftes zwei skurrile Gestalten, die ihm nachsahen. Ein Mann, nicht sehr groß und ganz in schwarzes Leder gekleidet. Eine enge Lederjeans und eine mit Nieten besetzte Jacke mit aufgeschlagenen Manschetten. Er hatte eine lederne Schirmmütze tief ins Gesicht gezogen, um deren Rand sich eine schwere silberfarbene Kette schlang. Eine runde Nickelbrille zierte seine Nase, unter der ein imposanter Schnurrbart wuchs. Diese Aufmachung passte so gar nicht zu der rundlichen Statur des Mannes, sie wirkte regelrecht grotesk.

Sie wurde nur noch durch die zweite Erscheinung übertroffen, die direkt hinter ihm kam und ihn freundschaftlich unterhakte. Eine Frau, deutlich größer als der Mann, mit roten Pumps an schwarz bestrumpften Beinen, mindestens Schuhgröße 43. Ein knielanger schwarzer Rock und ein pinkfarbenes Wasserfalloberteil mit langen, bauschigen Ärmeln vervollständigten das Outfit. Sie trug eine riesige Sonnenbrille, die sie wie Puck, die Stubenfliege, aussehen ließ. Ihr blondes Haar war schulterlang, die Spitzen wellten sich ein wenig. An einer Stelle schimmerte es irgendwie rosa. Ihre Fingernägel waren in grellem Pink lackiert, passend zum Lippenstift in derselben Farbe. Um ihre Schulter baumelte eine geräumige Handtasche aus Paillettenstoff. In bestem Einvernehmen mit ihrem kleinen Begleiter stöckelte sie mit wiegenden Hüften neben ihm her, sie folgten dem Typen, der gerade das Lokal verlassen hatte.

Max und ich sahen uns an. „Wow“, entfuhr es ihm. „Eine Fummeltrine, wie sie im Buche steht. Die hat Stöckelunterricht bei Jorge Gonzalez genommen.“

„Du meinst, das ist ein Mann?“

„Hast du keine Augen im Kopf? So große Frauen stellen sie sonst im Zirkus aus!“ Max grinste. „Sieh dir mal die Schultern an.“

„Aber mit dem Arsch wackelt er wie ´ne Frau. Ich wünschte, ich könnte das so gut.“

Doch dies war das Einzige, was geschah. Keine Spur von Leo, keine Spur von Freddy.

„Meinst du, die sind immer noch da drin?“, fragte ich nach einer Weile, in der sich nichts tat.

Max zuckte die Achseln. „Vielleicht hat das Döner

auch einen Hinterausgang. Dann sind sie vielleicht da ´raus. Wir könnten nachsehen."

„Nein, noch einmal tue ich mir diesen Stress nicht an. Die Sache eben hat mir schon gereicht. Wenn sie da drin sind, dann sehen sie uns."

Verdammt. Das war jetzt schon das zweite Mal, dass sie uns entwischt waren.

FATALE ENTDECKUNG

Ich hatte nicht viel Zeit, über unseren Misserfolg nachzudenken. Bereits am nächsten Morgen meldete sich Dana Kanther und lud mich ein, die Computergrafik anzuschauen, die sie nach meinen Angaben von der Platinblonden gemacht hatte.

Leo war nicht da, als ich ihr Dienstzimmer betrat. Ich hatte nicht gehört, wie und wann er nach Hause gekommen war, und er hatte sich gleich früh wieder aus dem Staub gemacht, ohne mich zu wecken. Ein leiser Stich durchfuhr mich jedes Mal, wenn ich das Bett neben mir leer fand.

„Wir haben mal ein bisschen mit Ihrer Beschreibung und den Bildern einiger von Heimkes und Enricas Bekannten herumgespielt", begann Dana, nachdem sie mich begrüßt und mir einen Platz neben ihrem Schreibtisch angeboten hatte. „Es sind jeweils unterschiedliche Personen, denen wir eine andere Frisur verpasst haben."

Sie reichte mir eine Mappe mit Bildern.

Jemand hatte die Frauen auf den Fotos mithilfe einer Bildbearbeitung jeweils in Blondinen mit streichholzkurzen Haaren verwandelt. Das machte die Sache nicht einfacher für mich – bis ich zum zweiten Mal umblätterte: Da blickte mir die Platinblonde aus schwarzen, starren Augen entgegen, und ich hielt kurz die Luft an. „Das ... das ist sie“, stotterte ich. „Ja, das ist sie.“

Ich drehte die Mappe herum und deutete auf das Bild. Dana nickte. „Wollen wir mal schauen, wer das ist“, sagte sie wie zu sich selbst und blätterte in einem Hefter. Stirnrunzelnd notierte sie etwas in ihrem schwarzen Buch und legte dann nachdenklich einen Zeigefinger auf ihre Lippen.

Mit Schwung drehte sie ihren Stuhl in Richtung Computertastatur und tippte etwas ein, lehnte sich dann mit verschränkten Armen zurück und beobachtete den Bildschirm. „Mist, ich komme nicht ´rein. Moment noch, gleich haben wir ´s.“ Sie schien mich vergessen zu haben, trommelte mit den Fingern ungeduldig auf die Tischplatte. „Bitte nicht schon wieder“, stöhnte sie zwischendurch. „Immer wenn ich was brauche, hängt sich diese blöde Datenbank auf.“

Fünf Minuten lang starrte sie schweigend auf den Rechner, dann ballte sie die Faust. „Endlich!“

Sie blickte auf. „Das ist wieder mal typisch. Die Frau ist untergetaucht. Kein Wohnsitz, nichts. Alles was wir wissen, ist, dass es sie gibt.“ Mit einem Seufzer erhob sie sich und gab mir die Hand. „Trotzdem erst mal vielen Dank. Wir werden sie sicher finden.“

„Sie kann ja nicht weit weg sein, schließlich habe ich sie jetzt schon drei- oder vier Mal gesehen“, gab ich zu bedenken, während ich mich aus meinem Stuhl erhob.

„Sicher. Am besten geben Sie uns Nachricht, wenn Sie sie wiedersehen. Wir können im Augenblick nicht viel machen außer eine Suchmitteilung herausgeben. Für mehr reichen unsere Kapazitäten nicht.“

Ich versprach, die Augen offenzuhalten, und verabschiedete mich.

Flüchtig erwog ich, ob ich Leo zum gemeinsamen Mittagessen überreden sollte, aber ich verwarf den Gedanken schnell wieder. Womöglich hätte ich mich bezüglich meiner gestrigen Abendunternehmung mit Max verquatscht. Oder ich würde wieder beginnen, sinnlose Fragen zu stellen, auf die er keine Antwort geben wollte. Irgendwie hatte ich mir unsere Verlobungszeit einfacher vorgestellt.

~

„Er ist ein bisschen merkwürdig, aber daran werden Sie sich in unserem Beruf gewöhnen müssen." Pawel saß mir in meinem nagelneuen Büro gegenüber und schob mir eine dünne Akte zu. Mein erster richtiger Arbeitstag, und ich hatte es Leo nicht gesagt. Er hatte auch nicht nach meinen Plänen für den heutigen Tag gefragt. Ich kam mir schlecht behandelt vor. Er ging so in seinem „Projekt" auf, verschloss sich meinen Fragen und war den größten Teil der Zeit abwesend. Sogar am Wochenende war er für einige Stunden dienstlich unterwegs gewesen.

Trotzdem hatte ich ein schlechtes Gewissen. So unbegründet seine Eifersucht und seine Abneigung gegen Pawel auch waren, hatte ich doch das Gefühl, etwas hinter seinem Rücken zu tun. Doch war das nicht genau das, was er mit mir machte?

Pawel hatte mich beruhigt. Ich solle mir darum keine Gedanken machen, schließlich könne ich nicht ewig untätig zu Hause herumsitzen und mir Gedanken über alles Mögliche machen. „Arbeit ist eine gute Ablenkung gegen schlechte Gedanken", hatte er mir zur Begrüßung gesagt. „Ich gehe gleich in die Sitzung, Landgericht. Sie halten hier so lange die Stellung und sprechen mit diesem jungen Mann hier."

Neugierig und auch ein bisschen aufgeregt schlug ich

den dünnen Hefter auf. Anzeige gegen Unbekannt wegen Körperverletzung. Geschädigt: Jonas Köpke.

„Er wurde verprügelt und möchte, dass wir ihm beistehen. Sein – ähh – Gönner zahlt uns." Ich blickte auf.

„Sein Gönner?"

Pawel lächelte fein. „Er ist wie gesagt anders als andere junge Männer. Andersherum, genau gesagt. Verstehen Sie?"

Ich nickte. Ja sicher.

„Meinen Sie, er akzeptiert, dass ich mit ihm spreche? Immerhin hat er Sie engagiert."

„Muss er. Sie gehören jetzt zu meinem Team." Pawel drückte ermutigend meine Hand. „Sie machen das schon. Notieren Sie alles, was er Ihnen sagt, und lassen Sie sich die Vollmacht hier unterschreiben." Damit verabschiedete er sich, während ich – Rechtsanwältin Jung – mich in der Abgeschiedenheit meines Büros auf meinen ersten Fall vorbereitete.

Anja kündigte ihn mir an. „Kann ich ihn reinschicken?" Ich schluckte und brachte ein etwas gepresstes „Ja" heraus. Ich zupfte noch einmal an meinem Blazer, ein schickes Modell in Dunkelblau, Teil meiner ersten Berufskleidung: ein eleganter Hosenanzug plus Seiden-T-Shirt in hellem Grau. Da klopfte es auch schon schüchtern an die Tür. Ich musste mich kurz räuspern, bevor ich „herein" sagen konnte.

Ein junger Kerl, vielleicht 21, schlaksig und mit eckigen Schultern, kam herein. Nach der Begrüßung, die in einem schlaffen Händedruck bestand, ließ ich ihn Platz nehmen und dachte kurz daran, wie Pawel mich das erste Mal befragt hatte. Nachdem wir die Formalien erledigt hatten, holte ich tief Luft, um ihm dann dieselben Worte zuzuwerfen wie Pawel mir seinerzeit: „Und nun erzählen Sie mal."

Er warf den Kopf zurück, als wolle er eine imaginäre

Haarmähne schütteln. Doch alles, was er besaß, war ein langer, seitlich gekämmter Pony, an den Seiten war er fast kahlrasiert. Seine grauen Augen fixierten mich mit einer Mischung aus Misstrauen und Scheu, seine schlanken Hände hatte er ineinander verschlungen.

Er erzählte, wie ein riesiger, fetter Typ ihn in ein Gebüsch gezogen und ihm die Faust ins Gesicht gerammt hatte. Doch als ich nach den näheren Umständen fragte, begann er, sich zu zieren.

„Ich stand auf der Straße", antwortete er ausweichend. „Da kam er von hinten an."

„Einfach so. Ein fremder Mann springt aus dem Gebüsch und zieht Sie hinein." Er schien meine Skepsis zu erkennen.

Trotzig entgegnete er: „Ja. Stellen Sie sich vor. Einfach so. Ich habe ihm keinen Grund dazu gegeben."

Ich blätterte in den Akten, doch viel war darin nicht zu finden außer einer kurzen Notiz der Polizei mit der Vorgangsnummer sowie dem genauen Datum und Tatort. Die Straße, in der es geschehen war, war als Treffpunkt von Prostituierten bekannt.

Was in aller Welt machte ein schwuler junger Kerl auf dem Straßenstrich? Verkaufte er dort seinen mageren Körper?

Ich erkundigte mich, was er dort gewollt habe, und er druckste herum.

„Ich wollte nur Zigaretten holen."

„Aber Sie wohnen ganz woanders. Wozu nehmen Sie mitten in der Nacht den weiten Weg auf sich?"

„Ich war bei einem Freund", nuschelte er.

„Geben Sie mir Namen und Adresse, das ist ein Zeuge."

„Einen Scheiß werde ich." Er richtete seinen Oberkörper auf und legte die Hände auf die Oberschenkel.

„Geht Sie gar nichts an. Ich will ihn da nicht mit ´reinziehen", fuhr er mich an.

Na toll. War es normal, dass man Anwälte so behandelt? Ich fühlte Ungeduld in mir aufsteigen und zwang mich zu einem Lächeln, das keineswegs von innen kam. Sollte ich jetzt „Sie können mir alles sagen" säuseln? Er schien nicht der Typ zu sein, der darauf ansprang. Ich dachte an meinen Bruder, der war in demselben Alter. Vielleicht half es ja, wenn ich ihn so ähnlich behandelte wie Max.

„Ich sage Ihnen was. Sie waren auf dem Straßenstrich. Sie verkaufen sich. Dabei ist es passiert." Meine Geduld war am Ende. Verdammt.

Seine Augen verengten sich. „Woher wollen Sie das wissen?"

„Ich kann zwei und zwei zusammenzählen. Hören Sie, wenn Sie mir alles erzählen, brauchen Sie es bei der Polizei vielleicht nicht mehr zu wiederholen. Verstehen Sie?"

„Ich dachte, ich bin hier beim Anwalt und nicht bei den Bullen. Wenn das so ist, dann habe ich keine Lust mehr auf den ganzen Scheiß."

„Es kommt sowieso raus. Und wenn Sie es nicht jetzt sagen, dann erfährt es spätestens vor Gericht die ganze Welt. Aber dann glaubt Ihnen keiner mehr. Unser Job ist es, Ihnen zu helfen. Ich will Sie doch nicht in die Pfanne hauen." Ich versuchte, meine Stimme fest klingen zu lassen, obwohl ich gerade das Gefühl hatte, hilflos auf einem Ozean zu treiben. Er schwieg und schaute auf seine Hände, die sich um die Tischplatte klammerten.

„Der Verteidiger dieses Täters wird alles tun, um Sie schlecht dastehen zu lassen. Da können wir nur gegenhalten, wenn wir alles wissen. Geben Sie sich einen Ruck."

„Gibt ja keinen Täter."

Warum willst du dann unsere Hilfe?, ging es mir durch den Kopf. Laut sagte ich: „Wenn Sie mitmachen, dann gibt es bald einen. Wollen Sie, dass der Typ noch andere Leute verprügelt?"

Zu meinem Entsetzen begannen sich seine Augen mit Tränen zu füllen. Sie schienen geschminkt zu sein, denn schwarze Schlieren liefen plötzlich seine Wangen herab. Ja, er hatte tatsächlich einen dünnen Lidstrich und seine Wimpern waren getuscht. Warum war mir das nicht gleich aufgefallen? Ich reichte ihm ein Paket Taschentücher, das ich einer Eingebung folgend heute Morgen in meine Handtasche gesteckt hatte.

Während er einen trockenen Schluchzer unterdrückte und mit einem Taschentuch in seinem Gesicht herumtupfte, kam mir die Erkenntnis mit solcher Wucht, dass ich die Luft scharf einzog. Hatte ich nicht gerade neulich auf der Polizeidienststelle neben so einem jungen Mann gestanden – einem Mann, der sich als Frau verkleidete? Übel zugerichtet? Ich musste an meinem Personengedächtnis arbeiten.

„Ich kenne Sie", entfuhr es mir. „Sie waren neulich in der Keithstraße. Sie hatten – Frauenkleider an und zwei blaue Augen."

Er setzte einen Dackelblick auf, während er sich vorsichtig schnäuzte. Bei näherem Hinsehen fiel mir auf, dass seine Nase geschwollen war. „Sie kamen mir gleich so bekannt vor", stotterte er verlegen.

Bingo! Er begann zu reden, und ich konnte kaum so schnell mitschreiben. Hoffentlich konnte ich mein Geschmiere nachher noch lesen. Er hatte ganz allein auf der Straße gestanden, wartete auf Freier. Der Täter hatte ihn angesprochen, ihn wohl für eine Frau gehalten. Nachdem sie sich handelseinig geworden waren, hatte der Typ entdeckt, dass es sich keineswegs um eine Frau handelte, und ihn so grob misshandelt, dass er ihm das Nasenbein gebrochen hatte. Der Mann war geflüchtet, als er Stimmen hinter sich gehört hatte. Zwei Mädels vom

Strich hatten Köpke gefunden und die Feuerwehr gerufen.

„Er hätte weitergemacht, wenn die Mädels nicht gekommen wären“, mutmaßte er. „Der war so – so brutal drauf. Die armen Nutten, die der vorher hatte. Die haben alle blaue Flecke.“

Ich horchte auf.

„Sie meinen, der hat so etwas schon öfter gemacht? Woher wissen Sie das?“

„Ich rede manchmal mit denen. Bin keine richtige Konkurrenz für die. Warum der Typ das nicht gesehen hat – keine Ahnung.“ Er zuckte resigniert mit den Schultern.

„Sagen Sie mir die Namen von denen. Vielleicht erkennen die ihn wieder.“

„Janine und Evelina. Sind aber sicher nur Künstlernamen. Der ist dann auch nicht wieder aufgetaucht. Wechselt sicher sein Revier öfter, damit er so weitermachen kann. Was werden Sie jetzt tun?“

„Ihnen raten, das in Zukunft bleiben zu lassen. Das ist doch nicht gut für Sie.“

„Ich brauche Ihre Ratschläge nicht.“

„Also gut. Ich werde helfen, den Täter zu ermitteln. Und Sie zu beschützen vor seinem Verteidiger. Aber trotzdem ...“

„... ist das meine Sache. Sie sollen mich nur vertreten. Sie sind nicht meine Nanny.“

„Ich wollte mich nicht in Ihr Leben einmischen“, entgegnete ich steif.

„Ist ja gut.“ Damit stand er auf. Noch ein schlaffer Händedruck, und er rang sich ein widerwilliges „Danke“ ab.

Uff. So schwer hatte ich mir das nicht vorgestellt. Aufatmend sortierte ich meine Notizen, und als Pawel am Nachmittag zurückkam, hatte ich sie bereits in eine lange schriftliche Stellungnahme auf meinem Rechner verwandelt.

~

Als ich heimkam, lag ein gelber Zettel auf dem Küchentisch. „Bin noch mal kurz weg, Kuss Leo." Alles klar. Frustriert knüllte ich das Papier zusammen und warf es weg. Der Mülleimer war voll. Männer. War das nicht Männerarbeit, die Sache mit dem Müll?

Eigentlich hatte ich meinen ersten richtigen Feierabend lümmelnd auf dem Sofa verbringen wollen. Der Tag steckte mir in den Knochen. Gefühlte tausend Telefonate mit Leuten, die ich nicht kannte, Akten, deren Inhalt mich verwirrte, Abläufe, die ein Buch mit sieben Siegeln für mich waren.

Seufzend machte ich mich daran, Leos versäumte Pflichten nachzuholen. Ich schob den schweren Deckel des Müllcontainers im Hof nach hinten. Da leuchtete mir ein merkwürdiges Gebilde in Violett entgegen. Ich trat näher heran, hielt die Luft an. Es stank nach vergammeltem Fisch. Das Ding lag ganz obenauf, der Container war fast voll. Mit spitzen Fingern griff ich danach. Es war eine Perücke, lang, mit Locken am Ende. Und sie hatte dieselbe Farbe wie das Haar, das ich an Leos Sakko entdeckt hatte.

Zum zweiten Mal an diesem Tag traf mich die Erkenntnis wie ein Schlag. Diesmal einer in die Magengrube. Ich taumelte zurück, wäre fast über meinen Mülleimer gestolpert, den ich unbeachtet stehengelassen hatte.

Leo hatte diese Perücke *getragen*! Mit zitternden Fingern riss ich ein, zwei Haare heraus und schleuderte das Ding wieder in den Müllbehälter, den Inhalt meines Eimers kippte ich darauf. Meine Beine wollten mir kaum gehorchen, als ich wie im Nebel Richtung Fahrstuhl tappte, in einer Hand die beiden Haare, in der anderen den Mülleimer. Wie blöd war ich eigentlich?

Wie hatte ich nur behaupten können, ich könne zwei und zwei zusammenzählen? Max und ich hatten Leo und Freddy gar nicht aus den Augen verloren – sie hatten quasi direkt vor unserer Nase gestanden. Nur dass wir sie nicht erkannt hatten. Nicht gesehen hatten, dass es Leo war, der in dieser abscheulichen Aufmachung einhergestöckelt war. Dass es Leo war, der sich als Frau verkleidet hatte. Der mit geübtem Hüftschwung gegangen war, so geübt, dass es nicht das erste Mal sein konnte.

Ich war mit einer Transe verlobt.

Kein Wunder, dass Freddy an seinem Geburtstag so auf ihn eingeredet hatte. Kein Wunder, dass er es nicht sagen wollte. In meinem Magen rumorte es. Hatte er die ganze Zeit ...?

Nachdem ich mir einen Cognac eingegossen hatte, um meine überreizten Nerven zu beruhigen, begann ich fieberhaft nach weiteren Beweisen zu suchen – immer in der Hoffnung, nichts zu finden. In der Hoffnung, alles sei nur ein furchtbarer Irrtum. Ich holte das Tütchen mit dem einzelnen Haar aus meiner Handtasche. Zum Glück hatte ich heute vergessen, es bei Pawel in meinen Schreibtisch einzuschließen. Kein Zweifel: Es handelte sich um ein Exemplar aus eben dieser Perücke. Ich wühlte in Leos Schrank, um die Kleider zu finden, die er getragen hatte. Es war keine Überraschung, dass ich weder Frauenkleider noch Schuhe in seiner Größe fand. Sicher hatte er die Sachen irgendwo versteckt. Nicht hier, wo ich sie durch Zufall finden könnte.

Meine Gedanken schlugen Kobolz. Wie konnte er sich in mich verlieben, warum hatte er es nicht gleich gesagt, wie konnte er es wagen, mich heiraten zu wollen, warum, warum, warum. Ein zweiter Cognac brachte auch keine Antwort.

Mechanisch wählte ich Nicks Nummer, ungeachtet ihrer Ermahnungen, bitte nur ihr Handy anzuwählen, damit ihre kostbare Annick nicht aus ihrem Schlaf geholt würde.

„Sabina! Wenn Annick jetzt schreit, bin ich weg!“ Tolle Begrüßung von der besten Freundin.

„Nick, ich ...“ Irgendetwas Nasses rollte über meine Wange.

„Du heulst doch nicht, oder?“

Doch. Jetzt erst recht.

„Was ist denn, Hase?“ Nicks Stimme wurde weicher. „Doch nix mit dem König?“

Noch mehr Flüssigkeit ergoss sich über mein Gesicht. Ich sah nichts mehr.

„Wolltest du mich anheulen oder mir was erzählen?“

„Nihihick, er hahahat ...“ Ich heulte wie ein Schlosshund, nur unterbrochen durch Nicks hartnäckige Fragen und meine gestammelten Antworten.

„Das kann nicht sein.“ Nicks Feststellung beruhigte mich etwas, so bestimmt klang sie. „Sei kein Idiot. Wie hast du es herausbekommen?“

Ich schilderte den Abend mit Max. Und die Sache mit dem Haar an seinem Revers. Und Freddys Gespräch mit Leo auf seiner Feier.

„Es ist bestimmt völlig harmlos. Ein Scherz. Ein Kostümfest. Etwas anderes kann ich mir nicht vorstellen. Warte doch erst mal ab.“

„Ich kann nicht“, schluchzte ich. „Ich kann ihm nicht vorspielen, alles wäre in Ordnung ...“

„Dann rede mit ihm.“

Wir kamen zu keinem Ergebnis. Nick hielt das Ganze für einen Scherz, ich hatte das Gefühl, man habe mir den

Boden unter den Füßen weggezogen. Als zöge mich etwas in einen Strudel hinab.

In diesem Zustand konnte ich ihm unmöglich unter die Augen treten. Ich würde ihn sofort darauf ansprechen. Was er dann sagen oder tun würde, wollte ich mir nicht ausmalen.

Also nahm ich Reißaus. Pawel hatte mir einen Schlüssel zu seiner Kanzlei übergeben, und um diese Uhrzeit würde niemand mehr dort sein. Ich beschloss, auf seiner Couch zu übernachten.

Auf dem Küchentisch hatte ich auf Leos Zettel geschrieben: „Ich bin auch weg, muss über etwas nachdenken. Mach dir keine Sorgen. Ich komme heute Nacht nicht nach Hause. Kuss, Sabina." Auf das Wort „Kuss" war eine Träne getropft. Aber das war mir egal. Nur raus hier.

In der Kanzlei stellte ich fest, dass ich immer noch meinen Hosenanzug trug. Ich tauschte ihn gegen ein weites T-Shirt, eines der Kleidungsstücke, die ich eilig in meine Sporttasche gestopft hatte, und warf mich auf die Couch in Pawels Besprechungszimmer, wo ich in einen unruhigen Schlaf fiel.

Ich erwachte davon, dass jemand sanft an meiner Schulter rüttelte. Oh mein Gott. Pawel höchstpersönlich. Ich schloss die Augen schnell wieder, um seinen Gesichtsausdruck nicht sehen zu müssen.

„Sabina ..."

Ich presste die Lippen zusammen.

„Sabina, was ist los?"

Ich drehte mein Gesicht zur Lehne.

„Wachen Sie auf, Sabina. Es ist sieben Uhr dreißig. Sie haben zehn Minuten. Ich warte in meinem Büro auf Sie." Damit verließ er den Raum. Oh Gott. Meinen Job wäre ich damit los.

Ich schlich ins Bad, machte mich frisch, so gut ich

konnte. Zum Glück hatte ich wenigstens eine Zahnbürste und einen Kamm eingesteckt.

Ich schaffte es, in dem gesteckten Zeitrahmen eine einigermaßen ansehnliche Figur aus mir zu machen, und betrat sein Zimmer mit gesenkten Augen.

„Setzen Sie sich doch", sagte er, und seine Stimme klang sanft, fast zärtlich. „Ich nehme an, Sie haben Ihre ganz eigenen Gründe dafür. Und ich hoffe, es ist nicht Überarbeitung gleich am ersten Tag."

Mir fiel keine Antwort ein. Jedenfalls keine befriedigende. Und so starrte ich weiter stumm auf meine Oberschenkel. Wenigstens waren die Bügelfalten in meiner Hose noch da.

„Sie haben Kummer", stellte er fest, und ich hörte, wie er den Telefonhörer nahm. „Anja. Gut, dass Sie schon da sind. Bringen Sie uns bitte Kaffee. Aber nicht so eine Plörre, bitte." Er legte auf.

Ich wartete, dass er mir kündigte. Oder zumindest einen Vortrag hielt. Aber er sagte nichts weiter, bis Anja den Kaffee geliefert hatte und wieder verschwunden war.

„Soll ich Sie nach Hause schicken oder können Sie arbeiten?", fragte er, als ob ich irgendeine Krankheit hätte. Es war das erste Mal, dass ich aufblickte. In seinen Augen stand ein Lächeln.

„Ich kann", stammelte ich. „Wenn Sie es noch wollen."

„Gut so. Und das nächste Mal decken Sie sich um Gottes Willen zu, wenn Sie hier schlafen." Er nahm seine Tasse in beide Hände und tat einen tiefen Schluck. Hitze stieg in meine Wangen.

„Wollen Sie gar nicht wissen ...", begann ich.

„Nein. Sie haben Kummer, wollen nicht darüber sprechen, und Sie wollten niemanden sehen. Vielleicht hilft es Ihnen zu wissen, dass Sie nicht der einzige Mensch auf der Welt sind, dem so etwas passiert. Tut mir leid, dass ich so früh ... ich komme sonst erst um neun."

Meine Hände zitterten, als ich nach meiner Tasse griff. Der Kaffee war stark und heiß, fast verbrannte ich mir die Zunge daran.

Pawel drang nicht weiter in mich. Stattdessen schob er mir einen Stapel mit Akten zu. „Das wird Sie auf andere Gedanken bringen. Und wenn Sie doch mal reden wollen, ich bin heute Nachmittag wieder im Haus.“ Er stand auf und führte mich zur Tür, legte dabei den Arm um meine Schultern. Er drückte mich leicht an sich und sagte: „Schmerz geht schnell vorbei. Denken Sie an Balu, den Bären. Dschungelbuch.“ Ich nickte.

„Versuchs mal mit Gemütlichkeit“, gab ich zurück, obwohl mir nicht im Geringsten danach war.

„Sehen Sie, es geht doch. Bis nachher.“

Ich unterdrückte den Impuls, mich an seinen Hals zu werfen und hemmungslos zu weinen.

KEINE AUSSPRACHE

In den folgenden Stunden wühlte ich mich durch den Aktenstapel, verbot mir dabei jeglichen Gedanken an Leo. Es gelang mir, mich darin zu vertiefen, eine Akte nach der anderen wanderte von der linken auf die rechte Schreibtischseite, ergänzt um meine Notizen und Stellungnahmen. Es fühlte sich fast gut an. Aber eben nur fast.

Das Summen meines Handys riss mich aus der Konzentration. Abwesend griff ich danach und nahm das Gespräch an. „Anwaltskanzlei, Rechtsanwältin Jung?“ Das hatte ich hundertmal geübt, schon während meines Examens hatte ich mir vorgestellt, wie es wäre, wenn ich endlich diesen Satz sagen würde.

„Und ich dachte, ich spreche mit meiner Verlobten“, kam es trocken aus dem Hörer. Das Handy wollte sich selbstständig machen, es rutschte mir aus der Hand und knallte auf die Tastatur. Auf dem Display erschienen ungefähr hundert „h´s“. Ich griff hastig danach und lauschte. Aber er sagte nichts.

„Das tust du. Hallo Leo.“ Meine Stimme klang genau so zittrig, wie ich mich fühlte.

„Wenn ich mich recht erinnere, hatten wir eine Abmachung.“

„Ich – ich weiß nicht, wovon du sprichst.“

„Schade. Aber am Telefon werde ich es dir bestimmt nicht erläutern.“ Sein Ton verhieß nichts Gutes. „Wo warst du?“

„Ich habe dir einen Zettel hingelegt.“

„Da stand drauf, du bist kurz mal weg.“

„Da stand drauf, dass ich heute Nacht nicht nach Hause komme“, verbesserte ich ihn trotzig. Er schien zu schnaufen. Gleich würde er Feuer spucken.

„Sag mir warum.“

„Steht auch auf dem Zettel. Ich – ich muss über etwas nachdenken.“

Auch sein Schweigen hatte für mich einen drohenden Beiklang.

„Würdest du die Güte haben, mich über deine Gedankengänge in Kenntnis zu setzen?“ Inzwischen war seine Stimme zu Eis gefroren, und ich fühlte die Kälte in meiner Magengegend aufsteigen.

„Leo, bitte nicht jetzt. Und nicht hier.“ Klick! Er war weg. Aufgelegt. Ich sprang auf und tigerte hinter meinem Schreibtisch auf und ab. Das Durcheinander in meinem Kopf glich einem Knäuel verwirrter Fäden voller Knoten, unmöglich zu entwirren, unmöglich zu glätten.

Außer Nick konnte ich mich niemandem anvertrauen. Undenkbar, meine Eltern da hineinzuziehen. Max war keine Hilfe. Und Pawel? Das ging schon gar nicht. Wenn Leo das jemals herausbekäme, dann ...

Ich trug die fertigen Akten ins Vorzimmer.

Pawel öffnete die Tür. „Fertig? Gut gemacht. Dann gehen Sie jetzt nach Hause. Sie sehen blass aus. Schlafen Sie sich aus.“ Er zwinkerte mir zu.

„Es fehlen noch drei, die mache ich noch fertig.“ Pawel nickte.

„Machen Sie nur. Aber dann raus hier für heute. Morgen ist ein neuer Tag."

Ja, ein neuer Tag. Gott weiß, was der bringen würde. Mühsam schleppte ich mich wieder in mein Büro. Nahm meine Wanderung hinter dem Schreibtisch wieder auf. Was sollte ich denken, was sollte ich sagen, wie konnte ich je verstehen, was er tat, warum er es tat?

Ich kam zu keinerlei Ergebnis, starrte schließlich nur noch aus dem Fenster auf die Kastanie im Hof, deren rote Blütenkerzen bereits welkten. Aus einem offenen Fenster hörte ich, wie eine Gitarre gestimmt wurde. Ein paar Akkorde erklangen. Ich dachte an Leo, wie er für mich „Junimond" gesungen hatte, und das machte die Sache nicht gerade einfacher.

Die drei Akten blieben, wo sie waren. Ich würde jetzt Nick aufsuchen. In Ruhe mit ihr reden, und vielleicht durfte ich über Nacht bei ihr bleiben. Vielleicht käme mir ja dann die Idee, wie ich mit der Sache umgehen sollte.

„Der Chef hat einen Mandanten, ich grüße ihn von Ihnen", sagte Anja, als ich mich verabschieden wollte, meine Sporttasche über dem Arm.

„In Ordnung, bis morgen dann."

Das Treppenhaus hallte von den eiligen Schritten meiner Absätze wider, die Stufen aus hellem Stein gaben jedes Geräusch kristallklar zurück. Ich hätte stolz sein können, froh, meinen Arbeitstag hinter mir zu haben. Stattdessen dachte ich nur daran, wie ich die Zeit bis zum morgigen Arbeitsbeginn überbrücken sollte.

Als ich mich in den Fahrradsattel schwang, packte mich jemand am Oberarm. „Hiergeblieben." Leos Finger gruben sich in mein Fleisch, als wollte er mir das Blut abdrücken. Ich ließ den Lenker fahren, das Fahrrad neigte sich zur Seite und der Rahmen stieß gegen mein Bein. Zu dem Brennen meiner Eingeweide gesellte sich ein dumpfer Schmerz am Schienbein.

„Leo, du tust mir weh.“ Oh Gott. Wie wahr diese Worte waren. In seinen Augen brannte kalte Wut, seine Kiefermuskeln traten hervor, und die wohlbekannte Zornesader auf seiner Stirn war geschwollen. Es gelang mir trotzdem, seinem Blick standzuhalten. Wer hatte hier wen verletzt?

Er ließ mich los, griff stattdessen nach dem Fahrrad, kommandierte: „Absteigen.“

„Ich denke nicht daran.“

„Oh doch.“ Sein Blick duldete keinen Widerstand. Ich befand, dass es für den Augenblick besser wäre, ihn zu besänftigen, und tat, was er verlangte. Er schob mein Rad zurück in den Hof und streckte wortlos die Hand nach meinem Schlüssel aus. Gehorsam händigte ich ihm den Schlüsselbund aus, und er schloss mein Fahrrad ab. Keine Ahnung, was mich geritten hatte, dass ich diesen Augenblick nicht zur Flucht nutzte. Wie angewurzelt stand ich neben ihm, beobachtete, wie er an meinem Rad hantierte. Er richtete sich auf und kam auf mich zu. Ich wich zurück.

„Wenn du mir etwas tust, dann schreie ich“, kündigte ich an. Er schnaubte voller Verachtung.

„Schlimm genug, dass du mich für jemanden von *der* Sorte hältst. Komm´ mit.“

Er zog mich am Arm aus dem Hof, über die Straße, bis zu dem Audi, den er immer noch fuhr. „Einsteigen.“

„Leo! Nein!“

„Ich bin Widerrede nicht gewöhnt“, presste er mit zusammengebissenen Zähnen hervor. „Und ich weiß, wie ich damit umzugehen habe.“

„Ich mache dir eine Szene, die alle Passanten aufmerksam macht“, drohte ich. Er lachte nur hämisch.

„Mach doch.“ Er drückte mich in den Beifahrersitz und schloss die Tür. Ich versuchte, sie wieder zu öffnen, aber aus irgendeinem Grund funktionierte es nicht. Leo hatte die Türen blockiert. *Scheiße!*

Er glitt auf den Fahrersitz und ließ den Wagen an. Mit der ihm eigenen Gelassenheit im Straßenverkehr steuerte er durch den Feierabendstau, ohne noch etwas zu sagen.

Ich hatte die Arme über der Brust verschränkt. Er mochte keine Widerrede gewöhnt sein – ich war jedenfalls nicht diese Art der Behandlung gewöhnt, und ich hatte keineswegs vor, mich daran zu gewöhnen. Vor allem nicht von meinem zukünftigen Ehemann. Langsam gewann das Gefühl von Ärger und Wut die Oberhand.

„Wo willst du mit mir hin?", fuhr ich ihn an, nach einer Viertelstunde, in der er wortlos mit mir durch die Gegend fuhr.

Er schaute weiter starr geradeaus. „Dorthin, wo du mir erklären wirst, was das alles soll."

„Du bist derjenige, der mir allerhand zu erklären hat!" Meine Stimme überschlug sich fast, sie klang schrill und überraschend unsympathisch.

Ein kurzer Seitenblick von ihm, undeutbar.

„Schön, dann erklären wir uns gegenseitig." Er presste die Lippen zusammen, und seine Fingerknöchel wurden weiß, so fest krallte er sich an das Lenkrad.

„Was du machst, ist Freiheitsberaubung", stellte ich fest. Inzwischen waren wir auf der Avus stadtauswärts angelangt. Wollte er nach Menzow?

Er zuckte mit den Schultern. „Zeigen Sie mich doch an, Frau Anwältin."

Wo war eigentlich mein Stolz? War er eingeschlafen? Eingelullt durch Leos Art, mich zu lieben, mich zu verwöhnen und mir jede Art von Gefallen zu tun? Jetzt jedenfalls schwieg er beharrlich, wahrscheinlich hielt er wieder sein geliebtes Nickerchen, die Lesebrille auf die Stirn gesetzt.

„Sag mir wenigstens, wo du hin willst“, verlangte ich.

„Ich will nirgendwohin. Wir können auch hier reden.“

„Nicht, wenn du 180 fährst.“

Er ging vom Gas, bog auf einen Parkplatz ein. Ein Lkw-Fahrer erleichterte sich gerade an einem Baum, ging dann gemächlich auf seinen Laster zu. Andere Fahrzeuge waren nicht zu sehen.

Leo hielt in einer Parkbucht und stellte den Motor ab. „Jetzt sag mir, was los ist.“

„Das sollte ich dich fragen!“, schrie ich empört auf.

Er schüttelte den Kopf. „Ich habe zuerst gefragt. Du hast dein Versprechen gebrochen. Nein, zwei Versprechen.“

Der Lkw bewegte sich träge vom Parkplatz.

„Lass mich raus“, forderte ich. Inzwischen liefen mir Tränen der Wut aus den Augen, kullerten über meine Wangen und benetzten meine Lippen. Ich wischte mir im Gesicht herum. Leo drückte den Entriegelungsknopf.

„Bitte. Wenn es draußen leichter ist.“ Er sprang hinaus, lehnte sich mit verschränkten Armen an einen Baum. In seinen Augen loderte ein zorniges Feuer. Ich hatte die Autotür geöffnet. Sollte ich ihm wirklich folgen? Ich schwang die Beine aus dem Auto, erhob mich im Zeitlupentempo und blieb am Auto stehen.

„Was für ein Versprechen soll ich gebrochen haben?“, rief ich ihm zu. Er winkte mich zu sich. Wie konnte er glauben, dass ich mich in seinen Gefahrenbereich begab?

„Ich bleibe hier und rühre mich nicht von der Stelle. Keinen Schritt mache ich!“

Leo lachte ein ungutes Lachen. „Ich frische mal dein Gedächtnis ein bisschen auf. Du wolltest erst bei dem Krawczyk anfangen, wenn du meine Frau bist. Und du wolltest niemals wortlos aus dem Haus rennen.“

„Ich soll wohl zuhause rumsitzen und nichts tun, während du Nacht für Nacht unterwegs bist", schrie ich. „Während du deinen ... deinen Dämonen nachjagst, soll ich wohl auf dich warten!" *Jetzt bloß nicht dieses Thema anschneiden*, mahnte mich mein Stolz. *Rede nicht darüber, was du weißt.*

„Ich will arbeiten, ich will Geld verdienen, ich will zu etwas nütze sein!", ergänzte ich, nun in Tränen aufgelöst. „Ich bin nicht dein Anhängsel!"

„Du hättest darüber reden können."

„Wann denn? Morgens um drei, wenn du nach Hause kommst? Oder lieber nach dem Aufstehen?"

In seinen Gesichtsausdruck mischte sich jetzt Betroffenheit. Doch er war nicht besänftigt.

„Ich mache meinen Job", knurrte er. „Und du – bei der ersten Gelegenheit rennst du einfach weg. Du enttäuschst mich."

Ein gewaltiges Krachen verschluckte meine Erwiderung, dass er mich noch viel mehr enttäusche. Ich zuckte zusammen. Regentropfen klatschten auf den Asphalt, binnen weniger Sekunden entwickelte sich daraus ein Wolkenbruch. Eilig stieg ich zurück ins Auto, und Leo löste sich zögernd vom Baum und folgte mir.

Er glitt auf den Fahrersitz und starrte stumm geradeaus. Ich war froh darüber, denn seine Augen waren immer noch voller Zorn, und er biss die Zähne zusammen. Das Wasser lief über die Windschutzscheibe, als hätte jemand es mit einem riesigen Eimer darüber gekippt. Der Himmel war inzwischen schwarz, nur zwischendurch, wenn Blitze darüber zuckten, nahm er eine lila Farbe an. Auf der Autobahn fuhren die Autos inzwischen im Schritttempo, hoch spritzte das Wasser neben ihnen auf.

„Ich möchte weg hier", murmelte ich.

„Und ich möchte, dass du es mir erklärst!", herrschte er mich an. „Was ist los?"

Scheiße. Ich konnte ihm doch jetzt nicht sagen, dass ich ihm hinterhergelaufen war. Ihn als Fummeltrine gesehen hatte.

„Das weißt du selbst am besten." Meine Stimme klang hohl.

Er kniff die Augen zusammen. „Ich weiß überhaupt nichts."

„Herrgott noch mal, du – du verheimlichst mir etwas. Du tust Dinge, die ich nicht wissen darf. Du ..."

Er fuhr zu mir herum. „Woher willst du das wissen?" Irrte ich mich, oder huschte gerade ein alarmierter Ausdruck über sein Gesicht?

„Ich weiß es eben."

Er ließ den Motor an. Die Klimaanlage begann, angenehm kühle Luft in das stickige Auto zu leiten. Der Wolkenbruch war in einen gleichmäßigen Regen übergegangen, nur von fern konnte man noch den einen oder anderen Donner hören. Leo presste die Lippen zusammen, als wolle er sie daran hindern, etwas auszusprechen.

Er fuhr an, fädelte sich in die langsam fahrende Autokolonne ein, die immer noch mit 60 über die Autobahn schlich. Schweigend nahm er die Ausfahrt Spanische Allee, fuhr über die Spinnerbrücke und bog dann in die entgegengesetzte Richtung auf die Avus ein. Waren das Kieselsteine, die in meinem Magen rumorten? Das Einzige, das die eisige Stille im Auto unterbrach, waren die Geräusche des Scheibenwischers.

„Ich gehe nicht mit ´rein", verkündete ich trotzig, als wir vor seiner Haustür zum Stehen kamen.

„Ganz wie du willst."

Als ich ausstieg und meine Tasche vom Rücksitz nahm, wo Leo sie hingepfeffert hatte, presste er hervor: „Du bist auch nicht viel besser als all die anderen Weiber, die mir schöne Augen gemacht haben."

Bamm! Das saß. Tränen überfluteten meine Augen,

und ich fühlte, wie mir das Blut in den Kopf schoss. Ich steckte meinen Kopf ins Auto und schrie wie von Sinnen: „Und du verdammter Scheißkerl rennst heimlich als *Fummeltrine* rum!" Damit knallte ich die Autotür zu, machte kehrt und rannte über die Straße, schaute nicht links und nicht rechts, in der Angst, er würde mir folgen. Doch alles blieb still. Kein Türenklappen. Er schien noch im Auto zu sitzen, während ich so viel Abstand wie möglich zwischen ihn und mich zu bringen versuchte.

Die Leere in mir tat beinahe körperlich weh. Ich lenkte meine Schritte mechanisch zur U-Bahn. Es nieselte nur noch leise, als ich die Treppen herunterstieg. Unten empfing mich dumpfe Hitze und dieser typische U-Bahn-Geruch, der in jeder Stadt anders ist. Hier roch es ein bisschen nach warmem Holz, Schmieröl und trotzdem ein wenig muffig. Der Zug rumpelte aus dem Tunnel hervor, beim Bremsen quietschte es. Die Waggons waren um diese Uhrzeit bereits halb leer, und ich fand einen Platz, wo ich fast unbeobachtet meine Tränen tropfen lassen konnte.

Der Lapislazuli an meinem Finger schimmerte blau, und der Anblick zerriss mich fast. Ich konnte es kaum glauben, dass ich hier saß, auf dem Weg in die selbstgewählte Einsamkeit.

Ich wollte mir nicht ausmalen, was Leo tun würde. Am liebsten wollte ich an gar nichts denken. Und trotzdem sah ich ihn ständig vor mir, mal mit wutverzerrtem Gesicht, mal voller Melancholie. Hätte ich doch bloß die Schnauze gehalten. Mein Stolz protestierte lautstark. *Er hat dich beleidigt. Für ihn bist du nur irgendein Weibsstück.* Seine Worte brannten immer noch in mir.

Vor Nicks Haustür holte ich mein Handy raus, um mich anzukündigen. Es war schon spät, Annick schlief sicher schon. „Sie haben eine neue Nachricht", verkündete mein Display, und herzklopfend öffnete ich die SMS.

„Es tut mir leid. Es ist nicht so wie du denkst. Leo."

Natürlich nicht. Es ist nie so wie man denkt. Ich unterdrückte ein neuerliches Schluchzen und wählte Nicks Nummer.

Sie riss mich wortlos in ihre Arme und zog mich in die Wohnung. „Komm mit, ich mache uns einen Tee."

„Bitte nicht, ich brauche was Stärkeres." Wir nahmen in ihrer schönen neuen Küche Platz. „Wo ist Cedric?" Ich hatte keine Lust, ihm in meinem Zustand in die Arme zu laufen.

„In der Philharmonie. Sie spielen heute. Er gibt ein Solo." Ihre blauen Augen glänzten vor Stolz. „Wenn Annick abgestillt ist, kann ich endlich mal wieder mitgehen, Elisabeth wird babysitten."

Sie schenkte mir einen Grappa ein, und ich schüttete ihn in einem Zug herunter. Bahh! Schmeckte nicht. Aber wirkte. Während Nick mal wieder ihren unvermeidlichen Kümmeltee aufbrühte, erzählte ich ihr die ganze Geschichte.

Nick prustete empört. Sie umfasste eine riesige Tasse mit beiden Händen und setzte sich zu mir. „Warum redet ihr nicht wie vernünftige Menschen?"

Ich zuckte hilflos mit den Achseln. Ja, warum nicht? Weil er nicht vernünftig war. Weil er mich verraten hatte. Weil er nicht mehr derselbe war. Scheiße.

„Schlaf erst mal drüber. Morgen sieht alles ganz anders aus. Du kannst in Cedrics Musikzimmer. Da ist ein Gästebett."

Ganz gegen meine Erwartung fiel ich sofort in einen tiefen, traumlosen Schlaf. Die ersten Arbeitstage, die Nacht auf Pawels Sofa und der völlig versaute Feierabend steckten mir in den Knochen.

Als ich am nächsten Morgen in die Küche kam, notdürftig mit einem T-Shirt und einer Shorts bekleidet, stand Nick am Bügelbrett und dämpfte meinen Hosenanzug auf. Neben ihr ein Wäscheständer, an dem ein Dutzend gebügelte, weiße Hemden hingen.

„Nick, was machst du da? Nicht doch!" Ich hasste Bügeln, hatte extra auf der Anschaffung eines Wäschetrockners bestanden, damit ich diese ungeliebte Tätigkeit auf ein Minimum reduzieren konnte. Nick grinste.

„In dem zerknautschten Ding kannst du doch nicht zur Arbeit. Ich mach das gerne, beim Bügeln habe ich die besten Ideen."

Sie war seit halb sechs wach. Annick schlief hinter Nick in ihrem Kinderwagen, sie sah friedlich und satt aus. „Schläfst du auch irgendwann mal?"

„Ich lege mich mittags hin, wenn sie gegessen hat, dann schläft sie noch mal zwei Stunden." Sie sah trotz ihrer Augenringe zufrieden aus, und ich beneidete sie ein bisschen.

„Danke, Nick", sagte ich zum Abschied, angetan mit meinem aufgebügelten Hosenanzug und einem frischen weißen Shirt, das ich zum Glück in meine Sporttasche gepackt hatte. Ich hatte mir große Mühe gegeben, die Spuren des gestrigen Abends zu überschminken, und ein Blick in den Spiegel verriet, dass es mir gut gelungen war. Bis auf meinen Gesichtsausdruck. Sie drückte mich an sich und verpasste mir einen Schmatzer auf die Wange.

„Sprich mit ihm. Das ist doch kein Zustand."

„Irgendwann. Aber nicht heute."

Nick seufzte und winkte mir nach.

In der U-Bahn dachte ich über Leos SMS nach. Was sollte ich darauf bloß antworten? „Ich weiß"? „Ich bin trotzdem sauer" oder „Warum?" Er würde mich womöglich anrufen, und ich müsste ihm gestehen, dass ich ihn verfolgt hatte. Nicht nur einmal. Dass ich ihn verdächtigt und ausspioniert hatte. Ich beschloss, erst einmal nicht zurückzuschreiben. Vorher musste ich das Ganze sacken lassen, so schwer es auch war.

Mein Tag war lang. Das letzte Mandantengespräch würde um 18 Uhr beginnen, und um 17 Uhr 30 wusste immer noch nicht, wohin ich danach sollte. Ich hatte Heimweh nach unserer Wohnung, Heimweh nach Leo, und der dumpfe Schmerz ließ sich selbst durch Konzentration auf meine Akten und Aufgaben nicht vertreiben. Er war immer da, wie eine lästige Fliege umkreiste er meine Magengegend, ließ sich weder wegscheuchen noch totschlagen.

Eine Minute vor dem Eintreffen meines letzten Mandanten fiel mir Laura ein. In meinem Schlafzimmer stand nach wie vor das breite Bett, in dem zwei Personen bequem Platz hatten. Würde sie wohl … Ich griff zum Telefon.

„Laura, es ist mir ein bisschen peinlich, dich darum zu bitten, aber … könnte ich ein, zwei Tage bei dir schlafen?"

Ihr kurzes Zögern entmutigte mich.

„Ja, also, das ist kein Problem, Sabina. Nur … ich muss wahrscheinlich früher raus als du. Was ist denn? Hast du Krach zu Hause? Hat – hat Leo etwas angestellt?" In ihrer Stimme schwang Neugier mit, aber auch so etwas wie Erstaunen.

Ich wollte sie nicht schon wieder anschwindeln. Andererseits würde gleich ein Fremder durch diese Tür kommen, der mich möglichst nicht heulen sehen sollte.

„Ja, kann ich es dir nachher erklären? Ich bin hier noch nicht fertig."

„Okay. Komm einfach her und dann erzählst du mir alles, ja?"

„Du bist ein Schatz, Laura!"

Ich atmete tief aus. Wenigstens würde ich heute in einem Bett schlafen können, das für mich nicht so entsetzlich *fremd* war.

Sie empfing mich mit den üblichen drei Küsschen, nahm mir meine Tasche ab und führte mich wie einen

Gast in meine Küche. „Ich dachte, vielleicht brauchst du erst mal eine Stärkung", sagte sie mit ihrem zurückhaltenden Lächeln und deutete auf einen Teller mit belegten Broten und eine Flasche Rotwein. „Von Giorgio."

„Laura, das tut mir so leid, dass ich dich hier belästige", sprudelte ich hervor, und mir traten schon wieder Tränen in die Augen.

„Nein, nein, ist schon in Ordnung", wehrte sie ab und rückte mir einen Stuhl zurecht. „Setz dich erst mal. Ich … ich weiß, wie das ist, wenn man …" Sie sprach den Satz nicht zu Ende, setzte sich stattdessen und prostete mir zu. Ich hatte keinen Appetit, aber aus Höflichkeit knabberte ich an einer Salamistulle, die mit jedem Bissen immer größer zu werden schien, und spülte jeden Happen mit einem Schluck Wein herunter.

Laura beobachtete mich dabei, wartete ab, bis ich mir genug Mut angetrunken hatte.

„Warum gehst du nicht zu deiner Mutter?", fragte sie schließlich. „Nicht, dass du nicht hierbleiben kannst", fügte sie eilig hinzu.

„Mütter stellen Fragen. Vor allem meine." Ich versuchte zu grinsen, aber vermutlich war es nur eine Grimasse.

Laura zwinkerte verständnisvoll.

„Verstehe. Aber ich frage auch!"

„Leo hat sich … also, er ist wütend, weil ich …", stammelte ich. „Ich kann das nicht richtig erklären."

Sie studierte mein Gesicht, als sei ich eine ihrer Patientinnen, und ich verstummte und starrte auf meinen Teller, begann, die Krümel darauf zu sortieren.

„Er ist mein Lieblingscousin, aber er ist halt auch ein Mann", seufzte sie nach einer Weile. Ich nickte stumm. Ja, ein sturer, eigensinniger und eifersüchtiger Mann. Ich erzählte ihr von Pawel. Und wie Leo mich „abgeholt" hatte. Den Rest behielt ich lieber für mich.

„Ok, dann bring ein bisschen Abstand rein", meinte sie. „Irgendwie werdet ihr das schon regeln. Ich kenne Leo ein bisschen, lange ist der nicht böse." Ich musste lächeln. Nein, lange nicht. Aber heftig.

Die nächsten Tage verschwammen ineinander, in nichts zu unterscheiden. Laura teilte bereitwillig ihr Doppelbett mit mir, ohne weitere Fragen zu stellen. Wir kochten abwechselnd, sie machte fantastisches Risotto, während ich sie mit Bouletten und Kartoffelbrei verwöhnte.

Ich konnte immer noch nicht auf Leos SMS antworten. Meine Angst, ihm gegenüberzutreten und zu gestehen, dass ich ihn beobachtet hatte, war größer als mein Wunsch, über alles zu reden. Ihm schien es genauso zu gehen, er schickte keine weiteren Nachrichten.

Die ungewohnt langen Arbeitstage ließen nicht viel Zeit zum Nachdenken, und ich war froh darüber, mir den Kopf über Zeugenaussagen, Schriftsätze und Haftbesuche zerbrechen zu können. Abends fiel ich – meist mit Hilfe von einem großen Glas Rotwein – wie betäubt ins Bett.

„Aufwachen! Sie haben heute Sitzung." Pawel hatte versprochen, mich zu wecken an meinem ersten Tag vor Gericht. Ich hielt das Handy ein Stück von meinem Ohr weg und stöhnte. Gerade war ich noch einmal eingeschlafen, nachdem ich mich gefühlt die ganze Nacht schlaflos von einer Seite auf die andere gewälzt hatte. Laura war bereits in der Küche und summte leise vor sich hin. In den letzten Tagen hatte sie ihre stille und zurückhaltende Art ein wenig abgelegt. Sie musste früher zur Arbeit als ich, weshalb sie morgens das Frühstück machte und ich dafür hinterher aufräumte.

Mein erster Auftritt als Verteidigerin. Ein junger Mann

war mit einer Menge Marihuana erwischt worden, er schien von dem Zeug schwer abhängig zu sein. Meine Aufgabe war es, dies dem Gericht verständlich zu machen und eine milde Strafe für ihn herauszuholen.

Als ich die Beine aus dem Bett schwang, überflutete mich eine Adrenalinwelle wie zu Examenszeiten. Meine Müdigkeit war für den Augenblick verflogen.

Vor dem Gerichtssaal saß der Knabe, er war gerade mal so alt wie mein Bruder. Er wirkte erleichtert, als er mich sah, und schüttelte mir heftig die Hand.

Wir betraten den Saal gemeinsam, und ich streifte meine nagelneue Anwaltsrobe über. Der Richter galt als grantig, und ich hatte vorsichtshalber eine weiße Bluse angezogen – etwas, das sonst nur bei Richtern und Staatsanwälten ausdrücklich vorgeschrieben war. Bei Anwälten nahmen viele das nicht so genau – aber Dr. Reinert war da aus anderem Holz geschnitzt.

Die Tür zum Beratungszimmer öffnete sich, und heraus trat ein Mann von Mitte Fünfzig mit grauen Löckchen, einem Kinnbart und einer dunklen Hornbrille. Er blickte griesgrämig in unsere Richtung. Mein Mandant schien sich hinter mir zu ducken. Vorsichtshalber erhob ich mich, aber Dr. Reinert bedeutete mir mit einem Kopfnicken, ich könne sitzenbleiben. Die Protokollführerin, eine dickliche Blonde mit langen roten Fingernägeln, schaute den Richter erwartungsvoll an, wie ein Hündchen, das sich darauf freut, dass man ihm ein Stöckchen wirft.

„Guten Tag. Wo ist der Staatsanwalt?"

„Hier." Ein blonder Riese mit Hakennase stürmte in den Saal, die Robe über dem Arm, in der Hand einen Stapel dünner Handakten. Er hatte einen gehetzten Blick, der sich plötzlich in meinen Augen verfing. Ich schenkte ihm ein hoheitsvolles Nicken. Er schüttelte dem Richter und mir die Hand, wobei er mir eine Sekunde zu lange in die Augen schaute. Was war das?

„Können wir jetzt anfangen?“ Die Stimme des Richters klang genervt.

Die üblichen Formalien folgten: Personalienfeststellung, Belehrung des Angeklagten, Verlesung der Anklageschrift. „Die Zeugen bitte.“

Die Protokollführerin nuschelte etwas in ein Mikrofon, daraufhin betraten zwei Frauen und drei Männer den Saal. Einer davon war Leo. Mir sackte das Herz in die Kniekehlen.

Leo schien keine Notiz von mir zu nehmen. Seine Augen waren starr auf Dr. Reinert gerichtet, der die übliche Zeugenbelehrung vom Stapel ließ. Aus den Augenwinkeln nahm ich wahr, wie der Staatsanwalt abwechselnd von ihm zu mir schaute. Oh mein Gott. Damit hatte ich nicht gerechnet. Wie konnte mir entgehen, dass Leo hier als Zeuge geladen war? Scheiße.

Ohne mich eines Blickes zu würdigen, verließ er mit den anderen den Raum. Ich versuchte, mich auf die Vernehmung meines Mandanten zu konzentrieren, aber meine Gedanken schweiften immer wieder zu ihm. Abgesehen von seinem grimmigen Gesichtsausdruck sah er umwerfend aus: jeansblaues Hemd, schwarze Jeans, elegante Lederschuhe. Seine muskulösen Arme hatten unter den hochgekrempelten Manschetten herausgeschaut, und ich bemühte mich, nicht daran zu denken, wie er sie um mich legte.

„Frau Verteidigerin. *Haben Sie Fragen*?“

„Wie bitte? Ähh, nein. Keine Fragen, Herr Vorsitzender.“ Der erste Zeuge wurde entlassen, der Richter schien mich mit seinem Blick erdolchen zu wollen.

Leo kam als letzter an die Reihe. Immer noch schien ich für ihn Luft zu sein. „Leo König, Kriminalhauptkommissar, wohnhaft in Berlin, mit dem Angeklagten nicht verwandt oder verschwägert“, leierte er herunter. Die Protokollführerin sah ihn an wie das achte Weltwunder, während er schilderte, bei welcher Gelegenheit er den Stoff bei meinem Mandanten gefunden hatte.

Gelassen beantwortete er die Fragen des Staatsanwalts. Nun war es an mir, ihm Fragen zu stellen, und ich musste einen Riesenkloß im Hals herunterschlucken. Er wandte sich zu mir um, als ich zu reden begann, betrachtete mich wie ein seltenes, aber besonders ekelhaftes Insekt.

„Herr Zeuge", bei diesen Worten malte sich hämischer Spott auf seinem Gesicht. „In welchem Zustand befand sich der Angeklagte, als Sie ihn festnahmen?" Oh Gott. Ich machte mich hier gerade zum Horst.

„Frau Anwältin. Er war – wie soll ich sagen – entspannt." Seine Stimme triefte vor Sarkasmus. Seine Augen spießten mich auf.

„Bitte erklären Sie dem Gericht, wie Sie das meinen." Er hob die Augenbrauen und setzte zu einer knappen Erklärung an. Die mich nicht befriedigte.

„Er hat also alles freiwillig rausgerückt?"

„So kann man das nicht sagen. Er hat resigniert." Seine Kiefermuskeln traten hervor.

„Der Gemütszustand des Angeklagten spielt doch hier keine Rolle", warf der Staatsanwalt ein.

Ich sprang auf. „Herr Vorsitzender, diese Frage ist sehr wohl von Bedeutung." Dr. Reinert machte eine abwehrende Handbewegung in Richtung des Staatsanwalts.

Ich durfte weiter fragen, aber Leo antwortete nur einsilbig. Sein Gesicht dagegen sprach Bände. Hasste er mich jetzt?

Das Schlimmste war, dass er nach seiner Vernehmung im Zuschauerraum Platz nahm, mich die ganze Zeit von oben bis unten musterte und unbewegten Gesichts mein stotterndes Plädoyer zur Kenntnis nahm. Die Arme hatte er über der Brust verschränkt, die langen Beine vor sich ausgestreckt. Eine einzige Provokation.

„Bitte bleiben Sie im Saal, es dauert nicht lange." Der

Vorsitzende und die Protokollführerin verschwanden im Beratungszimmer, und ich war schutzlos den tödlichen Blicken meines Verlobten ausgeliefert, der wie angewachsen auf seinem Stuhl saß und keine Anstalten machte, mit seinen Kollegen zu reden oder irgendwoanders hinzusehen als zu mir.

Ich stand auf und drehte mich zu meinem Mandanten um. Er schaute auf die Tür zum Richterzimmer, als käme gleich der Teufel dort heraus. „Keine Sorge. Sie gehen hier als freier Mann raus. Es wird Bewährung geben", versuchte ich ihn zu beruhigen. Es gelang mir nicht, die Blicke in meinem Rücken zu ignorieren, die wie Feuer auf meinen Schulterblättern brannten. Mein einziger Wunsch war, hier herauszukommen.

Das Urteil hielt sich in der Waage zwischen dem Antrag des Staatsanwalts und meinem. Immerhin.

„Die Sitzung ist geschlossen." Wortlos wandte Leo sich um und marschierte hinaus.

Ich packte möglichst langsam meine Unterlagen zusammen und entledigte mich im Zeitlupentempo meiner Robe. Nicht, dass ich im Flur noch auf Leo traf. Doch es strömten bereits andere Verfahrensbeteiligten in den Saal, ich musste meinen Platz für den Verteidiger des nächsten Angeklagten räumen. Beim Verlassen des Raums fühlte ich die Blicke des Staatsanwalts auf meinem Rücken.

Gottseidank war von Leo und den anderen Zeugen nichts zu sehen. Der Flur summte ansonsten vor Geschäftigkeit, aufgeregte Menschen gingen vor den Türen auf und ab, während unentwegt neue Lautsprecherdurchsagen dazu aufforderten, diesen und jenen Saal zu betreten.

Die Aufregung hatte meinen Mund trocken gemacht und ich hatte Hunger. Heute Morgen war ich mit nur einem halben Marmeladentoast im Bauch aufgebrochen. Also machte ich mich auf den Weg in den Keller des Gerichtsgebäudes. Die Kantine bestand aus mehreren kleineren, ineinander übergehenden Räumen. Sie hatten Ähnlichkeit mit einer Gefängniszelle. Die dicken Wände in einem Hellgelb gestrichen, Gitter vor den Fenstern, schlichte Resopaltische verbreiteten eine Atmosphäre wie im Vernehmungszimmer. Selbst die winzigen Blumensträuße auf den Tischen schafften es nicht, daraus ein freundliches Ambiente zu machen. Aber wenigstens war das Essen erträglich, wie ich aus meiner Referendarzeit wusste.

Ich suchte mir einen Nischenplatz und breitete einige Unterlagen auf dem Tisch aus, damit niemand auf die Idee kam, sich zu mir zu setzen. Das Letzte, was ich jetzt gebrauchen konnte, war Small Talk.

Während ich meinen Eintopf löffelte, füllten sich die Tische um mich herum mit Leuten, die ihren Gerichtstermin überstanden hatten.

„Hi Dana." Ich verschluckte mich fast. Das war Leos Stimme. Ach du meine Güte. Ich hielt den Kopf krampfhaft gesenkt, versuchte nur aus den Augenwinkeln zu erspähen, wo er sich aufhielt. Nichts zu sehen. Die Stimme musste aus dem Nebenraum kommen. Hinter mir befand sich ein altmodisch verziertes, hundertmal überstrichenes Lüftungsgitter. Deutlich war daraus Dana Kanthers Stimmer zu vernehmen:

„Hallo Leo. Wie war dein Termin heute?"

„Das Übliche. Nur dass Sabina als Verteidigerin aufgetreten ist." Der Grimm in seinem Tonfall war unüberhörbar.

„Schon gehört. Du sollst ekelhaft zu ihr gewesen sein, sagt Martina."

„Pfff."

„Du hast sie wie Luft behandelt."

„Hör auf damit, Dana. Ich will nicht darüber reden. Sag mir lieber, wie es gelaufen ist."

„Der Haftbefehlsantrag wird gerade geschrieben. Mommsen ruft an, wenn er fertig ist, dann können wir ihn beim Richter abgeben."

„Lautet er auf Mord?"

„Noch nicht. Er meint, dafür reichen die Beweise noch nicht. Aber das Geld war aus dem Bankraub. Mike hat die Geldscheinnummern verglichen. Sie haben Hehlerei daraus gemacht. Das gibt uns erst mal Zeit."

„Uff." Leo seufzte laut auf. „Endlich Schluss mit den Scheiß-Nachtschichten. Ich hab schon angefangen, alles doppelt zu sehen. Jeden Morgen ´ne Aspirin. Gottseidank ist das vorbei."

Ich horchte auf. Hatten sie den Typen am Wickel? Die Bedienung kam vorbei, und ich hob stumm mein Colaglas, um noch eine zu bestellen. Sie nickte.

Dana fuhr fort: „Wie kann es sein, dass der Küster da in dieser Kleingartenanlage ein und aus gehen konnte, ohne dass einer gemerkt hat, dass die alte Lamberti tot ist?"

„Die Anlage wird geräumt, da werden Wohnungen gebaut. Hat sich keiner von den Gartenfuzzis mehr drum gekümmert. Die Frau wurde von niemandem vermisst. Küster hatte leichtes Spiel. An der Toten muss er eiskalt vorbeigelaufen sein. Die lag da schon, als Küster entlassen wurde, das war dem wurscht."

„Ich verstehe nur nicht, dass man das Geld nicht schon damals gefunden hat, als der Bankraub begangen wurde. Da hätte man doch nachsehen müssen."

„Es gab damals keine Hinweise auf das Gartengrundstück. Es gehörte auch nicht ihr, sondern irgendeinem Lebensgefährten, der schon lange tot ist. Und bei den paar Kröten haben sich intensive Ermittlungen nicht gelohnt."

Jetzt war es an Dana, zu schnauben. „Paar Kröten, Leo. Das waren immerhin 20.000 Euro."

„Wenn du die Kosten dagegenrechnest, sind es eben nur ein paar Kröten. Und den Rest haben wir ja jetzt."

„Fehlt nur noch der letzte Beweis, dass Küster den Lamberti abgemurkst hat", bemerkte Dana nach einer Weile.

„Den finden wir schon. Der saß schließlich jahrelang mit ihm in einer Zelle. Küster soll ihn vor den anderen Gefangenen beschützt haben. Bis er dann plötzlich tot war. Wer außer ihm soll das gewesen sein? Damals hat keiner geredet, aber jetzt können wir einen neuen Anlauf unternehmen. Oder wir klopfen ihn weich. Du weißt, das ist meine Spezialität."

„Leo, das muss jemand anderes machen. Wenn du mit ihm redest, dann schreit jeder Verteidiger, du warst befangen. Hast ihn zu hart in die Mangel genommen."

„Quatsch. Du kannst ja dabei sein. Aber da ist noch was anderes. Eine Kollegin aus der Sitte hat letztens angerufen, sie haben da so ´ne Transe, die verprügelt wurde. Nasenbein gebrochen. Die hat gesagt, es gäbe da auch ein paar Nutten, die von dem Täter übelst misshandelt wurden. Das könnte auch Küster gewesen sein. Sie machen eine Gegenüberstellung, wenn sie die Frauen finden."

Ich setzte das Colaglas ab, das mir die Bedienung gerade gebracht hatte. Konnte es sein, dass sie über meinen Mandanten sprachen?

„Konntet ihr ihn nicht davon abhalten? Ihr habt ihn doch beobachtet."

„Mensch Dana, du weißt doch: Es ist unmöglich, jemanden jede Sekunde, 24/7 im Auge zu behalten. Er ist uns mehrmals entwischt."

„Ich weiß. Ich dachte nur, weil ihr … Na ja. Damit wärst du ihn dann jedenfalls ein für alle mal los. Hör´ mal, dann musst du Sabina aber endlich reinen Wein einschenken. So geht das doch nicht weiter."

Ich hielt die Luft an. War mein Herzschlag wirklich so laut, dass man ihn noch nebenan hören konnte? Oh mein Gott.

„Ich hatte mich doch ganz klar ausgedrückt, als ich sagte, dass das meine Sache ist. Misch dich nicht ein."

„Leo, ich habe die Nase voll von deinen Launen. Werd endlich vernünftig. Das ganze Team hat darunter zu leiden."

„*Me ne frega un cazzo*. Hör auf damit."

„Komm schon, Leo. Ich weiß doch, dass es dir was ausmacht, dass sie …"

„Wen, verdammt noch mal, geht das etwas an?"

„Ich geb´s auf. Mach doch was du willst. Aber lass´ es nicht an uns aus."

„Pahh!"

Es wurde still, vermutlich bekamen sie gerade ihr Essen. Hastig raffte ich alles zusammen und schlich nach vorne zur Theke, um schnell zu bezahlen. Raus hier, bevor sie mich sehen konnten.

FRAUENGESPRÄCHE

Ich sprang die Treppe ins Erdgeschoss hinauf. Die Augen starr auf den abgetretenen Linoleumboden gesenkt, hastete ich durch die Gänge Richtung Haupthalle. Um diese Zeit war es hier etwas ruhiger, die meisten Gerichtsbesucher hatten ihre Termine bereits erledigt. Nur wenige Leute tröpfelten aus den überall verzweigten Fluren in die Halle zum Ausgang. Es gelang mir, das Gerichtsgebäude zu verlassen, ohne jemandem in die Arme zu laufen, der mich kannte.

Ich wandte mich nach links Richtung U-Bahn. Vielleicht sollte ich mir doch wieder ein Auto anschaffen, es war mühsam, einen Aktenkoffer nebst Robe mit sich zu schleppen. Mit meinem kleinen Citroen, den Heimke in der Osternacht abgefackelt hatte, wäre ich jetzt schon fast zu Hause. Stattdessen trottete ich wie ein geprügelter Hund die Turmstraße entlang.

Ich hatte für meinen Mandanten etwas erreicht. Aber freuen konnte ich mich nicht. Stattdessen klang mir ständig Leos Stimme in den Ohren, scharf und hart. *Das geht dich nichts an, das ist meine Sache, hör auf.*

Er hatte jetzt also endlich die nächtlichen Ausflüge

hinter sich. Nur, dass ich davon rein gar nichts hatte. *Alles deine Schuld*, meckerte mein Stolz. *Wenn du dich einfach geduldet hättest, wäre das alles nicht geschehen, und du könntest jetzt zu ihm nach Hause.*

PFFF, widersprach ich. *Dann wüsste ich immer noch nicht, was er so hartnäckig vor mir geheim hält. Ich hasse Geheimnisse.* Mein Stolz wandte sich achselzuckend ab. Offenbar hielt er mich für dumm und unbelehrbar.

Die schicke neue Aktentasche zog schwer an meinem Arm, und ich bereute, mir keines dieser Köfferchen mit Rollen angeschafft zu haben, so albern das auch aussah. Zu allem Überfluss machte sich darin jetzt auch noch mein Handy bemerkbar. Sicher Pawel, der wissen wollte, wie es gelaufen war. Ich kramte und wühlte, während das Handy weiter hartnäckig summte. Endlich!

„Ja, Sabina Jung?"

„Das hat ja gedauert, Hasenkind! Hast du dein Handy verlegt?" Meine Mutter!

„Oh, hallo Mama." Der Versuch, meiner Stimme einen erfreuten Klang zu geben, war offensichtlich missglückt.

„Was ist denn los? Seit Tagen hören wir nichts von dir. Du klingst so …"

Ich weiß nicht, wie sie das macht. Aber sie kann offensichtlich sogar durch den Telefonhörer sehen. Vor ihr etwas geheim halten zu wollen, gleicht dem Versuch, die NSA am Lauschen zu hindern.

„Ich hatte viel zu tun, Mama. Tut mir leid."

„Du warst nie zu Hause, da hab ich es hundertmal versucht."

„Ach Mama, ich …"

„Wie wäre es, wenn ihr heute Abend zu uns zum Essen kommt? Du, Leo und seine Cousine - wie heißt sie noch? Laura?"

Diese harmlos vorgebrachte Einladung war wie ein

Tropfen, der das Fass zum Überlaufen bringt. Meine Lippen begannen zu zittern, und Tränen überschwemmten meine Augen. Ich unterdrückte einen Schluchzer, aber sie konnte es trotzdem hören. Verdammter Mist. Ich bog in den Kleinen Tiergarten ein, ein schmaler Park, der die Turmstraße von der Straße Alt-Moabit trennt, und setzte mich auf die nächstbeste Parkbank, während meine Mutter beruhigend auf mich einredete. Zu meinem Erstaunen, ohne neugierige Fragen zu stellen. Aber das würde sicher gleich kommen.

„Ihr habt euch gestritten", stellte sie fest. Antwort überflüssig. Stattdessen heulte ich in den Hörer.

„Du hast was angestellt. Männer streiten nicht von sich aus."

„Wie kannst du so was behaupten. Ich bin deine Tochter!"

„Mäuschen, ich kenne dich. Muss ja nicht deine Schuld sein. Das sage ich ja gar nicht. Aber Leo …"

„Nein! So ist es nicht! Wie kannst du nur immer glauben, dass ich etwas Schlimmes gemacht habe."

„Also ehrlich. Ich kann mir beim besten Willen nicht vorstellen, dass Leo dich …"

„… betrügt, wolltest du sagen, was?" Langsam aber sicher verwandelte sich mein Kummer in Wut. Warum waren alle gegen mich? Sie schwieg kurz.

„Hat er?"

„Nein! Doch, irgendwie – nein. Ach ich weiß nicht." Wenn er mich betrogen hatte, dann mit sich selbst. Wie sollte ich Mama so etwas sagen? Ich schniefte trotzig auf.

„Willy! Hier!" Ein winziges weißes Hündchen mit langem, etwas zottigem Fell schnüffelte an meinem Bein und ließ ein aufforderndes Bellen los. Die rostige Reibeisenstimme einer sehr umfänglichen Frau versuchte vergeblich, das Tier von seinem Vorhaben abzubringen. Willy hüpfte vor mir aufgeregt hin und her, während die Dicke näher kam. Sie schimpfte mit einer Stimme, die von Alkohol und Zigaretten aufgeraut schien.

„Hör uff mit die Scheiße, Willy. Hol det Bällchen!" Willy quetschte sich zwischen meinen Beinen hindurch, wobei er vermutlich eine Million weißer Haare an meinen neuen Nylonstrümpfen abstreifte, und suchte etwas unter meiner Bank. Mit einem gelben Gummiball in der Schnauze tauchte er wieder auf. Schwanzwedelnd ließ er den Ball vor meine Füße fallen.

„Entschuldigense. Der muss imma spielen." Ich seufzte. Wenigstens ein Wesen, das freundlich zu mir war.

„Mama, ich muss Schluss machen."

„Na gut. Komm einfach allein heute Abend. Papa ist nicht da. Wir sind unter uns, und dann erzählst du mir alles."

Ich murmelte etwas Unbestimmtes. Eigentlich hatte ich keine Lust auf ein „Frauengespräch".

Mit spitzen Fingern fasste ich das etwas feuchte Bällchen, was den kleinen Hund in einen Freudentaumel versetzte. Ich warf das Gummiding in Richtung seiner Herrin, und er raste hinterher. Die Frau grinste freundlich und zeigte dabei ihr lückenhaftes Gebiss.

„Det is doch so ne Freude, so´n kleenet Vieh. Wat habe ick mir einsam jefühlt, bevor der da war." Sie beäugte mich neugierig und setzte sich neben mich auf die Bank. Ich roch einen Hauch von Cognac, vermischt mit Eau de Cologne. „Sie sind vom Jericht, oda?" Sie deutete auf meine Robe.

Ich nickte. „Ham´se gerade ´n Prozess verloren? Oder is Ihnen wat über die Leber jeloofen?"

Oh Mann. Verdammte Neugier. Warum konnte sie mich nicht einfach in Ruhe lassen? „So ungefähr", wich ich aus.

Sie nickte wissend. „Ja ja, so´n blöder Misserfolg macht einen janz depressiv. So habe ick mich ooch jefühlt, als ick meinen Laden uffjeben musste …", sinnierte sie. „Und denn is´ noch mein Harry …" Sie wischte sich eine Träne aus dem Augenwinkel, richtete sich dann auf und sah mich von der Seite an. „Wissense, Kindchen, det is jut, wenn man darüber reden kann. Ick hatte damals niemanden, bis ick Willy hier jerettet habe. Der war im Tierheim, und ick hab den da rausjeholt. Meine beste Entscheidung!" Willy bestätigte das, indem er sich vor uns hinsetzte und mit dem Schwanz wedelte. Den Ball in der Schnauze, drückte er ihn auffordernd an das Bein seiner Herrin. „Na jib schon her." Sie warf den Ball auf die Wiese, und Willy jagte ihm nach.

„Und durch den Hund hab ick jetzt sogar viele neue Bekannte. Det is wirklich toll."

Wahrscheinlich wäre es ihr auch ohne Hund gelungen, viele Menschen kennenzulernen, so kontaktfreudig, wie sie war, dachte ich bei mir.

„Lassen Se sich nich von so ne Niedalage untakriegen, junge Frau. Sehnse ma, sogar ick kann jetzt wieda lachen. Und Sie mit Ihren Aussehen … da is doch sicha eena, der Sie fröhlich macht. Willy, komm her! Verdammtes Viech, jetzt buddelt der wieda nach Karnickeln!" Sie sprang auf, mit einem entschuldigenden Lächeln auf den Lippen. „Ick muss den Hund holen. War nett, mit Ihnen gesprochen zu haben." Damit lief sie mit einer für ihre Figur beeindruckenden Geschwindigkeit in Richtung Wiese davon. Ich sah ihr nach, während sie zielstrebig auf ein Gebüsch zusteuerte, sich bückte und mit der Hundeleine gestikulierte.

Irgendwie hatte die Frau es geschafft, mir ein Lächeln ins Gesicht zu zaubern. Jedenfalls kurz.

Vielleicht hatte sie recht: Ich sollte mit jemandem reden. Ich bat Pawel, mir für den Rest des Nachmittags frei zu geben. „Kein Problem, Sabina. Sie haben das gut gemacht. Hier liegt nichts Dringendes an", beruhigte er mich. Gab es einen besseren Chef? Ich beschloss, morgen dafür bis spätabends zu bleiben. Wartete ja eh keiner auf mich – oder? Langsam schlenderte ich durch den Park bis zum Taxistand. Wenn ich schon keine Ausgaben für ein Auto hatte, könnte ich mir heute ja wenigstens mal ein bisschen Luxus leisten.

Ich ließ mich auf den Beifahrersitz eines Mercedes fallen. Es roch fast so wie in Leos Auto – ein bisschen neu und ein bisschen nach Ledersitzen. Der Fahrer schaute mich an, fragte: „Wo darf's denn hingehen?" Ich sagte ihm die Adresse meiner Eltern.

„Hey, ich kenne Sie. Ich war damals vor Ihrem Haus, als …" Mehmet Akgün! Leos taxifahrender Bekannter, der mich abholen sollte, als ich vor Heimke flüchten wollte. Heimke hatte ihn vor der Haustür abgepasst und ihm 20 Euro in die Hand gedrückt, damit er wieder umkehrte. Wenige Minuten später war sie tot. Seine Aussage war eine von denen gewesen, die mich aus der Untersuchungshaft befreit hatten.

„Herr Akgün! Ich … danke noch mal für alles …", stotterte ich. Er winkte ab.

„Keine Ursache. Ich war blöd, der Frau zu glauben. Sie war so freundlich. Ich hatte kein Misstrauen."

„Sie können nichts dafür. Ich war auch blöd. Ich hätte bei Leo bleiben sollen an dem Tag."

„Hätte, hätte, Fahrradkette." Er grinste mir zu. „Wer weiß, wofür das gut war. Jetzt sind Sie ja hier. Alles in Ordnung."

Schön wär's.

Mama empfing mich mit einem kritischen Blick über mein Äußeres, küsste mich auf die Wange und schob mich in die Küche. „Deine Wimperntusche ist verlaufen."

„Kein Wunder", brummte ich. Sie reichte mir eine Tasse Cappuccino.

„Hier, für deine Nerven." Ich plumpste auf den Stuhl an unserem Küchentisch, ein altes Modell aus Eichenholz, das unzählige Partys, Sonntagsfrühstücke und Familienkräche miterlebt hatte. Der Cappuccino war stark und süß. Meine Mutter wusste, was ich brauchte, und ich bereute, nicht schon eher zu ihr gekommen zu sein. Nur, weil ich nicht dieses fürchterliche Klischee erfüllen wollte: „Geh doch zu Mutti."

Sie räumte den Geschirrspüler aus, fragte dabei wie beiläufig: „Was ist denn los? Du kommst nicht zu mir, verkriechst dich lieber irgendwo." Ein wenig Vorwurf klang in ihrer Stimme mit.

„Ich kann doch nicht wegen jedem Scheiß zu dir rennen und mich ausheulen. Ich wohne bei Laura. Nur ein paar Tage."

„Kind, das hier ist doch nicht ‚jeder Scheiß'. Ich kenne dich schon ein paar Jahre, vergiss das nicht." Sie reichte mir ein Tablett mit Gläsern, die ich in den Schrank im Esszimmer einsortierte. Als ich zurückkehrte, stand eine Schale mit frischen Himbeeren auf dem Tisch. „Heute gepflückt!" Ich schob mir ein paar in den Mund. Die Himbeeren waren das einzige Obst, das mein Vater im Garten duldete. Alles andere mache viel zu viel Arbeit, sagte er immer. Sie schmeckten nach Sommer, nach Kindheit. Ich schloss kurz die Augen und ließ mir die Früchte auf der Zunge zergehen.

Mama setzte sich zu mir und griff ebenfalls in die Schale. „Und jetzt erzähl´ mal", nuschelte sie mit vollem Mund.

„Was macht man, wenn … wenn der, den man liebt, irgendwelche - seltsamen Angewohnheiten hat?", begann ich zögernd.

„Seltsame Angewohnheiten? Du meinst, so etwas wie

Zigarren paffen auf dem Klo oder direkt vor dem Abendbrot drei Käsestullen einwerfen?" Ich musste grinsen. Diese Angewohnheiten kannte ich von meinem Vater.

„Ich meine eher, *sehr* seltsame Angewohnheiten."

Sie hob die Augenbrauen und legte den Kopf schief.

„Ich weiß nicht, was du meinst. Aber stell dir immer eine einzige Frage, Kind. Es kommt nicht auf die Vorzüge eines Menschen an, den man liebt. Das Wichtigste ist die Antwort auf die Frage: Kann ich die Fehler des anderen auf Dauer ertragen? Wenn du dazu ja sagen kannst, ist alles in Ordnung."

Konnte ich das? Ich wusste ja noch nicht einmal genau, wie diese Angewohnheit aussah.

„Du kannst Menschen nicht ändern, Schatz. Entweder, du nimmst ihn, wie er ist, oder du kommst zu dem Schluss, das hältst du nicht aus. Dazwischen funktioniert nichts. Das ist das Geheimnis einer guten Beziehung."

„Er verschweigt mir auch etwas." Ich beschrieb ihr, was ich unfreiwillig mit angehört hatte.

„Und deshalb ziehst du einfach bei ihm aus?"

„Mama! Nein. Ich wollte nur nachdenken, bevor ich mit ihm rede. Ich wollte – ach Scheiße." Wie sollte ich ihr erklären, dass Leo Frauenkleider trug, dass ich ihn heimlich verfolgt hatte, dass ich mich nicht traute, das anzusprechen?

„Jetzt mal der Reihe nach. Du entdeckst, dass er ein Geheimnis vor dir hat. Dann entdeckst du, dass er eine – hmm – *sehr* seltsame Angewohnheit hat. Dann haust du ab zu Laura. Ohne ihm zu sagen, warum. Herr im Himmel, warum kannst du nicht mit ihm darüber sprechen?"

Ich griff nach der letzten Himbeere und drehte sie zwischen meinen Fingern hin und her. Ja, warum eigentlich nicht?

„Weil ich ihm dann gestehen müsste, dass ich ihm hinterherspioniert habe", platzte ich heraus.

Ungerührt erwiderte sie: „Dann hat er dir dazu ja wohl Anlass gegeben."

Und ob er mir Anlass gegeben hatte. „Also gut, ich … es war so …" Sie hatte mich geknackt. Ich schilderte die Sache mit dem lila Haar, unsere Observationsversuche, die Transe auf der Straße, die Perücke im Müll.

Meiner Mutter blieb der Mund offen stehen. Doch nicht lange. Dann begann sie zu lachen. Laut zu lachen.

„Schatz, entschuldige", keuchte sie. „Aber das ist zu komisch! Leo als …" Sie hielt sich den Bauch vor Vergnügen, wischte sich Lachtränen aus dem Gesicht.

„Ich kann daran absolut nichts Lustiges finden."

„Wer sagt dir, dass das keine Tarnung ist? Für seine Observation? Wenn das stimmt, dass er sich während des Dienstes verkleidet hat?"

„Und was verschweigt er mir dann? Etwas, das so schlimm ist, dass er Angst hat, ich würde es nicht verstehen?"

Meine Mutter trommelte mit den Fingern auf der Tischplatte herum.

„Was es auch ist: Er ist kein gewohnheitsmäßiger Frauenkleiderträger. Das müsste selbst dir klar sein." Sie schüttelte den Kopf, immer noch schmunzelnd. „Mein Gott, was gäbe ich dafür, ihn so zu sehen. Das muss einfach wahnsinnig aussehen!"

„Mama!"

„Das war rein dienstlich. Glaub mir. Es passt überhaupt nicht zu ihm."

Ich dachte an unseren Streit auf dem Autobahnparkplatz und an seine SMS. *Es ist nicht so wie du denkst.*

„Vielleicht hat er ein uneheliches Kind", mutmaßte sie.

„Ich bin entsetzt über deine Fantasie."

„Er wird es dir sagen. Spring über deinen Schatten, entschuldige dich, und dann kommt alles in Ordnung. Er liebt dich doch."

„Ich soll mich dafür entschuldigen, dass er Dinge hinter meinem Rücken tut, dass er mich einfach hängenlässt, dass er …"

„Du hast auch Dinge hinter seinem Rücken getan."

Ach Mama.

„Geh zu ihm zurück", sagte sie zum Abschied und drückte mich fest an sich. „Er braucht dich jetzt. Verzeih´ ihm. Es gibt keine Liebe, die ohne Verzeihen auskommt."

Ich hätte ihm ja gerne verziehen. Wenn ich nur genau wüsste, was.

„Aber noch nicht heute. Das vorhin im Gericht hat mir gereicht."

„Mach´ es bald. Unausgesprochene Vorwürfe sind die Schlimmsten."

DER BESUCH

Beim Aufschließen meiner Haustür stieß ich mit Johannes zusammen, der die Tür von innen aufzog. Ich fiel fast in seine Arme.

„Johannes! Was machst du denn hier?"

Er grinste etwas verlegen. „Ich habe ein Date mit einer Hausbewohnerin."

Die Betreffende kam hinter ihm die Treppe herunter. Laura, in einem tollen Outfit, bestehend aus einer schmalen hellen Hose, hochhackigen Sandaletten und einem ärmellosen Top in einem dunklen Grau, genau passend zu ihren Augen. Ihr Lächeln war verlegen. Jetzt war es an mir zu grinsen.

„Hey Johannes. Du datest meine Mitbewohnerin? Hi, Laura!"

Sie hakte sich vertraulich bei ihm unter und lächelte.

„Sag´ ich nicht!" Johannes setzte einen mutwilligen Blick auf.

Sie küssten mich beide auf die Wange, jeder von einer Seite. „Entschuldige, Sabina, wir müssen los. Sonst kommen wir zu spät." Ich sah ihnen nach. Beim Einsteigen in Johannes´ Cayenne winkte Laura. Doch das galt nicht mir. Sondern einer Frau auf der anderen Straßenseite, die fröhlich zurückwinkte.

Es war die Platinblonde. Ach du Scheiße! Hatten sie etwa Bekanntschaft geschlossen? Mein Puls beschleunigte sich, ich verschwand hastig hinter der Tür, beobachtete nur durch einen Spalt, wie sie vorbeiging.

Bevor ich reagieren konnte, waren Laura und Johannes weggefahren. Ich schloss die Haustür ab und sprintete nach oben.

Sie ist hinter mir her. Sie macht sich an Laura heran, um mich zu treffen. Diese Gedanken rotierten in meinem Kopf und ließen sich nicht mehr abschütteln. Warum sollte sie sonst hier sein – hatte ich sie doch die letzten Male immer vor Leos Haustür gesehen? Was hatte sie mit Laura zu schaffen?

Ich suchte das Telefon, fand es schließlich zwischen zwei Sofakissen.

„Guten Tag, hier ist der Anschluss von Dana Kanther. Leider bin ich zur Zeit persönlich nicht zu erreichen. Bitte hinterlassen Sie eine Nachricht, ich rufe zurück."

Ausgerechnet jetzt! Hatte sie etwa frei oder – noch schlimmer – Urlaub?

„Frau Kanther, ich habe sie gesehen. Sie wissen schon – die Platinblonde. Sie war vor meiner Haustür, sie kennt meine Mitbewohnerin. Was soll ich tun?"

Meine Stimme überschlug sich. *Ruhig, ruhig,* mahnte ich mich. Sie hat dich nicht gesehen, versuchte ich mir einzureden. *Sie hat dich nicht gesehen.*

Ohne weiter nachzudenken, wählte ich Leos Diensthandy an. Auch hier nur der Anrufbeantworter. Seine Stimme zu hören, so ganz ohne kalten und hämischen Unterton, tat mir gut. Trotz allem. Als das Signal ertönte, stotterte ich: „Leo, es tut mir alles so leid." Mehr nicht. Ich hasse Anrufbeantworter!

Schon merkwürdig, wie sehr mich Leos Stimme in ihren Bann zog. Ich vergaß die Platinblonde für einen Augenblick. Stattdessen dachte ich an die Worte meiner Mutter. Versöhne dich. Nichts lieber als das. Ich war jetzt schon vier Tage ohne ihn. Und die waren schlimmer als alles, was ich in der Untersuchungshaft erlebt hatte. Dort war ich sicher gewesen. Sicher, dass er zu mir hielt, dass er mich liebte. Doch jetzt? Ich hatte doch nur wissen wollen, was er tat. Warum er es tat. Ich hatte ihn doch nur dazu bringen wollen, sein Schweigen zu brechen. War das so verkehrt?

„*Leo,*

ich liebe dich. Egal, was passiert ist – ich liebe dich. Bitte, glaube mir das. Ich weiß nicht, ob du mich auch noch lieben kannst, nachdem ich zwei Versprechen gebrochen habe, wie du sagst. Es wäre schön, wenn es so wäre.

Ich hatte nicht vor, einfach abzuhauen. Aber nachdem ich das entdeckt hatte (ich wollte es wirklich nicht, es war reiner Zufall), konnte ich dir nicht gegenübertreten. Ich wollte dich nicht damit konfrontieren, dass ich dich beobachtet habe. In Frauenkleidern, meine ich.

Doch was soll ich tun, wenn ich auf deiner Geburtstagsfeier höre (auch das war nicht beabsichtigt), wie du deinem Kollegen über den Mund fährst, weil er dir rät, ‚es mir zu sagen'? Was sollst du mir sagen? Warum sagst du es nicht? Ich rätsele und rätsele. Ich habe mich gefragt, ob du mich betrügst. Oder ob du seltsame sexuelle Vorlieben hast, von denen ich nichts wissen darf. Oder ob du ein uneheliches Kind hast. Lauter verrückte Sachen, die ich mir alle nicht vorstellen kann.

Es tut mir leid, dass ich daraus den Schluss gezogen habe, ich müsse es selbst herausfinden. Vielleicht hätte ich dich lieber fragen sollen.

Ich möchte dir so gerne vertrauen! Bitte sag´ mir, dass alles wieder gut wird, ich kann so nicht leben. Ich vermisse dich so sehr und wünsche mir nichts mehr, als dich wieder zu bekommen.

Deine Sabina."

Die späte Abendsonne schien auf den Küchentisch, als ich den Füller zur Seite legte, um mir mein Werk noch einmal durchzulesen. War es das, was ich sagen wollte? Dass ich ihn liebe. Auf jeden Fall. Der Rest war ein wenig wirr. So wirr wie die Gedanken in meinem Kopf. Das konnte er ruhig wissen.

Ich steckte den Brief in meine Handtasche. Morgen würde ich ihn auf seinen Küchentisch legen, wenn er auf der Arbeit war. Ich fühlte mich noch nicht imstande, ihm persönlich gegenüberzutreten.

Der nächste Tag war angefüllt mit Gerichtsterminen und einer Abendveranstaltung zum Thema „Verkehrsdelikte". Keine Zeit, um sich kurz davonzumachen. Der Brief ruhte weiter in meiner Handtasche. Ich fiel todmüde ins Bett, Laura kam nicht. Sie hatte was von Nachtdienst erzählt, doch ich vermutete eher, dass sie mit Johannes die Nacht zum Tage machte. Ob es nur ein Flirt war? Ich kannte Leos Freund als Frauenverschleißer. Doch Laura war nicht von der Sorte, die sich einfach verschleißen ließ.

Erst am Mittag darauf gelang es mir, die Pause zu einem Besuch in Leos Wohnung zu nutzen. Dem Ort, an dem ich für immer mit ihm leben wollte. Schon der vertraute Geruch im Hausflur nach Schmierseife, Sisalteppich und einem Hauch frischen Lack (die Wohnungstüren waren gerade frisch gestrichen worden) weckte in mir Sehnsucht. Die Sehnsucht, endlich wieder nach Hause zu kommen. Was, wenn ich einfach hier bliebe? Mich ins Bett legte und ihn so erwartete? Ich verwarf den Gedanken schnell wieder. Das war zu einfach für ihn und für mich zu schwer.

Einigermaßen atemlos kletterte ich die letzten Stufen in den vierten Stock hinauf. Während ich nach dem Hausschlüssel kramte, öffnete sich knarrend die Fahrstuhltür. Jemand trat neben mich und räusperte sich. Ich blickte auf – und schaute in ein Paar grauer Augen, in denen tatsächlich goldene Pünktchen tanzten, und die mich mit erhobenen Augenbrauen musterten. Sie gehörten zu einem Mann, der außergewöhnlich gut aussah und mir bekannt vorkam. Obwohl ich sicher war, ihn noch nie gesehen zu haben.

„Wollen Sie zu mir?", fragte ich, zugegebenermaßen etwas dümmlich. Er stand schließlich genau neben mir, vor Leos Wohnungstür.

Statt einer Antwort kam eine Gegenfrage. „Wohnen Sie hier?"

„Ähm, also … ja." Stimmte schließlich. Ich hielt den Schlüssel in der Hand. Er schien zu schmunzeln.

„Dann will ich zu Ihnen." Er streckte seine Hand aus. „Martin König. Ich bin Leos Vater. Sie müssen Sabina sein."

Vor Überraschung fiel mir fast die Handtasche herunter. Ich reichte ihm meine Hand, die er sanft drückte. Er erinnerte mich an das Foto an Leos Wand – ein arrogant dreinblickender Herr im edlen Zwirn. Doch im Moment lächelte er und seine Lachfältchen ähnelten denen seines Sohnes. Sein dunkles Haar war glatt, anders als Leos Locken, und von grauen Strähnen durchzogen. Er trug eine Jeans und einen Leinenblazer.

„Freut mich. Ja, ich bin Sabina. Ich dachte schon, er stellt mich Ihnen nie vor." Ich öffnete die Tür und betrat den Flur. Senora Isabel hatte gerade geputzt, alles war ordentlich. Ich atmete auf und ließ Martin König an mir vorbei gehen.

„Konnte er in letzter Zeit nicht, ich war in China. Und gleich darauf in Finnland. Wissen Sie, ich muss viel reisen."

„Möchten Sie etwas trinken?"

„Ein Glas Wasser reicht mir, danke." Er setzte sich auf einen Küchenstuhl und verfolgte mich mit den Augen. „Ich habe Ihnen noch nicht gratuliert. Alles Gute zu Ihrer Verlobung."

„Äh, danke", stotterte ich. Er schmunzelte.

„Er hat eine gute Wahl getroffen."

„Sie schmeicheln mir." Eilte ihm nicht der Ruf eines Womanizers voraus?

„Martin. Ich heiße Martin. Sagen Sie ‚Du' zu mir. Ich werde immerhin Ihr Schwiegervater."

„Oh, ja, gut, danke", murmelte ich. „Danke, Martin." Er lehnte sich vor und inspizierte meinen Gesichtsausdruck.

„Ist dir nicht gut?"

„Doch, doch. Alles in Ordnung. Ich bin nur – etwas in Eile. Mittagspause, wissen Sie – weißt du. Wollten Sie – wolltest du Leo besuchen?"

Er hob wieder die Augenbrauen, in einer Mischung aus Erstaunen und Missbilligung. „Leo ist bis morgen auf einem Lehrgang. Ich habe ein paar Unterlagen für ihn und war gerade in der Gegend. Ich frage mich, wieso du das nicht weißt. Ist etwas vorgefallen?"

Meine Hand umkrampfte das Wasserglas, und ich beobachtete die Bläschen, die aus dem Wasser aufstiegen, kleine Perlenketten, die sich umeinander drehten. Verdammt. Was sollte ich diesem Fremden sagen? Wahrscheinlich wusste er sowieso alles. Auch das, was ich nicht wusste. Und er sah nicht so aus, als ob er es mir verraten würde.

„Wir hatten nur eine kleine Auseinandersetzung", entgegnete ich abweisend. Er zuckte die Achseln, ließ mich aber nicht aus den Augen.

„Ich weiß. Gut, dass du zurückgekehrt bist. Lass´ dir nichts gefallen von ihm."

Ich widerstand dem Drang, ihn danach auszufragen,

was Leo ihm erzählt hatte. „Nein, nein. Es ist …“ *alles in Ordnung*, wollte ich sagen, aber das wäre eine Lüge gewesen, die mir nicht über die Lippen kam. Also schwieg ich.

„Ich mische mich nicht ein“, seufzte er. „Hier, leg´ das am besten auf seinen Schreibtisch.“ Er reichte mir einen großen verschlossenen Umschlag und erhob sich. „Ich muss jetzt los. Nächste Woche komme ich vorbei, wenn Leo wieder da ist. Und natürlich sehen wir uns am 28.!“ Ein Augenzwinkern. An der Tür schüttelte er noch einmal meine Hand. „Er ist ein guter Kerl. Er wird dich gut behandeln. Jemand wie dich lässt man nicht so einfach los.“

Ich schaute ihm hinterher, wie er mit elastischen Schritten dem Fahrstuhl zustrebte. Die kleinen Kieselsteine in meiner Magengegend schlugen Kapriolen. *Wollen wir´s hoffen*, stichelte mein Stolz.

Dann faltete ich den Brief sorgfältig auseinander, glättete das Papier und legte ihn auf den Küchentresen. Darauf stellte ich mein leeres Glas, an dem ein wenig Lippenstift haftete. *„Habe gerade deinen Vater (Erzeuger) kennengelernt. Ich mag ihn. Er sagt, du bist ein guter Kerl (Zitat). Kuss, Sabina.”* Diese Worte kritzelte ich unter den fertigen Brief.

Wenn er doch jetzt zur Tür hereinkäme. Aber es war und blieb still in der Wohnung. Nur die Küchenuhr tickte übermäßig laut und erinnerte mich daran, dass meine Pause seit zehn Minuten zu Ende war.

~

Ich hatte jetzt Zeit. Leo würde meinen Brief erst morgen zu Gesicht bekommen. Ich glaubte nicht daran, dass er sich vorher melden würde.

Auf dem Heimweg rief endlich Dana Kanther zurück. In ihrer Stimme klang so etwas wie Jagdfieber mit, als ich ihr meine Begegnung mit der Platinblonden schilderte.

„Scheiße. Ich war nicht erreichbar, ein Einsatz. Sagen Sie Ihrer Freundin, sie soll sich melden, wenn sie sie sieht." Ich versprach es.

Doch dazu kam es nicht. Denn am nächsten Abend erschien Laura mit der Platinblonden im Schlepptau.

Ich hatte gerade mein Kleid gegen gemütliche Bermudashorts und ein Schlabber-T-Shirt getauscht und schnitt Tomaten in Scheiben, als ich Lauras Stimme an der Tür hörte.

„Komm ´rein. Meine Mitbewohnerin ist bestimmt schon da. Willst du was trinken?"

„Danke, ein Wasser wäre nicht schlecht. Ich muss aber gleich wieder los."

„Sabina", Laura betrat die Küche, „wir haben Besuch. Das ist Alexa Bentin. Sie ist umgeknickt. Ich schaue mir ihren Knöchel an. Hast du ein Glas Wasser für sie?"

Ich hatte Mühe, die Worte „Hallo, Alexa" herauszubringen. „Klar. Sofort."

„Hallo." Ihr Gesicht blieb ausdruckslos.

Scheiße. Das Messer war mir aus der Hand gefallen. „Ups. Wie ungeschickt", stotterte ich und bückte mich. Doch Alexa war schneller. Sie reichte mir das Messer und fixierte mich. Ihre Augen bohrten sich in meine. Wusste sie, dass ich sie erkannte?

„Danke. Was ist – was ist denn passiert?" Hoffentlich klang das harmlos. Ich erinnerte mich jetzt an sie – ihre dunklen Augen und wie sie auf Heimke und mir geruht hatten, als wir damals zusammen ausgegangen waren.

„Ich habe sie unten auf der Straße getroffen, sie ist mit dem Fuß am Bordstein abgerutscht", antwortete Laura, während sie die Platinblonde auf einen Stuhl drückte. „Lass mal sehen." Sie hockte sich vor sie hin und nahm ihren Fuß auf den Schoß, drückte ein wenig am Knöchel herum, bis Alexa stöhnte.

„Shit, tut das weh."

Laura nickte. „Er scheint verstaucht zu sein. Du musst das Bein hochlegen und kühlen. Ich habe nichts zum Kühlen hier, aber wenn du zu Hause bist, leg dir einen Eisbeutel drauf. Vor allem nachts. Ich bandagiere das, damit du erst mal los kannst."

„Ich hole deinen Koffer", erbot ich mich eilig. Laura hatte einen Erste-Hilfe-Koffer mit den Ausmaßen einer Profi-Fotoausrüstung im Schlafzimmer stehen. „Für alle Fälle", wie sie sagte. Auf dem Flur griff ich nach meiner Tasche, in der noch mein Handy lag. Am liebsten wäre ich aus der Wohnung gestürmt und hätte um Hilfe gerufen. *Cool bleiben,* ermahnte ich mich. *Sie tut dir nichts. Bestimmt nicht in Lauras Gegenwart.*

Ich wählte mit fliegenden Fingern Danas Nummer. Wieder nur der Anrufbeantworter! „Dana, wo sind Sie? Sie – sie ist hier!", flüsterte ich unterdrückt und drückte die „Auflegen"-Taste. Wenn ich länger wegblieb, würde sie Verdacht schöpfen.

Sie saßen am Küchentisch, als ich zurückkam, und plauderten. Alexa hatte den verstauchten Fuß auf einem Küchenstuhl hochgelegt.

„Hier." Ich reichte Laura den Koffer.

„Danke. Ist was?" Sie schaute auf. Vielleicht hatte sie gemerkt, dass meine Hände zitterten.

„Nein, nein, ich habe nur plötzlich Kopfweh. Ich geh´ mir mal eine Tablette holen", schwindelte ich.

Im Bad setzte ich mich auf den Klodeckel und holte tief Luft. Ich musste gute Miene zum bösen Spiel machen, so lange Laura nicht eingeweiht war. Wenn Alexa es war, die Heimke … dann würde sie keine Hemmungen haben, auch uns etwas anzutun. Mit einem Lächeln auf den Lippen, das ich ganz und gar nicht empfand, kehrte ich nach angemessenen zwei Minuten zurück.

„Bist du eine Freundin von Laura?", erkundigte ich mich so harmlos wie möglich. Alexa machte ein unbestimmtes Geräusch, das alles oder nichts bedeuten konnte, sah mich aber nicht an.

„Wir haben uns beim Laufen kennengelernt", antwortete Laura, über Alexas Fuß gebeugt. Sie verschloss die Bandage mit Klebeband und richtete sich auf.

„So, damit müsstest du erst mal nach Hause kommen. Soll ich dir ein Taxi rufen? Wir sind leider nicht motorisiert."

„Danke, das wäre nett. Zum Laufen ist es zu weit."

Während Laura das Telefon aus dem Wohnzimmer holte, erkundigte ich mich im Plauderton, ob Alexa sie schon lange kenne. Ich hatte das Gefühl, damit eine oscarreife Leistung abzuliefern. Ebenso oscarreif war ihre Erwiderung, nein, sie sei ihr erst letzte Woche zum ersten Mal begegnet. Sie träfen sich öfter im Park beim Laufen. Ich täuschte ein verständnisvolles Nicken vor.

Mit dem Telefon am Ohr betrat Laura die Küche. „Wohin musst du?", fragte sie.

„Pestalozzistraße." Laura wiederholte das ins Telefon hinein und gab uns zu verstehen, dass das Taxi gleich da sei.

Das war bei Leo und mir um die Ecke! Kein Wunder, dass ich sie öfter dort gesehen hatte. Aber was wollte sie hier bei uns?

ALLES AUF EINMAL

Die Türklingel riss mich aus meinen Überlegungen. „Das wird das Taxi sein“, mutmaßte ich. Laura musste den Taxifahrer gebeten haben, heraufzukommen, um Alexa abzuholen. Ich hastete an die Tür, froh, dass sie gleich weg wäre.

Als ich sie aufriss, stand jedoch jemand ganz anderes vor mir: Dana Kanther mit einem uniformierten Kollegen. Fast wäre ich ihr um den Hals gefallen, doch sie legte einen Finger auf die Lippen und schob mich sanft beiseite.

„So ein Glück, dass Sie da sind“, flüsterte ich. Und sagte dann laut: „Hallo. Gehen Sie doch schon mal durch zur Küche, da ist sie.“ Sie drehte sich zu mir um und schüttelte mit einem strafenden Blick den Kopf. „Sie glaubt, ein Taxifahrer holt sie ab“, flüsterte ich zur Erklärung, doch da war sie schon an mir vorbei.

Den Uniformierten hatte sie mit einem Zeichen angewiesen, im Flur zu warten.

Ich folgte Dana in die Küche. Alexa stand vor ihr, einen Arm auf Lauras Schulter gestützt, und musterte sie misstrauisch.

„Ich bin Dana Kanther, Kriminalpolizei. Alexa Bentin,

würden Sie bitte mitkommen? Ich nehme Sie vorläufig fest. Sie stehen im Verdacht, Heimke Ilanz und Enrica Hendriksen ermordet zu haben."

Danach ging alles ganz schnell.

Alexa sprang auf, packte das Tomatenmesser, das ich auf dem Küchentisch liegengelassen hatte. Mit dem anderen Arm umklammerte sie Lauras Hals. „Ich gehe nirgendwohin. Machen Sie, dass Sie rauskommen." Lauras Gesicht wurde weiß wie die Wand, als Alexa ihr das Messer gegen die Rippen hielt. Der uniformierte Beamte drängte sich an mir vorbei, schob mich hinaus. Ich sah noch, wie Dana beschwichtigend die Hände hob.

„Geben Sie das mir. Bitte", hörte ich sie sagen.

„Das war eine abgekartete Sache, was?", zischte Alexa. „Ihr habt euch dazu verabredet! Mich reinzulegen!"

„Laura hat keine Ahnung!", schrie ich. „Und ich auch nicht!"

„Lass´ stecken, Lars!", befahl Dana ihrem Kollegen, der seine Dienstwaffe zücken wollte. „Ich möchte mit Ihnen reden, Frau Bentin. Lassen Sie sie los. Sie haben doch gehört, sie weiß nichts. Wer hat Sie reingelegt?"

„Sie hat sich den Knöchel verstaucht, ich hab sie nur verbunden", stotterte Laura jetzt. „Ich hatte doch keine Ahnung …"

Laura wusste nichts von Alexa. Sie kannte zwar meine Geschichte mit Heimke, aber ich hatte bisher keine Gelegenheit gehabt, sie zu warnen.

„Sie hat sich an Laura ´rangeschmissen, um an mich ranzukommen. Alexa, lass sie gehen. In Wirklichkeit hast du uns reingelegt!"

„Schnauze!", rief mir Dana über die Schulter zu. „Hier rede ich!" So hatte ich die schöne Kommissarin noch nie erlebt und einigermaßen schockiert hielt ich den Mund.

„Kommen Sie schon", fuhr sie dann gemäßigter fort.

„Seien Sie vernünftig. Das bringt Ihnen doch nichts.“ Sie machte einen Schritt auf die beiden Frauen zu und streckte eine Hand aus. Alexa wich zurück, den Arm weiter um Lauras Hals.

„Ich habe das nicht gemacht“, sagte sie jetzt. Es klang resigniert. Doch das Messer befand sich weiter an Lauras Rippen.

„Das werden wir in Ruhe feststellen. Im Moment stehen Sie unter dringendem Tatverdacht. Es ist in Ihrem Interesse, das aufzuklären. Geben Sie das mir. Es ist ganz einfach. Und besser für Sie.“

Stille. Nichts bewegte sich außer den dunklen Augen von Alexa, die unruhig hin- und herwanderten. Nach einer gefühlten Ewigkeit ließ sie zögernd das Messer sinken.

In diesem Augenblick ging die Türklingel. Alexa zerrte Laura weiter rückwärts und drückte das Messer an ihren Hals. „Wer ist das?“, schrie sie.

„Das Taxi“, ließ ich mich vernehmen.

„Schicken Sie´s weg“, befahl Dana.

Gehorsam öffnete ich die Tür und flüsterte dem Taxifahrer zu, hier fände gerade ein Polizeieinsatz statt. Mit aufgerissenen Augen versuchte er, an mir vorbei zu spähen, bis ich ihm einen Zehner in die Hand drückte. „Vielen Dank trotzdem“, murmelte ich und schloss die Tür vor dem verdutzten Mann.

„Er ist weg.“

Wieder herrschte atemlose Stille, diesmal unterbrochen von unterdrückten Schluchzern, die aus Lauras Mund kamen. Oh mein Gott. Was noch alles?

Ich versuchte, an dem uniformierten Polizisten vorbeizublicken. Alexa und Laura standen nun im wahrsten Sinne des Wortes mit dem Rücken zur Wand. Sie lehnten am Küchenschrank in der hinteren Ecke und schauten beide wie ein gehetztes Tier. Dana machte beschwichtigende Gesten, rührte sich aber nicht vom Fleck.

„Frau Bentin, Sie sagten, Sie hätten das nicht gemacht“, begann sie jetzt. „Was genau meinen Sie damit?“

Die Gesichtszüge der Verrückten entspannten sich etwas. Ohne den Blick von Dana zu wenden, erwiderte sie: „Ich habe Heimke nicht getötet.“

„Nun gut. Dann wäre es jetzt vernünftig, loszulassen und uns alles darüber zu erzählen. Geben Sie mir das Messer.“ Diesmal lag Nachdruck in Danas Stimme, und sie ging langsam auf die beiden zu, die Hand weiter ausgestreckt.

„Sie glauben mir ja doch nicht.“

„Ich höre Ihnen zu. Aber erst, wenn Sie das Messer rausrücken.“

Ebenso schnell wie sie es ergriffen hatte, schleuderte Alexa es nun von sich und ließ Laura los, die schluchzend in die Knie ging. Dana hielt Alexa am Arm fest, führte sie zu einem Stuhl und drückte sie darauf, während der uniformierte Beamte Laura auf die Beine half. Ich stürzte hinzu und riss Laura in die Arme. Der Polizist holte eine Handfessel aus seiner Gürteltasche.

„Lass´ mal, Lars. Lass´ sie erst mal durchatmen.“ Dana setzte sich zu Alexa, die jetzt den Kopf in den Händen vergraben hatte. Laura schluchzte immer noch leise an meiner Schulter, und ich streichelte ihren Rücken, ohne sie loszulassen.

„Ich gönne es ihr. Dass sie tot ist. Aber ich war es nicht. Ich habe nur – das Auto von der da angezündet.“ Alexa deutete auf mich, und ihre Augen waren genauso hasserfüllt wie an dem Tag, als ich sie das erste Mal gesehen habe. „Sie hat sie mir weggenommen. Dabei wollte sie nur mit ihr spielen …“

Ich wollte dazwischenfahren, doch Dana runzelte die Stirn und schüttelte unmerklich den Kopf. Alexa fuhr fort zu erzählen.

Sie war dabei gewesen, auf der verhängnisvollen Uni-Party. Hatte gesehen, wie wir uns betrunken und schließlich geknutscht hatten. In Gedanken schüttelte ich mich bei der Erinnerung daran. Sie hatten zusammengelebt. Bis zu diesem Abend. Am nächsten Tag hatte Heimke sie einfach vor die Tür gesetzt. Sie zog zu ihrem Bruder, folgte aber Heimke heimlich, wenn sie mir nachspionierte. So entdeckte sie mein Auto. Zündete es kurzerhand an, um Heimke die Schuld in die Schuhe zu schieben.

„Aber ich habe sie nicht umgebracht. Wirklich nicht", beteuerte sie unter Tränen. „Ok, ich habe es ihr gegönnt, aber ich war es nicht!"

„Was wolltest du hier?", fuhr ich sie an. Sie blickte hoch.

„Ich wollte nur nach Beweisen suchen. Da ich es nicht war, musst ja du es gewesen sein."

Mir klappte der Mund auf, ich schnappte nach Luft wie ein Fisch, den man an Land geworfen hat.

„Schluss damit." Dana stand auf. „Sie kommen erst einmal mit. Und Sie beide" – sie wandte sich an Laura und mich – „Sie kommen morgen auf unsere Dienststelle, ich muss Ihnen einige Fragen stellen."

Laura und ich saßen noch lange wie betäubt am Küchentisch. Zur Beruhigung hatten wir uns ein Glas Wein eingegossen, und ich erzählte ihr von Heimke, dem Mord und dass ich sie eigentlich vor Alexa hatte warnen wollen.

Laura war immer noch leichenblass. Doch sie hatte es abgelehnt, sich behandeln zu lassen. „Das geht schon", hatte sie immer wieder gesagt, als Dana sie bedrängte, einen Arzt zu rufen. „Ich bin selbst Ärztin."

„Es tut mir so leid. Ich hätte nicht herkommen dürfen", sagte ich nach einer Weile des Schweigens, in der wir unseren Gedanken nachhingen. Laura lächelte schwach und schüttelte den Kopf.

„Du hast mir die ganze Zeit noch nicht erzählt, was eigentlich mit Leo passiert ist“, entgegnete sie. „Willst du dich trennen?“

Das Wort fühlte sich an wie ein Nadelstich. Ich hatte es nie gedacht, nie ausgesprochen.

„Auf keinen Fall! Ich – ich wusste nur nicht, wie ich richtig damit umgehen sollte, dass er …“

„Leo liebt dich. Das hat er mir gesagt.“

„Wann?“ Mein Herz begann zu hüpfen. Ganz unvernünftig laut zu schlagen.

„Er hat neulich angerufen, wollte wissen, wie es uns geht. Du warst nicht da, und er wollte nicht, dass ich es dir sage. Er klang sehr – wie sagt man das – bedrückt?“ Sie stützte den Kopf auf die Hände. „Weißt du, er ist mein Lieblingscousin. Wir haben viel gemeinsam gemacht früher. Er war immer so lustig.“

Ich musste lächeln, als ich daran dachte, wie er mir nach Arbeitsschluss das erste Mal vor dem „Randale“ aufgelauert hatte. Einen Tag vor unserem Date. „Vollnarkosevorbereitung für morgendliches Zahnziehen“ hatte er es genannt.

„Ich habe dir noch gar nicht gedankt, dass du mir hier Unterschlupf gewährst. Ich – ich kehre zu ihm zurück. Aber er ist noch nicht da. Er ist auf einem Lehrgang.“ Ich erzählte, wie ich seinen Vater getroffen hatte.

„Du musst mir nicht danken. Ich bin froh, so eine schöne Bleibe gefunden zu haben, Sabina.“

Es war nicht leicht, sich nach diesem Abend auf die Arbeit zu konzentrieren. Wir hatten noch lange zusammengesessen, viel zu lange, und dabei eine zweite Flasche Wein geteilt. Laura hatte sich krank gemeldet, der Schreck saß ihr zu tief in den Gliedern. Ich hatte mich tapfer in die

Kanzlei geschleppt, wo mich ein Aktenberg in Höhe des Empire State Buildings erwartete. Schon allein der Anblick verstärkte meine Kopfschmerzen. Gähnend ließ ich mich auf meinen Stuhl fallen. Ich musste einige Akten beiseite schieben, um Platz für meine riesige Kaffeetasse zu schaffen. Ich blätterte in einigen Schriftstücken, las, ohne den Sinn zu erfassen. Nach einer halben Stunde hatte ich gerade mal zwei Unterschriften geleistet. Wenn das so weiterging, würde ich heute bis Mitternacht hier sitzen. Dabei würde Leo heute wiederkommen – und meinen Brief finden.

Auch die Sache mit Alexa geisterte unablässig in meinem Kopf herum. Wenn sie es nicht war, wer war es dann? Und wieso verdächtigte man sie des Mordes an Enrica? Was für Beweise hatte sie bei mir zu finden gehofft?

Es klopfte, und Pawel trat herein. „Morgen, Sabina." Er runzelte die Stirn. „Sie sehen aus, als hätte ein Laster Sie überrollt. Alles in Ordnung?"

Er schob sich den Besucherstuhl zurecht und nahm darauf Platz, nachdem er sein elegantes Jackett über die Stuhllehne gehängt hatte. Ich beschrieb ihm die Verhaftungsszene von gestern. Er legte wie immer die Fingerspitzen beider Hände aneinander und hörte aufmerksam zu, ohne mich zu unterbrechen.

„Dann werden sie heute ihre Unterkunft auf links drehen", mutmaßte er. „Bisher wusste man ja nicht, wo sie wohnt, wenn ich Sie richtig verstanden habe."

„Damit bin ich wieder drin." Pawel hob fragend die Augenbrauen. „Im Lostopf der Verdächtigen, meine ich. Wenn sie es nicht war … dann denken sie doch zuerst wieder an mich!"

„Ich glaube nicht", sagte er langsam. „Da ist noch irgendetwas, das wir nicht wissen. Denken Sie an den Trojaner auf Heimkes Rechner. Es muss etwas damit zu tun haben. Leider komme ich im Moment nicht an die Akten ran."

„Werden wir je erfahren, wer es wirklich getan hat und warum?"

Pawel lehnte sich zurück und seufzte. „Spätestens beim Prozess gegen den- oder diejenige. Sie sind immerhin noch eine wichtige Zeugin. Und ich bin und bleibe Ihr Zeugenbeistand." Sein Gesicht hellte sich auf. „Und als solcher kann ich Akteneinsicht beantragen!"

„Aber erst, nachdem Laura und ich ausgesagt haben. Wir sollen zu Dana Kanther kommen."

„Ich kann Sie begleiten."

„Danke, ich glaube, das ist nicht nötig. Wir sollen sicher nur zu Protokoll geben, was gestern passiert ist."

Pawel nickte. „Wahrscheinlich. Ich hoffe, die Sache ist bald erledigt. So langsam müssten Sie aus Ihrer Pechsträhne herausfinden. Sonst schaffen Sie das hier nicht." Er grinste und deutete auf das Empire State Building in meinem Zimmer.

„Ach was, die Arbeit lenkt mich von all dem ab", beeilte ich mich zu sagen.

„Na dann mal ´ran an die Bouletten. Ich bin gleich weg, kurzer Termin in Moabit. Bis nachher!"

Er war noch nicht aus der Tür, als mein Telefon klingelte. Eine Akte stürzte zu Boden, als ich nach dem Hörer angelte. „Anwaltskanzlei, Sabina Jung?"

Ein langsames Räuspern kam aus der Leitung. „Sabina, hier ist Martin. Leo … er …" Seine Stimme war belegt.

Eine Gänsehaut krabbelte mir das Rückgrat hinauf und hinunter, während mir irgendetwas in den Magen boxte. „Was ist mit ihm?", schrie ich. „Was ist mit ihm?" Alles begann sich um mich zu drehen.

Martin stieß einen Seufzer aus. „Sabina, er liegt im Krankenhaus und wird gerade operiert. Francesca ist nicht da. Sie ist in Frankfurt und hat mich gerade angerufen. Sie wollte dir Bescheid sagen, aber sie hatte deine Nummer nicht. Sie war völlig durch den Wind. Fahr zu ihm, bitte! Ich komme hier nicht weg, wurde gerade aus einem wichtigen Meeting gerufen."

„Ich fahre. Was ist denn passiert?" Oh mein Gott. In mir krampfte sich alles zusammen. Ich sprang auf, riss dabei fast das Telefon vom Tisch.

„Francesca konnte mir nichts Genaues sagen, sie ist völlig durcheinander. Er ist wohl angegriffen worden. Es – es scheint etwas Ernstes zu sein."

Die Rezeption des Gertrauden-Krankenhauses war nicht besetzt. Hinter der Glasscheibe klebte ein Zettel „Bin gleich zurück". Ich unterdrückte den Impuls, die Glasscheibe einzuschlagen. Pawel hatte mich sofort gehen lassen, die Akten hätten auch noch bis morgen Zeit, hatte er mir versichert. Der Taxifahrer hatte auf mein Flehen hin sämtliche Geschwindigkeitsbeschränkungen außer Acht gelassen, während ich die Fäuste ins Gesicht presste und an meinen Fingerknöcheln herumkaute.

Verdammt, jetzt wäre mir nach einer Zigarette gewesen. Dabei rauche ich gar nicht. Endlich. Ein Typ in blauer Pfleger-Uniform nahm am Schreibtisch hinter der Glasscheibe Platz und bedeutete mir mit freundlichem Lächeln, mein Anliegen vorzutragen. Er wies mir den Weg zur Chirurgie. „Wenden Sie sich auf Station an die Schwester", rief er mir hinterher, während ich schon im Laufschritt auf den Fahrstuhl zustürmte.

„Sind Sie verwandt?" Ein misstrauischer Blick aus müden blauen Augen traf mich. Die Schwester beugte sich hinter dem Tresen über einen riesigen Plan und schaute über ihre Brille hinweg. Ich zappelte davor ungeduldig hin und her.

„Ja doch. Wir sind verlobt!“ Ich streckte meine Hand mit dem Lapislazuli-Ring aus. „Er ist mein Verlobter! Wir heiraten am 28. Juni!“

Sie richtete sich auf. In ihrem Ton lag Bedauern, als sie sagte: „Ich darf Sie nicht zu ihm lassen. Er liegt im Aufwachraum. Dort darf niemand hinein.“ Dann deutete sie auf einen jungen Arzt, der uns mit wehendem Kittel entgegenkam. „Fragen Sie Dr. Wichert. Er kann Ihnen mehr sagen.“

Der Arzt führte mich in ein kleines Untersuchungszimmer und drückte mich auf einen Stuhl. Dann blickte er auf das Klemmbrett in seiner Hand, auf dem ein Stapel Unterlagen festgeklemmt waren. Er blätterte bedächtig darin, bevor er aufblickte und mich näher in Augenschein nahm. *So rede doch endlich, Mann.*

Er räusperte sich. „Also, Frau Jung, Ihr Verlobter … er wurde hier mit multiplen Rippenbrüchen eingeliefert. Jemand hat ihm bei einer Festnahme Tritte verpasst. Er hat einen Lungenriss, deshalb mussten wir operieren.“

„Ist es – schlimm?“ Ich merkte, wie Tränen an meinen Wangen herabliefen.

„Wie man´s nimmt. Es ist sehr schmerzhaft. Aber er wird ganz gesund werden. Er ist robust. Machen Sie sich keine Sorgen. Heute Abend wird er auf die Station gebracht, ich denke, morgen kann er auch Besuch empfangen. Im Moment ist er noch nicht so weit. Wir mussten ihm starke Schmerzmittel geben, er ist sediert.“

„Bitte, Doktor, kann ich ihn wenigstens sehen?“, flehte ich.

„Wenn er auf die Station gebracht wurde. Morgen. Gehen Sie jetzt ruhig. Er kommt wieder auf die Beine.“ Er stand auf, für ihn war das Gespräch beendet.

„Bitte, nur eine Minute!“ Doch Dr. Wichert blieb hart.

Es bestehe kein Grund zur Sorge, ich solle morgen wiederkommen.

Mit hängenden Schultern schlurfte ich zum Fahrstuhl. Wie sollte ich die Zeit herumbekommen? Es war erst 13 Uhr. Essen kam nicht in Frage, der Appetit war mir gründlich vergangen. Arbeiten? Wohl kaum. Auf dem Weg zum Ausgang fiel mein Blick auf eine geschnitzte Holztür, so ganz anders als all die Türen zu den Krankenzimmern. „Andachtsraum. Gottesdienst Samstag 18:00 Uhr und Sonntag 10:30 Uhr“ stand auf einem Schild daneben. Ich drückte die Klinke herunter und trat in einen kleinen Saal. Rechter Hand, an der Stirnseite des Raumes, stand ein kleiner Altar, daneben meterlange dicke Kerzen. In den Fensternischen kleine Blumensträuße. Der Raum wirkte freundlich und hell. Ein paar Stuhlreihen waren aufgestellt. Zögernd nahm ich auf einem Platz.

Lieber Gott, mach, dass alles gut wird. Mach, dass alles gut wird. Bitte, mach dass alles gut wird. Ich wiederholte diesen Satz in meinen Gedanken tausendmal. Das hatte er also damit gemeint, dass ich nicht einfach so abhauen sollte. Es fühlte sich anders an als in Lavertezzo, wo er mich das erste Mal darum gebeten hatte. Ich verstand jetzt, dass er selbst so etwas erlebt haben musste. Dass es nicht einfach nur eine Bitte war, die man aus Liebe ausspricht. Ob er selbst es getan hatte? Oder war es jemand anders, der weggelaufen war – eine Frau, die er geliebt hatte? Was konnte dann geschehen sein?

Neben der Tür war ein Korb mit Wachskerzen aufgestellt. „St. 1 EUR. Bitte nur in dem dafür bestimmten Behälter entzünden“, las ich auf einem Zettel, der darüber an der Wand klebte. Mein Herz klopfte, als ich eine von ihnen nahm und auf einem Tischchen neben dem Altar in eine Halterung drückte. Als sie aufleuchtete, machte sich so etwas wie Erleichterung in mir breit. Vielleicht war doch alles nicht ganz so schlimm.

Ich gab Francesca und Martin Bescheid, dass sie sich nicht abhetzen sollten, und machte mich dann auf den Weg zur Polizei. Wenn ich schon nichts Vernünftiges tun konnte, so konnte ich wenigstens meine Aussage jetzt machen.

KRANKENBESUCHE

Es war jedoch nicht so einfach, meine Aussage loszuwerden. Dana Kanther und ihr Kollege Mike saßen in einer Vernehmung. Ich musste auf dem Flur warten. Unentwegt purzelten meine Gedanken durcheinander, während ich das geschäftige Gewusel um mich herum betrachtete.

Eine Tür öffnete sich, ziemlich weit weg von meinem Sitzplatz. „Scheiße! Dieses Miststück versucht, uns zu verarschen!" Danas Stimme klang gereizt. Sie lehnte sich an die Wand neben der Tür und schloss die Augen. Ihr Kollege Mike trat neben sie und redete beruhigend auf sie ein. Sie schnaubte verächtlich und fuhr sich mit den Fingern durch das Haar. Dann machten sie kehrt, zurück in das Vernehmungszimmer.

Zugleich öffnete sich eine Tür am Ende des Ganges. Zwei Polizisten führten einen Mann herein, der alle Vorurteile bestätigte, die man über Nerds hat: Das dunkle, halblange Haar hing ihm in fettigen Strähnen ums Gesicht. Seine Brille saß etwas schief auf der Nase. Er trug speckige Jeans und ein merkwürdig gemustertes Hemd in einem dunklen Rotton, das sich über seinem Bauch spannte. Die Farbe hob unvorteilhaft die Blässe seiner Haut hervor, er schien ein Stubenhocker zu sein. Er spähte in das noch offene Vernehmungszimmer hinein und stoppte, auf seinem Gesicht malte sich Bestürzung.

„Alexa!", schrie er, zugleich versuchte er, sich dem Griff der Beamten zu entwinden, die seine Hände auf dem Rücken gefesselt hatten. „Lasst mich los!" Er stemmte sich gegen die Laufrichtung, die beiden Polizisten hatten Mühe, ihn zum Weitergehen zu bewegen. Er riss an seinen Fesseln, ein dritter Beamter erschien, um ihn zu bändigen. Sie beugten seinen Oberkörper herab und schoben ihn gemeinsam in ein weiteres Zimmer, dessen Tür sie nachdrücklich hinter sich schlossen.

Kurze Zeit später betrat Danas Kollege dieses Zimmer. Mich hatten sie immer noch nicht bemerkt. Ich stand auf und ging in auf und ab. War das der Bruder von dieser Alexa? Warum hatten sie ihn festgenommen? Wussten Dana und Mike schon, was mit Leo geschehen war?

Gerade, als ich das Gebäude wieder verlassen wollte, weil sie mich offensichtlich vergessen hatten, kam eine junge Frau auf mich zu. Ihr langes dunkles Haar war zu zwei Zöpfen geflochten. Sie trug eine Lederkombi, die Jacke riss sie sich ungeduldig von den Schultern. „Frau Jung? Ich bin Jacky Werner und soll Sie vernehmen." Sie reichte mir die Hand. „Meine Kollegen sind gerade sehr beschäftigt, deshalb haben sie mich gebeten, das Protokoll aufzunehmen." Sie wirkte jung, jünger als ich. Ich folgte ihr in ein kleines Büro, das sie mit jemandem teilte, jedoch im Moment verlassen war. Was ich ihr erzählte, schrieb sie sorgfältig in ein großes Notizbuch, in regelmäßiger Handschrift.

Dann hob sie den Kopf und warf mir einen skeptischen Blick zu.

„Wissen Sie, was sie behauptet? Also die Beschuldigte Bentin?"

Ich schüttelte den Kopf.

„Sie gibt zu, dass sie sich über Heimke gebeugt hat. Damals, als es passiert ist, meine ich. Aber sie sagt, da war sie schon tot."

Das war genau das, was ich befürchtet hatte. Jetzt würden sie wieder mich verdächtigen. Ich holte tief Luft.

„Ich war es auch nicht! Glauben Sie mir etwa nicht?"

Sie beschwichtigte mich: „Doch, doch. Ich glaube Ihnen. Aber merkwürdig ist es schon, dass Sie beide sie erst gesehen haben wollen, als es schon passiert war …" Nachdenklich stützte sie den Kopf in die Hände und starrte auf den Bildschirm ihres Computers, als stünde dort die Lösung des Rätsels geschrieben.

„Sie lügt doch!", wandte ich ein.

„Wahrscheinlich", seufzte sie. „Doch sie hat immerhin zugegeben, dass sie Ihr Auto angezündet hat. Ich weiß nicht … Es gibt noch eine dritte Möglichkeit … aber darüber darf ich nichts sagen." Dann hämmerte sie meine Aussage in die Tastatur und ließ mich unterschreiben.

„Werde ich erfahren, wer es gewesen ist? Wenn es Alexa auch nicht getan hat, bin ich vielleicht in Gefahr …"

„Dazu kann ich nichts sagen. Ich helfe hier nur aus und kenne den Fall nicht im Einzelnen. Die Beschuldigte wird immer noch vernommen. Falls Sie sich unsicher fühlen, sprechen Sie lieber mit Frau Kanther. Frau Bentin bleibt jedenfalls erst mal hier. Sie wird dem Haftrichter vorgeführt." Sie stand auf und blinzelte verschwörerisch. „Eigentlich darf ich Ihnen das gar nicht sagen, aber Sie erfahren es ja doch", setzte sie hinzu. Komisch, dasselbe hatte Dana Kanther neulich zu mir gesagt. Vielleicht wirkte ich verschwiegen genug, um diese Dienstgeheimnisse zu bewahren …

Als ich das Gebäude verließ, atmete ich auf. Alexa

würde in Untersuchungshaft kommen, da war ich mir sicher. Selbst wenn man ihr den Mord an Heimke nicht nachweisen konnte, kam einiges an Straftaten zusammen. Und ohne festen Wohnsitz war sie offensichtlich auch noch.

~

Ein mulmiges Gefühl machte sich in meiner Magengegend breit, als ich an die breite gelbe Tür zu Zimmer 325 klopfte und sie vorsichtig öffnete. Ich hatte mich die ganze Nacht von einer Seite auf die andere gewälzt. Mich gefragt, wie es ihm ging, ob er meinen Brief wohl gelesen hätte, was genau passiert war, ob er mir verzeihen würde …

Um fünf Uhr hielt ich es nicht mehr aus. Ich fuhr zur Arbeit, die ich gestern liegengelassen hatte. Gegen neun Uhr hatte ich das Empire State Building aus Akten auf die Maße eines größeren Einfamilienhauses reduziert. Pawel hatte nichts dagegen gehabt, dass ich meine Mittagspause vorverlegte, um Leo zu besuchen.

„Sie sind viel zu zappelig. Fahren Sie schon", hatte er gesagt und mir zugezwinkert.

Und jetzt stand ich hier und wagte kaum, das Krankenzimmer zu betreten. Ich steckte zuerst meinen Kopf durch die Tür. Leo lag allein in dem kleinen Raum. Ein Rollo hielt die gleißende Sonne ab, die in das Fenster fiel. Er hatte die Augen geschlossen, an seiner linken Hand waren einige Kanülen befestigt. Hinter ihm gab ein kleiner Monitor Leos Herzschläge wieder. Etwas in mir krampfte sich bei diesem Anblick zusammen. Ich trat ein, blieb aber an der Tür stehen.

„Hallo, Leo", hauchte ich schüchtern. Seine Augenlider flatterten, und er öffnete die Augen. *Jetzt oder nie*, befahl mein Stolz, und gehorsam setzte ich mich in Bewegung, auf sein Bett zu. Er war blass, sein Gesicht wirkte angespannt. Tiefe Ringe unter den Augen verrieten seine Erschöpfung. Zögernd setzte ich mich auf einen Stuhl, der neben seinem Bett stand, während er mich nicht aus den Augen ließ, ohne eine Gefühlsregung zu zeigen. Mir sank der Mut.

„Dass du hier bist", flüsterte er. Seine Züge schienen sich zu entspannen.

„Ja, ich bin hier, Leo." Mein Herz drängte sich pochend gegen meinen Brustkorb.

„Ich hatte dich nicht … erwartet."

Tränen schossen mir aus den Augen. Ich griff nach seiner Hand und drückte sie.

„*Tesoro* …" Weiter kam er nicht, denn ich setzte mich vorsichtig auf sein Bett und beugte mich zu ihm, um ihm einen Kuss auf die Wange zu hauchen. Doch er wandte den Kopf, sodass unsere Lippen aufeinandertrafen. Ich schloss die Augen, vertiefte mich in seine überwältigende Nähe. Er ließ meine Hand los und strich mir über den Rücken, ganz langsam, während seine Lippen sich öffneten und er mir spielerisch in die Unterlippe biss. Wie von allein wanderte meine rechte Hand in sein Haar, vergrub sich darin, als wolle sie nie wieder loslassen. Sanft schob er mich ein Stück von sich weg, als er merkte, dass meine Tränen auf sein Gesicht tropften. Ein Lächeln stand in seinen Augen. Verstohlen wischte ich mir im Gesicht herum, wusste nicht, ob ich lachen oder weinen sollte.

„Ich habe … deinen Brief gelesen", brachte er hervor, leise, mit brüchiger Stimme.

„Leo, ich … es …", stotterte ich.

Er nickte einfach nur. „Ich muss wohl um Verzeihung bitten. Schon wieder." Es klang resigniert.

Vergeblich versuchte ich, einen Schluchzer zu unterdrücken. Als wenn ein Damm gebrochen wäre, stürzte alles auf mich ein. Ich schlug die Hände vors Gesicht, fühlte, wie sie nass wurden, und biss mir auf die Lippen.

Er legte mir eine Hand aufs Knie. „Ich habe dich vermisst."

Ich schniefte auf. Trotz meiner Tränen musste ich lächeln. „Ich dich auch. Bist du noch – noch böse?"

„Nur ein bisschen", sagte er, und die Lachfältchen in seinen Augenwinkeln machten sich selbstständig. „Du hast mich gestalkt. Musst du mir bei Gelegenheit erzählen, wie du das gemacht hast." Das Grübchen in seiner Wange erschien. Er hob die Hand, um mit dem Daumen ein paar Tränen aus meinem Gesicht zu streichen.

„Aia, cazzo di merda", fluchte er, und sein Gesicht verzerrte sich vor Schmerz. Er zog seine Hand zurück und schloss kurz die Augen. Ich betrachtete ihn, ohne etwas zu sagen, rührte mich nicht von der Stelle und tastete nur vorsichtig nach seiner Hand.

„Ist es sehr schlimm?", brachte ich schließlich heraus. Merkwürdig, wie wenig Worte man in solchen Momenten hat. Er schlug die Augen wieder auf, ein grüngoldenes, sanftes Funkeln lag darin. Ich ertappte mich bei dem Wunsch, mich auf ihn zu stürzen und ihn abzuküssen.

„Oh ja. Die verdammte Scheiße tut ziemlich weh, das kannst du glauben", stöhnte er, bekam aber das Lächeln dabei nicht aus dem Gesicht.

„Wie hast du das hier" – ich deutete auf all die Kanülen und sein Bett – „hingekriegt?" Jetzt musste ich auch lächeln.

„Mangelnde Eigensicherung, würde mein Chef sagen." Er verdrehte die Augen. „Wir haben ihn festgenommen und er hat getobt wie ein wildes Tier. Dabei hat er mich getreten. Wir mussten ihn zu viert bändigen."

„Wen?"

„Diesen Küster. Ich habe dir von ihm erzählt."

Leo und zwei Kollegen hatten seine Wohnung durchsucht. Nachdem sie die verlassene Kleingartenanlage gefunden hatten, entdeckten sie, dass dort Geld aus einem Bankraub vergraben gewesen war. Und der Bankräuber war der Zellengenosse dieses Küster gewesen. „Und bingo. Wir haben einen Rest von dem Geld gefunden. Er hat Lamberti umgebracht“, schloss er nicht ohne Genugtuung in der Stimme. Küster hatte Leo die Rippen gebrochen und seinem Kollegen das Jochbein zertrümmert. „Der ist schlimmer dran als ich. Ich hätte nie gedacht, dass ein so fetter Mensch so gelenkig sein könnte“, bemerkte er.

„Ich weiß nicht, ob ich dir dazu gratulieren sollte, bei diesem Ergebnis.“

Leo seufzte, zuckte dann aber zusammen. „Scheiße, die Wirkung lässt nach“, murmelte er. Auf seiner Stirn begannen sich kleine Schweißperlen zu bilden, und sein Atem ging flacher.

„Soll ich die Schwester rufen?“

Er schüttelte den Kopf und kramte unter der Bettdecke, holte ein kleines Gerät hervor und drückte darauf einen Knopf. Es dauerte nur wenige Sekunden, bis sich seine Gesichtszüge entspannten. Er deutete auf eine der Kanülen, die in seinem Handrücken verschwanden. „Selbstdosierer für Schmerzmittel. Ohne das wäre es nicht auszuhalten“, erklärte er und schloss die Augen.

„Kann ich denn gar nichts für dich tun?“ Mit Freuden hätte ich ihm seinen Schmerz abgenommen. Wenigstens die Hälfte davon.

„Komm´ wieder nach Hause.“ Er lächelte träge.

„Willst du mich denn noch?“

„Selbstredend“, murmelte er, nun zunehmend undeutlich. Das Schmerzmittel machte ihn schläfrig. „Wenn du mich noch nimmst, nachdem ich …“ Er drehte den Kopf beiseite und schwieg. „Ich muss dir noch etwas sagen, bevor … aber nicht jetzt“, nuschelte er, und dann, noch leiser: „Ich liebe dich.“

„Ich liebe dich auch“, flüsterte ich, aber er schien es nicht mehr zu hören.

Plötzlich begann an dem Monitor hinter seinem Bett etwas laut zu piepsen, und wenige Sekunden später hörte man eilige Schritte auf dem Flur. Die Tür wurde aufgestoßen, und herein kamen eine junge dunkelhaarige Ärztin und zwei aufgeregte Schwestern. Ich sprang auf, starr vor Schreck. Sie schoben mich beiseite, eine der Krankenschwestern bedeutete mir, das Zimmer zu verlassen, während die Ärztin knappe Anweisungen erteilte und eine Spritze aufzog.

„Wenn er das noch mal macht, nehmen wir ihm das Spielzeug weg“, hörte ich sie schimpfen, während ich von der Schwester vor die Tür geschoben wurde.

„Er hat zu viel von dem Zeugs genommen“, flüsterte sie mir zu. „Kommen Sie morgen wieder. Oder nachher. Wir müssen seinen Kreislauf stabilisieren.“

Anstatt zu gehen, tigerte ich im Flur vor seinem Zimmer auf und ab. Vor meinem inneren Auge lief ein Film, wie sie um ihn herumstanden, mit Spritzen und Messgeräten hantierten. Die scharfe Stimme der Ärztin hallte in meinen Ohren nach. Nach einer gefühlten Stunde kamen sie aus Leos Zimmer, und ich stellte mich ihnen in den Weg.

„Wie geht es ihm? Wird er wieder gesund?“, bedrängte ich die Ärztin. „Ich bin seine Verlobte. Bitte, sagen Sie es mir.“

Mit einem gezwungenen Lächeln antwortete sie: „Er hat sich drei Rippen gebrochen. Eine mussten wir richten und den Lungenriss schließen. Das tut weh, aber es geht vorbei. Er hat sich zuviel von dem Schmerzmittel injiziert. Aber jetzt ist er stabil. Das darf nicht noch einmal passieren, sonst ist es aus mit der Pumpe! Sagen Sie ihm das!“

Damit stürmte sie an mir vorbei, dem nächsten Notfall entgegen.

„Ich werde aufpassen", rief ich ihr hinterher. Irrte ich mich, oder hörte ich ein wütendes Schnauben aus ihrem Mund?

Leo nickte erschöpft, als ich noch einmal zu ihm hineinschlüpfte und mich verabschiedete.

„Wenn diese Xanthippe hier noch einmal reinkommt und mich traktiert, hau ich ab."

Das erwies sich zum Glück als unnötig. In den nächsten beiden Tagen lebte er zusehends auf.

Ich musste ihm bei meinen Besuchen berichten, wie ich das mit seiner Kostümierung herausgefunden hatte. Als ich ihm die Verfolgungsjagd mit Max gestand, brummte er: „So wenig Zutrauen hast du also zu mir." Bei Erwähnung der lila Perücke musste er dann aber trotz Schmerzen herzlich lachen.

Sie hatten die Kostümierung tatsächlich als Tarnung benutzt, um im Rotlichtmilieu unauffällig zu ermitteln. Die Perücke habe jedoch so grässlich ausgesehen, dass Leo sie durch eine andere ersetzt habe (die ihm nicht minder schlecht stand, wie ich fand).

„Was mich nur so irritiert hat, ist dein gekonntes Powackeln." Das löste einen weiteren Heiterkeitsanfall bei ihm aus.

„Bring mich nicht zum Lachen, das tut sauweh", stöhnte er. „Ich hab mit meinen Schwestern geübt. Die können das aus dem Effeff." Er grinste.

Ich wagte nicht, die gelöste Stimmung durch die Frage zu zerstören, was er denn so dringend vor mir geheimhalten musste. Auch er vermied das Thema.

Als ich am dritten Tag nach der Arbeit zu ihm kam, wedelte er triumphierend mit der linken Hand, auf der nur noch ein Pflaster klebte. „Sie haben mich abgestöpselt! Komm her!" Ich küsste ihn auf den Mund. Mit beiden

Händen umfasste er meinen Kopf, hielt mich so fest, und er drängte seine Zunge zwischen meine Lippen, was ich nur allzu gern erwiderte. Seine Zärtlichkeit löste ein sanftes Prickeln bei mir aus, das sich bis in meinen Schoß ausbreitete. Er schien es zu fühlen, holte tief Luft, und fuhr mit den Händen an meinem Hals hinab, bis zu meinen Brüsten, die er behutsam umfasste. Deren Spitzen wurden augenblicklich hart, es fühlte sich an, als wollten sie meinen dünnen BH durchstoßen.

„*Mamma mia*", flüsterte er, „ich hätte fast vergessen, wie gut du dich anfühlst."

„Ich habe nicht vergessen, wie gut *du* dich anfühlst", gab ich zurück. Ich konnte der Versuchung nicht widerstehen und schob meine Hand unter seine Bettdecke, erfühlte dort seine steinharte Erektion. Er gab ein unterdrücktes Stöhnen von sich, während meine Finger sich unter seine Pyjamahose stahlen und sich fest um seinen Schwanz schlossen. Ich begann ihn zu massieren, in leichten Auf- und Ab-Bewegungen, und ein Zucken ging durch seinen ganzen Körper. Mit seiner Zunge im Mund ahmte ich die Bewegungen meiner Hände nach. Er packte meine Brüste, voller Gier, und gleichzeitig darauf bedacht, dass ich mit meinem Oberkörper nicht auf seinem zu liegen kam.

Fast wäre uns das Klopfen an der Tür entgangen. Wir fuhren auseinander wie zwei ertappte Teenager, und ich sprang auf, als hätte mir jemand eine Nadel in den Hintern gejagt. Zugleich fühlte ich, wie flammende Hitze meine Wangen überzog. Ach du Scheiße.

„Na, stören wir?" Johannes stand breit grinsend vor uns, neben sich Laura, die sich bei ihm untergehakt hatte. „Sollen wir noch mal kurz rausgehen?" Laura rammte ihm den Ellenbogen in die Rippen, hatte aber ebenfalls Mühe, sich ein Grinsen zu verbeißen.

Leo gewann als erster die Fassung wieder. „Kommt drauf an, was du unter ‚kurz' verstehst."

„Äh, sorry, ich muss mal", murmelte ich und nahm die Beine in die Hand, um mich auf dem nächsten Klo zu verkriechen. Ich inspizierte mein Äußeres. Gottseidank war es nur wenig ramponiert. Lediglich meine Bluse war einen Ticken zu weit aufgeknöpft, und mein Haar war etwas durcheinander geraten. Trotzdem verbrachte ich noch einige Minuten auf dem Klodeckel sitzend, in der Hoffnung, die Röte in meinem Gesicht und die Hitze zwischen meinen Beinen würden abklingen. Ich versuchte, an eine kalte Dusche zu denken, aber es gelang mir nicht. Ich war einfach verrückt nach ihm.

Als ich zurückkam, war es an Laura und Johannes, ein verlegenes Gesicht zu machen, während sich auf Leos Zügen ein siegesgewisses Schmunzeln malte. Ich hatte gerade noch gehört, wie er etwas von „verknallt bis über beide Ohren" sagte, bevor ich eintrat. Und tatsächlich gaben beide das perfekte Bild eines verliebten Pärchens ab. Johannes gewann schnell seine gewohnte Gelassenheit wieder und legte einfach den Arm um Laura, die sich – wenn auch erst nach einigem Zögern – an seine Schulter lehnte.

„Wow!", entfuhr es mir.

„Das hab ich auch gedacht, als ich sie das erste Mal gesehen habe", entgegnete Johannes und bedachte seine Angebetete mit einem zärtlichen Blick. Lauras Wangen färbten sich zartrosa. „Und jetzt Prost! Auf Leos Gesundheit." Damit holte er aus einem Rucksack, den ich bisher nicht bemerkt hatte, vier Dosen eiskaltes Bier und verteilte sie unter uns. Leo strahlte.

„Leo, das darfst du bestimmt nicht", wandte ich ein.

Laura bestätigte, dass Alkohol zusammen mit Schmerzmitteln nicht das Richtige seien.

„Quatsch", widersprachen beide Männer wie aus

einem Mund. „So ein winzig kleines Bierchen wird schon keinen Schaden anrichten", fügte Leo hinzu. „Außerdem weiß es ja keiner."

„Und wenn die Xanthippe wiederkommt?"

„Pah, die hat Feierabend."

Einspruch abgelehnt, würde ich sagen. Wir Frauen ergaben uns der Übermacht.

OFFENBART

„Straßenmordfall endlich aufgeklärt? Polizei gibt Festnahme zweier Verdächtiger bekannt!" Diese Schlagzeile leuchtete mir auf dem Heimweg am Zeitungskiosk in der U-Bahn entgegen, darunter war ein verpixeltes Bild einer blonden Frau zu erkennen. Ich kaufte ein Exemplar der Berliner Neuesten Nachrichten, um den Artikel zu lesen, und schaffte es nur knapp, in den Zug zu springen, während ein donnerndes „SSuuuurrückblei´m, verdammt noch mal!" durch die Lautsprecher hallte.

„Berlin-Schöneberg. Wie gestern bekannt wurde, gelang es der Polizei, den Straßenmord an der 30-jährigen Heimke I. aufzuklären (wir berichteten). Gegen die ehemalige Lebensgefährtin der Ermordeten, die auf offener Straße erstochen wurde, erging Haftbefehl, ebenso gegen den Bruder der Lebensgefährtin. Beide bestreiten die Tat, ‚die Beweislast sei aber erdrückend', wie aus Polizeikreisen verlautete. Bereits im April wurde eine entfernte Bekannte der Toten festgenommen, musste dann aber aus Mangel an Beweisen wieder freigelassen werden. ‚Wir ermitteln gegen beide noch in zwei weiteren Mordfällen', so die Sprecherin der Mordkommission, Dana Kanther. Es sei nicht ausgeschlossen, dass noch ein weiterer Mittäter in die Sache verwickelt sei. Nach ihm werde bereits gefahndet."

Puhh. Hatten sie neben Enrica und Heimke noch jemanden auf dem Gewissen? Ich erinnerte mich an die Zeitungsmeldung, die mir Lucas neulich zu lesen gegeben hatte – war da nicht auch jemand, der auf offener Straße erstochen wurde – einfach so?

21 Uhr 16 zeigte die Bahnhofsuhr beim Aussteigen. Gute Zeit für einen Absacker bei Franz. Schlafen würde ich sowieso erst wieder können, wenn Leo neben mir lag (was hoffentlich morgen der Fall sein würde) und wir unsere Leidenschaft ausgelebt hätten … also konnte ich auch genauso gut im „Randale“ vorbeischauen.

„Frau Anwältin! Welche Freude, Sie zu sehen!“ Bernie Hofreiter hob sein Glas und winkte mich zu sich an den Tresen, wie immer ein schiefes Grinsen im Gesicht. Es schien nicht sein erstes Bier zu sein, seine rotblonden Haare waren ein wenig verstrubbelt und seine Augen gerötet. Wahrscheinlich kam er gerade von der Probe mit seiner Rockband, die zumeist von Alkoholischem begleitet wurde. „Schick, schick, junge Frau. Ist das dein Dienstoutfit?“

„Mensch, det siehste doch“, bemerkte Franz, der über beide Backen strahlte, als er mich sah. „Nu kann se doch nich´ mehr dauernd in Jeans rumloofen. Wer soll ihr denn da det Plädoyer glooben?“ Wir lachten und tauschten die letzten Neuigkeiten aus.

Neben Bernie tauchte ein lederbewamster junger Kerl auf. Seine Kluft wirkte an dem schmächtigen Typen wie eine Verkleidung, man hätte ihn eher im biederen Anzug eines Versicherungsvertreters vermutet. Nur hätten seine gepiercten Ohren den seriösen Eindruck wieder zunichte gemacht.

„Ey Bernie, ich komme von Bart. Er sagt, du könntest mir helfen“, fiel er uns ins Wort. Franz und Bernie tauschten finstere Blicke. Dann wandte Bernie sich um.

„Sag´ deinem Bart Simpson, der soll mir den Buckel

runterrutschen“, brummte er. „Warum sollte ausgerechnet ich dir helfen?“ Der kleine Rocker stützte die Arme auf den Tresen und sah ihn von unten her an.

„Du weißt schon, warum.“

Bernie zuckte zusammen. „Nee. Weiß ich nicht.“

Der verhinderte Versicherungsvertreter trat von einem Bein auf das andere. „Er hat was für dich getan.“

„Aber nicht du. Ich kenn´ dich nicht.“

Die Augen des Jung-Rockers verengten sich. „Betrachte es als Gefallen, den du ihm tust. Sonst …“

„Sonst was?“

„Nimmt er seinen Gefallen zurück. Du schuldest ihm was.“

„Den Gefallen hat er nicht mir getan. Und ich tu dir auch keinen.“ Bernies linkes Augenlid begann zu zucken.

„Wenn er dem wat schuldet, dann ´ne Tracht Prügel“, ließ sich Franz vernehmen. „Dieser Arsch hat hier Hausverbot. Und det kriegste ooch gleich, wennde so weitamachst.“

„Nun lass mich doch mal ausreden.“ Der junge Typ setzte eine wichtige Miene auf. „Er hat dich damals da rausgehauen, hast du wohl vergessen.“

„Das ist verjährt. Inzwischen hat er mich wieder in die Scheiße geritten.“

„Das war nicht seine Schuld.“

Bernie grunzte verächtlich. „Nee, der hat wohl ganz aus Versehen mit dem Messer rumgefuchtelt und den Typen angestochen. Nett von ihm, dass er den Verdacht dann auf mich gelenkt hat.“

Ich erinnerte mich daran, wie ich Leo kennengelernt hatte: auf der Suche nach Bernie Hofreiters Alibi für eine Messerstecherei, die er nicht begangen hatte.

„Hör mal, ich brauche für eine Nacht ein Dach über dem Kopf. Das ist doch nichts Schlimmes“, erwiderte der

Typ jetzt. Ein gehetzter Ausdruck huschte über sein Gesicht.

Bernie wandte ihm seinen imposanten Brustkorb zu und maß ihn von Kopf bis Fuß mit den Augen.

„Geh zu deinem Bart in den Knast. Kannst dir ja ne Zelle mit ihm teilen. Wahrscheinlich gehörst du da sowieso hin. Sind die Bullen hinter dir her?"

Das Gesicht dieses Rockers verlor an Farbe, in seine Augen schlich sich ein undefinierbares Glitzern. Fast sah es so aus, als fühle er sich ertappt.

„Das wird dir noch leid tun", sagte er und verließ ohne weiteres Wort das Lokal.

„Wat schleppste mir bloß imma für Typen an", beschwerte sich Franz und warf sich ein Geschirrtuch über die Schulter, um mit beiden Händen Biere anzuzapfen. „Wat haste mit die blöden Rocker zu schaffen?"

Aus Franz´ Mund klang das echt komisch, sah er doch selbst wie ein Rocker aus: Kahlkopf, tätowierte Unterarme und über dem karierten Hemd eine Lederweste.

„Die hängen irgendwie an mir, dabei bin ich seit zehn Jahren da raus", erwiderte Bernie resigniert.

„Wenn der nich´ mit kräftigere Freunde wiedakommt, fress´ ick nen Besen. Ick will die nich´ hier haben. Denn gehen hier die Bullen wieda ein und aus! Sorry, Sabina, ick wollte natürlich deinem Leo nich zu nahetreten."

So lange ich bei Franz arbeitete, hatte ich nur zweimal erlebt, dass Polizisten diesen Laden betraten. Einmal ein paar uniformierte Beamte, die herauszufinden suchten, wer vor dem Lokal in zweiter Reihe geparkt hatte. Und das andere Mal war es Leo mit seiner Kollegin, die Bernies Alibi überprüften.

Franz hatte sich erst geweigert, die Polizei zu rufen, nachdem neulich die beiden Rockertypen ihm Geld abpressen wollten. Stattdessen hatte er sich der Übermacht geldgieriger Rocker mithilfe einiger kräftiger Security-

Leute erwehrt, die seitdem in seinem Lokal Wache gehalten hatten.

„Aba denn kamen welche mit Baseballschlägern“, erzählte er. „Da hab ick doch Fracksausen jekriegt und die Bullen jerufen.“ Es gab Personalienfeststellungen und eine Verhaftung. „Seitdem is erst ma Ruhe.“

Bernie machte ein geheimnisvolles Gesicht.

„Wat kiekste so?“, erkundigte sich Franz.

„Ich – also ich war bei Bart. Der Typ eben wusste das wohl.“

Bernie hatte tatsächlich diesen Bart darum gebeten, Franz´ Lokal in Ruhe zu lassen.

Franz schnaubte. „Det wussten die Typen aber nich, die da vor die Tür standen.“

Bernie zuckte die Achseln. „Bart hat mir nichts versprochen. Der ist sauer. Hat mich rausgeschickt.“

„Warum solltest du dann ausgerechnet seinem Jungrocker einen Gefallen tun?“, wollte ich wissen.

„Der glaubt wohl, wenn er den Namen Bart erwähnt, puste ich ihm Goldstaub in den Hintern. Ausgerechnet ich!“

Franz stöhnte. „Wie kommt der auf dich? Ick dachte, du bist seit zehn Jahren da raus aus die Verbrecherbande!“

Bernie wand sich verlegen. „Der Bart ist mein … also, er ist mein Halbbruder. Ich habe ihn erst kennengelernt, als ich 18 war. Meine Mutter hat jeden Umgang mit meinem Alten verhindert, nachdem die sich getrennt hatten. War mir auch recht.“ Ein bitterer Zug erschien um seine Mundwinkel. „Mein Alter hatte vorher ´ne andere Frau. Er hat nie darüber gesprochen, dass er noch ´nen Sohn hatte. Ich hab das erst herausgefunden, als ich volljährig war. Am Anfang fand ich es klasse, einen älteren Bruder zu haben. Er hat mich tatsächlich mal rausgehauen. Ich hab´ ne Dummheit gemacht, und er hat mich damals gerettet. Aber dann …“ Er zuckte hilflos mit den

Schultern. „Er sitzt jetzt und glaubt, ich bin schuld. Die Messerstecherei, ihr wisst schon. Der hoffte wohl, dass ich dafür eingebuchtet werde.“

„Det gloob ick jetz nich`!“ Franz stand der Mund offen. „Wenn de deinen Bruder in den Knast jebracht hast, wird der sich doch rächen wollen.“

„Der sitzt alles zusammen jetzt zehn Jahre ab. Die Sache mit dem Messer war nur das I-Tüpfelchen. Hatte noch so ein paar andere Sachen auf dem Kerbholz. Also er sitzt nicht wegen mir. Sondern nur, weil ich ein Alibi für die Nacht hatte, als das mit der Messerstecherei passiert ist. Wenn er rauskommt, ist er fast fünfzig. Ist noch lange hin. “

Franz schüttelte den Kopf. „Det will mir nich jefallen, det der seine Tentakel imma noch nach dir ausstreckt.“

„Es wird nichts passieren, Franz. Bis der raus ist, ist längst Gras über die Sache gewachsen. Der weiß, dass ich nichts dafür kann. Ist eben bloß sauer. Aber blöd ist er nicht.“

„Na woll´n wa det ma hoffen.“

„Ist dir nicht gut?“ Ich versuchte, in Leos Gesicht zu lesen. Es war sein letzter Abend im Krankenhaus, morgen durfte er endlich nach Hause. Er sah blass aus und ernst, ganz anders als in den vergangenen Tagen.

Er setzte ein Lächeln auf, das gezwungen wirkte, und schwang vorsichtig die Beine aus dem Bett.

„Hier gibt es einen Garten“, sagte er statt einer Antwort. „Lass uns dahin gehen.“ Anspannung machte sich auf seinem Gesicht breit, als er seinen Pyjama gegen eine schwarze Jogginghose und ein T-Shirt tauschte. Er schien Schmerzen zu haben. Auf der linken Seite war trotzdem nicht mehr als ein überdimensionales Pflaster zu sehen, unter dem die winzig kleine Naht lag, mit der sie die Operationswunde geschlossen hatten. Die Ärzte hatten angekündigt, dass die Heilung mehrere Wochen dauere und die Schmerzen nur langsam nachlassen würden.

Der Garten erwies sich als kleines, parkartiges Anwesen mit hohen Bäumen, Spazierwegen und einigen Parkbänken, die um diese Uhrzeit spärlich besetzt waren. Die meisten Patienten waren bereits wieder in ihren Zimmern, um die Tagesschau zu gucken. Untergehakt steuerten wir eine abgelegene Bank an, die von einer halbhohen Hecke umgeben war.

Er setzte sich mit einem leisen Schmerzenslaut, und ich tat es ihm gleich. Er faltete seine Hände zwischen den Knien und blickte nachdenklich in die Baumwipfel.

„Sabina", begann er, „ich hätte dir das, was ich dir jetzt sage, schon längst sagen sollen. Vielleicht wäre uns dann so mancher Krach erspart geblieben. Es tut mir leid. Ich dachte einfach, du könntest es nicht verstehen."

Ich kannte diesen melancholischen Gesichtsausdruck. Immer wieder gab es diese Momente, in denen er abwesend wirkte, wie in einer anderen Welt. Niemals hatte er mir verraten wollen, was ihn in diesen Augenblicken beschäftigte. Ich hielt den Atem an und nickte nur.

Er schaute auf seine Hände, bevor er weitersprach: „Sicher hast du dich gefragt, warum ich hinter diesem Typen, diesem Küster, so hinterher bin. Du hast dich nie richtig beklagt, außer diesem einen Mal, auf dem Parkplatz an der Avus. Vielleicht denkst du, ich arbeite immer so. Hattest vielleicht Angst, dass unser Leben immer so verläuft, dass du auf mich warten musst und dass wir keine Zeit mehr haben füreinander."

Was sollte ich dazu sagen? Es stimmte. Bis zu dem Moment, als ich das Gespräch zwischen Leo und Freddy mithörte. „Für eine Weile hätte ich das ertragen", sagte ich. Es war noch nicht mal gelogen. Er nickte.

„Ja sicher. Hast du ja auch. Ich mute es dir kein weiteres Mal zu.“

Ich schwieg, voll banger Neugier, was er mir jetzt gestehen würde. Er warf einen prüfenden Blick auf mein Gesicht. Vielleicht hoffte er, ich würde ihm ersparen, jetzt weiterzureden. „Jetzt sag´ s mir einfach“, lächelte ich, obwohl ich immer noch nicht wusste, was mich erwartete.

„Erinnerst du dich an Menzow – wie wir nach der Ruderregatta dort waren und Cedric anrief?“

„Wie könnte ich das je vergessen.“ Versonnen beobachtete ich eine Amsel, die eifrig über den Rasen hüpfte und nach diversem Gewürm jagte. Und dachte dabei an diese Nacht, in der wir uns leidenschaftlich versöhnt hatten. Die Nacht, in der Annick, die Tochter von Nick, geboren wurde. „Du hast da gesagt, du nimmst Abschied von einem Scheißgefühl.“

„Ich war blöd, es dir nicht schon dort zu erzählen. Aber egal.“

Jetzt red´ schon, Mann, entfuhr es meinem Stolz, der neugierig durch seine riesigen Brillengläser starrte. Ich versetzte ihm einen gedanklichen Fußtritt, und er zog sich beleidigt zurück.

„Ich habe Abschied genommen von – von *jemandem.* Von einem Gefühl für jemanden. Für eine Frau, die ich mal geliebt habe. Sie hieß Sevim, und ich kannte sie seit der Schule. Sie kam in meinen Kurs, in der elften Klasse. Ich kannte sie vorher nicht. Aber es war – wie Blitz und Donner.“

Ich blickte auf. „Das ist nichts, wofür du dich entschuldigen musst. Es wäre komisch, wenn es vor mir niemanden gegeben hätte.“

Er lächelte etwas verloren. „Sicher. Aber sie – sie hat mein Leben beherrscht bis vor ein paar Tagen. Obwohl sie seit 12 Jahren – tot ist.“

Er sah an mir vorbei, nach vorn auf den Rasen, dessen Grün in der Abendsonne hell leuchtete.

Ich wagte nichts zu sagen, aber in mir dämmerte die Erkenntnis herauf, was es mit dem Bild in Leos Schreibtischschublade auf sich hatte. Er hatte sie von der Wand genommen, als er mich kennenlernte. Ich war nicht sicher, ob ich das als netten Zug von ihm ansehen sollte.

Bedächtig fuhr er fort: „Sie wollte zuerst nichts von mir wissen, und ich habe mich auch nicht an sie herangetraut. Aber ich kam auf die Idee, ihr in Mathe zu helfen. Da war sie keine Leuchte. Ich schlug meiner Lehrerin vor, uns nebeneinander zu setzen, und sie tat es – das werde ich ihr nie vergessen. Dann konnte ich Sevim überreden, sich mit mir zum Matheüben zu treffen. Es dauerte ein paar Wochen, bis ich mich endlich traute, sie zu fragen, ob sie mit mir gehen will. Wenigstens mal probeweise." Er sah zu Boden, in Erinnerungen versunken.

„Sie lachte, und ich dachte, sie macht sich lustig über mich. Aber dann sagte sie, ‚erst will ich wissen, wie du küsst'. Also küsste ich sie. Danach war alles anders. Offenbar hat es ihr gefallen. Jedenfalls waren wir von da an unzertrennlich. Sie hat mir – alles über Sex beigebracht."

Dann war sie eine gute Lehrerin. Und er ein gelehriger Schüler, dachte ich.

„Jedenfalls sind wir nach dem Abi zusammengezogen. In eine Vierer-WG. Nach dem Studium wollten wir heiraten. Wir waren uns so sicher ..."

„Du hast studiert?", rutschte es mir heraus.

„Hör mir bis zum Ende zu. Ja, ich habe studiert. Betriebswirtschaft. Aber dann kam alles anders."

Mit spröder Stimmer brachte er die nächsten Sätze hervor: „Wenn sie wütend war, dann ging sie oft hinunter in die Kneipe auf der anderen Straßenseite. Sie trank etwas, traf dort Freunde und kam dann nachts beschwipst nach Hause. Oder sie holte sich Zigaretten und qualmte auf der Straße. Aber immer haben wir uns in derselben Nacht noch versöhnt. Sie – sie war nie nachtragend. Ich habe sie sogar geliebt, wenn sie so wütend war. Ich hätte ihr alles verziehen.

Eines Abends kam sie nicht wieder. Ich ging hinunter in die Kneipe, aber da war sie nicht. Ich rief ihre Eltern an, vergeblich. Am nächsten Morgen wurde ich ins Krankenhaus gerufen. Sie …" Er brach ab, und ein Ausdruck von unaussprechlichem Schmerz erschien auf seinem Gesicht. Er bedeckte es mit den Händen. Meine Hand stahl sich unter sein T-Shirt, und ich streichelte vorsichtig seinen Rücken.

Er fuhr fort, immer noch mit den Händen vor seinem Gesicht. „Sie wurde überfallen. Ein Typ hat sie ins Gebüsch gezerrt. Ihr mit Faustschlägen das Jochbein gebrochen. Und dann hat er sie vergewaltigt. Als ich sie sah, mussten sie mir eine Kreislaufspritze geben … sie war grässlich zugerichtet. Er hat sie geschlagen, gewürgt und mit einem Messer traktiert. Sie lag drei Tage im künstlichen Koma. Jemand hatte sie beim Gassigehen mit seinem Hund gefunden und die Feuerwehr gerufen. Es – es ist fast direkt vor unserer Haustür passiert."

Jemand schien ein Seil um meine Brust geschlungen zu haben, das sich immer fester zuzog. Er sank weiter in sich zusammen. Ich rückte näher an ihn heran und hielt ihn fest, die Hand immer noch unter seinem Shirt. Seine Hände verschlangen sich ineinander und seine Fingerknöchel wurden weiß.

„Danach hat sie mich nie wieder an sich herangelassen. Sie sagte, sie liebt mich – aber ich durfte sie nicht anfassen. Noch nicht einmal die Hand halten. Sie hat sechsmal am Tag geduscht, so sehr hat sie sich vor sich selbst geekelt.

Nach zwei Wochen ist sie zu ihren Eltern zurück. In ihr kleines Teenagerzimmer, das sie so gehasst hat. Wir trafen uns, redeten, aber sie konnte mir noch nicht einmal in die Augen sehen. Sie braucht Zeit, hat sie gesagt. Und ich habe das geglaubt …" Er schlug sich mit der Hand vor die Stirn. Ich sah eine Träne an seiner Wange herablaufen, und das traf mich mitten ins Herz.

„Sechs Wochen später war sie tot. Hatte sich vom Balkon gestürzt, als keiner da war." Seine Stimme war brüchig. Er verbarg das Gesicht in seinen Händen, und seine Schultern zuckten. Es lief mir kalt den Rücken herunter.

„Das ist nicht alles", flüsterte er. „Sie haben sie aufgemacht und festgestellt, dass sie schwanger war. Von mir. Aber sie – sie dachte …"

Ich legte meine freie Hand auf seinen Oberschenkel. Was konnte ich sagen oder tun? „Oh mein Gott", das war alles, was ich herausbekam. Erschüttert beobachtete ich, wie weitere Tränen an seinen Wangen herabliefen. Ich kletterte rittlings auf seinen Schoß, drückte seinen Kopf an meine Brust und strich ihm durch seine Locken. „Oh Gott, Leo, das tut mir so leid …" Ich hielt ihn fest, meine Bluse fühlte sich feucht an, wo sein Kopf ruhte.

Schließlich richtete er sich auf und straffte die Schultern, was ihm ein schmerzhaftes Stöhnen abnötigte. „All die Jahre habe ich mich schuldig gefühlt. Ich konnte sie nicht loslassen. Ich – ich hatte nie wieder eine feste Beziehung, bis ich dich getroffen habe."

Eine Weile verharrten wir so, jeder in seine Gedanken vertieft. Ich streichelte mechanisch weiter sein Haar, drückte meine Nase in seine Locken und atmete ihren Duft ein.

„Könntest du jetzt von mir runter gehen?", fragte er dann mit einem entschuldigenden Lächeln. „Das tut alles immer noch verdammt weh …"

Eilig tat ich es, bat ihn um Verzeihung, setzte mich wieder neben ihn, ganz eng, umschlang seinen Rücken mit dem Arm.

„Du hättest es mir erzählen können", sagte ich schließlich leise. „Dich trifft doch keine Schuld."

„Ich habe sie nicht verstanden. Vielleicht hätte ich es sonst – verhindern können." Er blickte verloren auf seine Hände, die zwischen seinen Knien baumelten. „So oft habe ich mir ausgemalt, wie mein Leben gewesen wäre – mit ihr und … und unserem Kind …" Er biss sich auf die Lippen. „Ich habe mein Studium abgebrochen und bin zur Polizei gegangen. Alles nur wegen ihr. Ich wollte Tätern wie ihm das Handwerk legen."

„Du bist gut in dem, was du machst. Es – es war dieser Küster, nicht wahr? Er hat das gemacht. Deswegen warst du so …"

„Ja. Der Gedanke, dass er wieder frei herumläuft, der hat mich wahnsinnig gemacht." Er blickte auf und lächelte schwach. „Zuerst konnte ich es dir nicht sagen. Ganz am Anfang, meine ich. Und dann, später, habe ich es immer wieder aufgeschoben. Ich wollte nicht, dass du denkst …"

„… dass du sie immer noch liebst?", vollendete ich seinen Satz. „Dass sie zwischen uns steht?"

Er zuckte hilflos mit den Achseln. „Ja, so ungefähr. Und ich wollte diese Erinnerungen nicht wieder aufleben lassen."

Ich lehnte meinen Kopf an seine Schulter, und er bedeckte meine Hand auf seinem Knie mit seiner.

„Ich habe sie gebeten, mich gehen zu lassen", sagte er nach einer Weile leise. „Gleich, als ich dich kennengelernt habe. Das musst du mir glauben."

„Das tue ich doch."

„Es hat auch funktioniert. Bis zu dem Zeitpunkt, als Freddy anrief. Ich wusste, dass Küster irgendwann rauskommt. Aber ich habe den Gedanken daran verdrängt."

„Ist es jetzt gut – jetzt, wo er wieder drin ist?"

Er wandte den Kopf zu mir, strich mit dem Handrücken über meine Wange und zuckte kurz zusammen. Dann nickte er mit einem Lächeln. „Ja. Jetzt ist es gut. Auch wenn ich auf das hier", er deutete auf seine angeknacksten Rippen, „gut hätte verzichten können."

Ich griff nach seiner Hand und küsste ihn auf die Wange. „Alles hat seinen Preis."

Nicht ohne Befriedigung erwiderte er: „Und dafür kriegt Küster noch mal mindestens neun Monate obendrauf."

Hand in Hand schlenderten wir durch den Garten, der jetzt komplett im Schatten lag, auf das Krankenhausgebäude zu. Als er wieder in seinem Bett lag, breitete ich fürsorglich die Decke über ihm aus, schob sie ein wenig zur Seite und setzte mich auf die Bettkante. Er fasste meine Hände und küsste sie, jeden Finger einzeln. Doch bevor ich ging, hatte ich noch etwas auf dem Herzen:

„Leo, ich – ich habe sie gesehen. Da ist dieses Bild in deinem Schreibtisch … verzeih´ mir, dass ich da reingeguckt habe. Es war nur wegen dieser Rechnung … du weißt schon. Ich wollte dir nur sagen, dass du es ruhig wieder aufhängen kannst. Sie ist ein Teil deines Lebens, und ich, also ich komme damit klar. Oder reißt das alte Wunden auf?"

Er umfasste mein Gesicht und drückte mir einen Kuss auf die Lippen. „Nein, Tesoro. Da, wo die Wunden waren, da sind jetzt nur noch Narben. Ab und zu, da schmerzen sie noch. Ein Ausbilder – Polizeipsychologe – hat mir eine Geschichte erzählt von zwei buddhistischen Mönchen. Auf meinem Lehrgang. Willst du sie hören?" Ich nickte stumm, meine Hände auf seinen.

„Der eine ist jung, der andere alt", fuhr er fort. „Ihre Herzen begegnen sich, und der junge Mönch ist stolz darauf, dass seins so glatt und goldglänzend ist, während das Herz des Alten lauter Risse und Flicken hat, die nicht da reinzupassen scheinen. Völlig vernarbt. Doch der Alte erklärt ihm, dass die Liebe das verursacht hat. Jeder Mensch, den er liebt, hat ein Stück von seinem Herzen mitgenommen. Und ihm ein paar Wunden verpasst. Und genau so hat er von anderen, die ihn lieben, ein Stück von deren Herz bekommen. Na ja“, schloss er, den Blick an die Decke gerichtet, „und so sieht es jetzt eben nicht mehr so schön aus. Aber es ist ein Herz, das liebt. Am Schluss tauschen die beiden Mönche auch ein Stückchen ihres Herzens, und der junge Mönch ist jetzt stolz darauf, dass er den ersten Flicken im Herzen hat.“

Seine Augen wanderten zu mir. „Ist das – albern?“, fragte er.

„Das ist eine schöne Geschichte“, erwiderte ich leise. „Und bei dir ist es jetzt genauso –willst du mir das sagen?“ Ich beugte mich herab und küsste ihn auf den Mund. „Dass du Narben und Flicken in deinem Herzen hast, von der Liebe?“

Er nahm mein Gesicht in beide Hände, versenkte seinen Blick in mir, sehnsüchtig und zärtlich. „Eine große Narbe – und zwei Flicken“, flüsterte er.

HEIMKEHR

Ich träumte in dieser Nacht von Sevim, hatte vor dem Schlafengehen noch einmal ihr Bild hervorgekramt und es ausgiebig betrachtet. Sie war ganz anders als ich – bis auf die dunklen Haare, die wir gemeinsam hatten. Sie erschien mir im Traum, als dunkles Schattenbild, und flüsterte mir zu „ich lass´ ihn frei, ich lass´ ihn frei …"

Als ich erwachte, hatte ich Tränen in den Augen.

Heute konnte Leo endlich nach Hause. Aber ich würde ihn erst am Nachmittag sehen – im Amtsgericht wartete eine längere Sitzung auf mich. Sein Vater würde ihn abholen. Er unterstützte Leo dabei, den Dachboden seines Hauses auszubauen, und es gab viel zu besprechen.

Die Sitzung zog sich wie Kaugummi in die Länge. Nachdem alle Beweise aufgenommen waren, begann mein Mandant, einen ewig langen Sermon vom Stapel zu lassen, weshalb das alles passiert sei und dass es ihm so unendlich leid tue. All meine Versuche, seinen Redefluss zu stoppen, liefen ins Leere, und so schickten sich die Verfahrensbeteiligten ins Unvermeidliche. Meine Gedanken schweiften ab. Die angespannte Konzentration der letzten Stunden wich dem dringenden Bedürfnis, die Augen zu schließen und das gleichmäßige Gemurmel meines Mandanten als Hintergrundgeräusch für ein Schläfchen zu nutzen. Es war fast unmöglich, die Augen offenzuhalten. Es gelang mir nur, indem ich den Richter, die Schöffen und die Protokollführerin abwechselnd betrachtete, die versuchten, ein genervtes Augenrollen zu unterdrücken.

Es war fast 17 Uhr, als ich hastig aus dem Saal stürzte – mit einem Urteil, mit dem mein Mandant – wenn auch ungern – leben konnte.

Im Anwaltszimmer stieß ich fast mit Pawel zusammen.

„Sabina! Ich dachte, Sie wären schon längst wieder im Büro!"

Ich stöhnte. „Bei der Quasselstrippe von Mandant bin ich froh, dass ich überhaupt schon hier bin und nicht mehr im Gerichtssaal! Ich brauche unbedingt einen Kaffee."

Die Kaffeemaschine im Anwaltszimmer spuckte ächzend einen heißen Cappucino aus, und wir setzten uns an einen der kleinen Tische. Die meisten Kollegen waren schon wieder auf dem Heimweg, nur am anderen Ende des Raumes waren noch drei Anwälte in ein angeregtes Gespräch vertieft.

„Ich habe ein Geständnis", verkündete Pawel mit Triumph in der Stimme. Er holte eine Akte aus seiner Tasche, die verblüffende Ähnlichkeit mit derjenigen hatte, die sie in meinem Fall angelegt hatten. „Hier. Lesen Sie das."

Er schlug eine Seite ziemlich am Ende der Akte auf. „Beschuldigtenvernehmung" stand dort als Überschrift. Es war das Geständnis von Alexa Bentin. Ich hob den Kopf.

„Wo haben Sie das her?"

„Ich vertrete Sie immer noch in Sachen ‚abgebranntes Auto' – schon vergessen? Und hier haben wir die Angaben der Täterin. Nicht nur zu Ihrem Auto. Sondern auch zu Heimke, zu Enrica … und zu einem dritten Mord, der bislang nicht aufgeklärt werden konnte."

Ich blätterte in dem langen Protokoll.

„Pawel, Sie müssen es mir erzählen. Mein Kopf platzt, wenn ich heute noch mehr lesen muss."

Er lächelte verständnisvoll. „Also passen Sie auf …"

Sie hatten Alexa und ihren Bruder Boris zeitgleich vernommen und ihnen anschließend die Angaben des jeweils anderen vorgehalten. Zuerst bestritten sie hartnäckig, überhaupt irgendetwas gemacht zu haben. Erst, nachdem sie Alexa all die Beweise vorgelegt hatten: die DNA-Proben der Zigarettenkippen, meine und Lauras Zeugenaussagen, die Ergebnisse der Gerichtsmedizin, begann sie zu erzählen.

„Heimke und sie waren ein Paar, bis Heimke Sie kennengelernt und Alexa die rote Karte gezeigt hat. Die war am Boden zerstört. Zusammen mit ihrem Bruder, der Informatiker ist, hat sie Heimkes Rechner mit einem Trojaner-Virus infiziert. Leider hatte ihr Bruder vergessen, ihr zu sagen, dass er Heimke genau dieses Spionage-Programm vorher testen ließ."

„Das müsste Heimke doch gemerkt haben!", wandte ich ein.

„Hat sie nicht. Sie hat das Programm benutzt, aber keine Ahnung gehabt, dass sie selbst ausspioniert wird. Nachdem die Sache mit Alexa vorbei war, hat sie es benutzt, um selbst illegale Machenschaften damit anzustellen. Sie hat den Universitätsrechner mit den Prüfungsaufgaben für die Bachelor-Studenten ausgespäht und die Aufgaben an Interessierte verkauft."

Was wiederum Alexa und ihr Bruder herausfanden. Genauso wie die Tatsache, dass man an der Uni bereits Wind von der Sache bekommen hatte, und dass Heimke die Software weiterverkaufen wollte. Und so beschlossen sie, dass Heimke sterben musste, damit sie mit ihrem Programm, das sie selbst für gutes Geld an den Mann bringen wollten, nicht aufflogen.

Ich schüttelte ungläubig den Kopf. „Das ist doch kein Grund, jemanden umzubringen!"

„Es sind schon Leute für eine Schachtel Zigaretten gestorben", erwiderte Pawel achselzuckend. „Gibt kaum ein Motiv, das geringfügig genug wäre. Sehen Sie, die beiden Geschwister sind – wie soll ich sagen – anders als sogenannte ‚normale' Menschen. Sie sind gefühlsarm und besitzen wie viele Verbrecher keine Frustrationstoleranz. Es war für sie eine logische Folge."

Alexa wollte von den Mordabsichten ihres Bruders erst erfahren haben, als Heimke tot war.

„Und nun wird es interessant: Der Bruder hatte für die Tatzeit ein wasserdichtes Alibi. War auf einem Meeting, das drei Stunden gedauert hat, am anderen Ende der Stadt."

„Während Alexa direkt am Tatort war. Nur, dass sie gesagt hat, sie war es nicht."

„Das ist ja das Spannende", fuhr Pawel fort, den Zeigefinger an der Nase. „Als man sie immer und immer wieder darauf hingewiesen hat, dass sie kein Alibi hat, ist sie weich geworden. Aber nicht, dass sie jetzt etwa den Mord an Heimke zugegeben hat. Sondern den an Enrica."

„Das ist alles so – verrückt." Mir schwirrte der Kopf von all den Fakten, die Pawel vor mir ausbreitete. „Wenn sie vehement Heimkes Mord bestreitet, ihr Bruder in einem Meeting war … dann müsste es ja eine dritte Person gewesen sein. Haben sie jemanden beauftragt?"

Pawel schmunzelte geheimnisvoll. „Hier kommt nun der große Unbekannte ins Spiel. Der Bruder hat zugegeben, jemanden gesucht zu haben, der das für ihn erledigt. Denn er selbst ist, mit Verlaub gesagt, ´ne feige Sau. Kann kein Blut sehen und so. Sie wissen schon."

Es überraschte mich wenig, dass man in Berlin ohne weiteres jemanden dazu bringen konnte, einen Auftragsmord zu begehen. Trotzdem konnte ich mir nicht vorstellen, wie dieser Stubenhocker von Nerd das geschafft haben sollte.

„Gehen Sie in die einschlägigen Kneipen, fragen Sie ein bisschen herum … es ist einfacher, als Sie glauben. Jedenfalls will er einen Typen aus einer Rockerbande angeheuert haben. Einen der ‚Novizen', die sich ihr Lederwams erst mal verdienen müssen. Geld hatte der Nerd genug, er verdient ja gut als Informatiker. Aber jetzt kommt´s: Er behauptet doch tatsächlich, den Namen dieses Killers nicht zu kennen."

„Würde ich auch machen, wenn ich mich mit Rockern eingelassen habe …"

Pawel nickte. „Jedenfalls weiß man bis jetzt nicht, wer es war. Ist ein bisschen schwierig, in Rockerkreisen zu ermitteln."

„Mit anderen Worten: der Mörder läuft noch frei herum."

Rockerbande. Rockerbande? Ich stand auf und begann auf- und abzugehen. *Rockerbande! Na klar!*

„Pawel, da gibt es jemanden …" Ich beschrieb ihm den Versicherungsvertreter-Typen und Bernie Hofreiters Beziehung zu diesem Bart Simpson.

Pawel ließ die Faust auf den Tisch niedersausen, dass die Kaffeetassen klirrten.

„Verdammt, ja. Melden Sie sich bei Dana. Bei der Polizei haben sie eine Spezialeinheit für Rockerbanden!"

~

„Hast du Hunger?" Leos Stimme war samtweich und warm. Er hatte lächelnd in der Wohnungstür gestanden, als ich aus dem Fahrstuhl stieg, und ohne Rücksicht auf seine malträtierten Rippen hatte ich mich in seine Arme gestürzt. Er überstand es klaglos, seine warmen Lippen wanderten an meinem Haaransatz entlang. Mit geschlossenen Augen atmete ich seinen Duft ein und überließ mich ganz dem Gefühl seiner Nähe, seines heißen Körpers. Es dauerte einige Sekunden, bis er heiser flüsterte: „Komm´ endlich rein", und mich an den Oberarmen in den Flur zog.

„Ich habe *alles*", murmelte ich an seinem Hals, während er die Tür zuzog. „Hunger, Durst … und wahnsinnige Lust auf dich." Er ließ ein raues Lachen hören.

„Was ist am dringendsten?"

Ich schob ihn ein kleines Stück von mir weg, um in seine Augen sehen zu können, die in einer Mischung aus Belustigung und Begierde funkelten.

„Ich fürchte, der Hunger", konstatierte ich, ein wenig verlegen.

Er gab mir einen Kuss auf die Stirn. „Darauf war ich vorbereitet", sagte er grinsend und führte mich in die Küche. Mit einer ausholenden Geste präsentierte er mir einen festlich gedeckten Tisch, mit Rotweingläsern, einem fertigen Caprese, das verlockend nach Tomaten und Basilikum duftete, und zwei langstieligen Gläsern mit Mousse au Chocolat. „*Ecco lá*. Bedien dich. Danach gibt es Spaghetti Carbonara."

„*Wow*. So verführt man Frauen." Ich musste schmunzeln.

Eine halbe Stunde später lehnten wir uns gesättigt im Stuhl zurück, und die Erlebnisse meines langen Arbeitstages waren in weiter Ferne verschwunden. Ich prostete Leo stumm zu, das Lächeln war aus meinem Gesicht gar nicht wegzubekommen.

„Und jetzt", Leo setzte das Glas an und leerte es in einem Zug, „nachdem wir zwei Drittel deiner Bedürfnisse befriedigt haben, kommen Sie bitte mit ins Schlafzimmer, Frau Anwältin. Ich habe auch da etwas vorbereitet …" Sein lüsterner Blick umfasste meinen ganzen Körper, bevor er in meinen Augen landete. Er beugte sich vor und griff nach meiner Hand. Das reichte, um mich völlig zu elektrisieren. Als wir im Schlafzimmer landeten, war ich nass.

Er schälte mich bedächtig aus meinem Business-Kostüm, ließ die Sachen einfach zu Boden gleiten. Ich stand nackt vor ihm, und er flüsterte: „So schön habe ich Sie gar nicht in Erinnerung, meine Dame."

Ich ging einen Schritt auf ihn zu, knöpfte sein Hemd auf, ganz langsam, und streifte es ihm von den Schultern. Strich mit dem Zeigefinger über seine Brust, hinab zu seiner Jeans, aus der der Bund seiner Boxershorts herausragte. Ich öffnete Knopf und Reißverschluss, und wie aus Versehen streifte meine Hand seinen Schwanz, der mir erwartungsvoll entgegenzuckte. Ich schob ihm alles von den Hüften, und er zog mich an sich, während er aus dem Gewirr von Klamotten ausstieg.

„Leg´ dich hin und mach die Augen zu", verlangte er.

Gehorsam streckte ich mich auf dem Bett aus. Ich fühlte, wie er sich neben mich legte.

„Ich habe mir gedacht, da ich ein bisschen gehandikapt bin, könntest du …", während er das sagte, glitt seine Hand über meine Hüften, und voller Erwartung spannte ich jeden Muskel an, wartete begierig darauf, dass sie zwischen meine Beine griff, wo sich bereits unerträgliche Anspannung breit machte. Mein Atem ging schneller und schneller.

Doch er zog seine Hand zurück. „Mach weiter", flehte ich.

Er stöhnte, und ich wusste nicht, ob vor Schmerzen oder Begierde. „*Un attimo*", wisperte er. „Ein Momentchen … Augen zu!"

Ich hörte ihn mit irgendetwas hantieren und einen unterdrückten Fluch ausstoßen. Dann nahm er meine Hand und legte einen Gegenstand hinein. Die Oberfläche war glatt, zugleich weich und fest. Ein Vibrator!

„Lass´ mich zusehen", flüsterte er. „Ich will sehen, wie du es dir selbst machst. Komm´ für mich ..."

Überrascht schlug ich die Augen auf und begegnete seinem gierigen Blick. Er saß aufrecht im Bett, offenbar schmerzte es im Liegen zu sehr. „Bitte", schob er hinterher. Seine Erektion verriet, dass er es absolut ernst meinte.

„Bist du sicher?" Unsicher drehte ich das Ding in meiner Hand hin und her. Es war nicht sehr groß und lila. Zögernd drückte ich auf eine kleine Erhebung am unteren Ende des Schaftes, und geräuschlos begann es zu vibrieren.

„Ja los, probier´ es." Seine Stimme war ein Streicheln, es ging mir unter die Haut. Langsam spreizte ich die Beine, ließ den Vibrator über meinen Bauch hinabgleiten bis zum Venushügel. Es war ein Leichtes, ihn zwischen die Schamlippen zu schieben, die bereits heiß und geschwollen einer Berührung entgegenfieberten. Wie das Schlagen von Schmetterlingsflügeln, so leicht vibrierte das Teil, und ohne dass ich es wollte, wiederholten sich die Schwingungen in meinem ganzen Körper. Wie von weitem hörte ich mich stöhnen, als ich das Ding in meine nasse Spalte schob. Oh mein Gott.

Es war so völlig anders als alles, was wir bisher gemacht hatten. Aber es war so verdammt geil. Ich zog ihn langsam heraus, steckte ihn genauso langsam wieder herein, mit jeder Bewegung stieg das Kribbeln in mir an, ich keuchte. Ich ließ die leichten Dellen des Gerätes über meine Lustperle gleiten, und es dauerte keine drei Sekunden, bis ich explodierte. So heftig, dass ich einen langgezogenen Schrei ausstieß, mich aufbäumte, und dann erschöpft nach hinten sank, das Ding einfach aus meiner Hand rollen ließ.

Ich hörte Leo neben mir schwer atmen, und als ich die Augen öffnete, sah ich an dem Lusttropfen auf seiner Schwanzspitze, dass er fast so weit war. Er hatte sich an die Rückwand des Bettes gelehnt, nun streckte er die Arme nach mir aus und hauchte: „Und nun komm´ auf mich rauf, *amore* … aber vorsichtig." Ich stieg über ihn, ließ seinen Schwanz mühelos in mich hineingleiten und presste meine Lippen auf seinen Mund. Unsere Zungen fanden sich, spielten miteinander im Rhythmus meiner langsamen Bewegungen. Ich stützte mich an der Wand ab, um ihm mit meinem Gewicht keine Schmerzen zu bereiten, und beschleunigte, was er mit einem undefinierbaren Laut zwischen Schmerz und Wollust quittierte. Seine Hände lagen an meinem Rücken, versuchten, das Tempo vorzugeben, das ich mehr und mehr steigerte, bis er den Kopf zurückwarf und mit einem lauten „Ahhh" ejakulierte, ganz still und steif war dabei sein Körper, als wolle er jede Millisekunde davon auskosten. Noch währenddessen fühlte ich, wie ein weiterer Höhepunkt, ganz sanft und weich, durch meinen Körper rollte.

Ich küsste seine geschlossenen Augenlider, strich ihm durch die verschwitzten Locken, und er lächelte versonnen. „Au Mann, hat das wehgetan – aber das war das Geilste, was du je mit mir gemacht hast." Er strich mir mit schmerzverzerrter Miene eine Haarsträhne aus dem Gesicht. Ich musste kichern.

„Vielleicht sollten wir mit dem nächsten Mal warten, bis du wieder gesund bist." Ich setzte mich neben ihn, streichelte seine Brust mit dem Handrücken.

„Auf keinen Fall", protestierte er. „Dazu war ich zu lange auf Entzug."

GEGENÜBERSTELLUNG

Gleich am nächsten Morgen rief ich Dana Kanther an, noch beim Frühstück. Ich beschrieb ihr mein Erlebnis bei Franz. Ich versuchte, mir jedes Detail des Abends ins Gedächtnis zu rufen, und erzählte ihr von Bart Simpson, dem Versuch einer Schutzgelderpressung in Franzens Laden und von Bernie, der versucht hatte zu intervenieren.

Dana holte am anderen Ende tief Luft. „Bleiben Sie dran." Ich hörte das Klappern einer Tastatur. „Daredevils", sagte sie langsam. „Warum bin ich nicht selbst darauf gekommen? Ich spreche mit Hermann." Es war, als hätte sie vergessen, dass sie mit mir telefonierte, sie sprach mehr zu sich selbst.

„Wer ist Hermann?", brachte ich mich in Erinnerung.

„Leiter dieser Rocker-Spezialeinheit. Kennt die Berliner Szene wie seine Westentasche. Danke, Sabina. Das klingt wirklich vielversprechend. Ich kümmere mich sofort. Sind Sie nachher erreichbar? Ich brauche Sie dann."

Diese halbe Portion von Rocker-Anwärter – sollte es wirklich er gewesen sein? Oder jemand aus seiner Bande?

Nachträglich lief mir ein Schauer über den Rücken, als ich mir vorstellte, dass er mit einem Messer in der Tasche herumlief. Hatte ich einen Mörder gesehen?

Herzklopfend machte ich mich auf den Weg zur Arbeit, es war schwer, sich auf die vielen Akten zu konzentrieren, die Anja auf meinem Tisch gestapelt hatte. Immer wieder kehrten meine Gedanken zu dem Abend bei Franz zurück. Ich schob die Akten beiseite und verfasste eine detaillierte Beschreibung dieses jungen Typen, um auch wirklich jede Einzelheit seines Aussehens im Gedächtnis zu behalten. Wenn Dana mich brauchte, um ihn zu überführen, musste ich liefern.

~

Es war dunkel in dem kleinen Raum, bis auf das grelle Licht hinter der Glasscheibe, die uns von den fünf Gestalten im Nebenraum trennten. Nebeneinander standen sie, jeder mit einer Nummer in der Hand. Ich hatte meinen Mandanten Jonas Köpke – oder sollte ich ihn „Mandantin" nennen? – hierher begleitet, zu einer Gegenüberstellung mit Romuald Küster, demselben Küster, den Leo so lange verfolgt hatte, und der auch meinen Mandanten so übel verprügelt haben sollte. Es hatte ein wenig Überredungskunst erfordert, ihn hierher zu schleifen. Er wollte die ganze Sache lieber vergessen. Doch jetzt stand er hier, starrte minutenlang durch die Glasscheibe, die für die fünf Männer in dem anderen Raum wie ein Spiegel erschien.

„Können die mich auch wirklich nicht sehen?"

„Ganz bestimmt nicht", beruhigte ihn die blonde, etwas dickliche Kriminalbeamtin. „Sie gehen auch erst hier ´raus, wenn die Männer weg sind. Bleiben Sie ganz ruhig und lassen Sie sich Zeit."

Er schüttelte den Kopf. „Brauch´ ich nicht. Der da war

´s. Die Nummer 4." Er deutete auf einen großen und korpulenten Kerl mit fettigen Haaren und einer speckigen Jeans. Er war unrasiert. Eigentlich sah er nicht direkt gefährlich aus. Eher wie ein etwas schlampiger, vernachlässigter Junggeselle in fortgeschrittenem Alter.

„Sind Sie sich ganz sicher? Sagen wir mal, in Prozent?", fragte die Beamtin.

Der Junge setzte sich und schluckte. „Ja", stieß er hervor. „Hundert. Hundert Prozent."

Hinter seinem Rücken ballte die Beamtin triumphierend die Faust. Bingo. Sie versuchte, sich ihre Erregung nicht anmerken zu lassen, als sie uns aufforderte, das Ganze noch kurz zu Protokoll zu geben. Die Männer hatten den Raum nebenan bereits verlassen, und ich hoffte, die Nr. 4 würde schon in einer Zelle sitzen.

An der Tür trafen wir auf Dana Kanther. „Frau Jung, ich habe Sie schon gesucht. Ich hörte, dass Sie hier sind. Könnten Sie noch kurz hier drin bleiben?" Ein bittender Blick in Richtung ihrer Kollegen. „Ist das okay, Brigitte?"

Die nickte. „Wir warten dann in meinem Büro auf Sie", sagte sie zu mir.

Dana schloss die Tür hinter sich. „Da ist jemand, den sollten Sie sich ansehen", begann sie.

„Wer soll das sein?"

Dana machte ein geheimnisvolles Gesicht. „Sehen Sie ihn sich einfach an. Vielleicht erinnern Sie sich an etwas."

„Wo soll ich ihn denn gesehen haben?"

„Sehen Sie erst einmal genau hin."

Wieder betraten fünf Männer mit einer Nummer in der Hand den Nebenraum und nahmen Aufstellung. Diese hier waren deutlich jünger und auch schlanker als die anderen. Alle trugen Jeans und T-Shirt. Ich wandte mich zu Dana um: „Worauf muss ich achten?"

„Auf alles, was Ihnen auffällt."

Ich kniff die Augen zusammen und riss sie wieder auf.

Betrachtete alle von Kopf bis Fuß. *Da war er*. Die ordentlich gegelten Haare und das Versicherungsvertretergesicht … Er versuchte, grimmig aus der Wäsche zu gucken, aber das gelang ihm nur halbwegs. *Sie haben ihn.*

„Nr. 3 kommt mir bekannt vor", sagte ich langsam. „Das ist er. Der, den ich meine."

„Sind Sie sich sicher?"

„Ich sage mal, zu 90 Prozent. Oder vielleicht 95. Wie haben Sie ihn so schnell gefunden? War er es?"

„Verrate ich Ihnen, wenn Sie gleich noch in mein Büro kommen", sagte Dana feierlich. „Aber sagen Sie´s keinem weiter!"

Eine halbe Stunde später saß ich auf Leos verwaistem Schreibtischstuhl und lauschte gebannt Danas Erzählung. „Ich finde, Sie haben ein verdammtes Recht, alles zu wissen", hatte sie begonnen. „Und ich werde Ihnen alles sagen, was Sie als Zeugin nicht unbrauchbar macht."

Gleich nach meinem Anruf hatte Dana Himmel und Hölle in Bewegung gesetzt, um alles über die Rockerbande von Bart Simpson und den Versicherungsvertreter herauszufinden. Hatte die Rocker-Spezialisten auf die Typen angesetzt, Bildkarteien gewälzt, Grafiken mit den Verbindungen der Mitglieder untereinander angefertigt.

„Hermann ist extra rausgefahren, der kennt ihr Revier. Und was soll ich sagen: Da steigt doch einer von den jungschen Typen auf eine nagelneue Harley. Einer, der nie Kohle hatte. Hermann hat herausgefunden, dass er die erst seit einer Woche besitzt. Die Jungs haben die ganze Nacht durchgearbeitet. Die haben sogar einen ihrer Informanten aus dem Bett geklingelt."

Und der wusste zu berichten, dass unser Jungrocker in letzter Zeit ziemlich freigiebig mit Geld um sich geworfen hatte. Und dass er seit Kurzem ohne festen Wohnsitz war …

„Was für ein merkwürdiger Zufall, dass er ausgerechnet bei Franz reinspaziert ist“, sagte ich gedankenvoll.

Dana nickte. „Ohne Sie hätten wir noch ewig gebraucht, um ihn zu finden.“

Dana berichtete weiter, dieser Boris Bentin – so hieß der Bruder von Alexa – habe festgestellt, dass Heimke sein ‚Baby’, seine mühsam programmierte Software, nicht nur illegal selbst benutzt, sondern unter der Hand zum Verkauf angeboten hatte. An die Umweltorganisation ‚Purple Food’, die es sich zur Aufgabe gemacht hatte, Lebensmittelkonzernen wegen ihrer globalen Marktmacht zu schaden. Alles militante Veganer. Angeblich gingen diverse Befreiungsaktionen aus Schweinemastanlagen sowie Farbschmierereien und Hackerangriffe auf ihr Konto. Sie finanzierten sich pikanterweise durch schwunghaften Handel mit Crystal Meth. So jedenfalls Danas These.

„Er wollte das Geschäft selbst machen. Heimke hat ihn bestohlen, so sieht er das. Und dann auch noch die Sache mit seiner Schwester. Er hängt sehr an ihr, wissen Sie. Und er glaubte, so zwei Fliegen mit einer Klappe zu schlagen.”

Ich schüttelte den Kopf. „Wie skrupellos muss man sein.”

„Er hat bei den Daredevils nach jemandem gesucht, der das für ihn erledigt. Die Typen machen sich gerade in Türsteherkreisen einen Namen und haben ihre Finger in allem drin, was schmutzig und verboten ist.“

„Als wenn man da einfach hereinspazieren könnte und sagen ‚hey, wer von euch bringt mal kurz ´ne Frau um’? Nee, also wirklich …”

„Ich kann Ihre Skepsis verstehen. Ging mir früher auch so. Aber wenn Sie erst einmal eine Weile dabei sind, werden Sie sehen: Das gibt es alles. Er hat sich erst einmal vorsichtig umgehört, bevor er sich in deren Vereinslokal getraut hat.”

„Und dann diesen komischen kleinen Möchtegernrocker engagiert?"

„Der brauchte eine Kerbe in seinem Gewehr. Im übertragenen Sinne gesprochen. Wollte sich Respekt und Anerkennung verschaffen. Hemmungen hat der keine, das können Sie glauben. Er ist mit Gewalt aufgewachsen. Vorbestraft wegen schweren Raubes, aber da war er noch Jugendlicher."

Das war schwer verdauliche Kost. Aber eins verstand ich nicht: Wie konnte es sein, dass Alexa sich zur gleichen Zeit am Tatort aufgehalten hatte? Hatte sie den Jungrocker dorthin geführt? Sie hatte doch behauptet, nichts davon gewusst zu haben.

„Ich nehme mal an, sie sind Heimke beide unabhängig voneinander gefolgt. Hätte Alexa gewusst, was passiert, wäre sie ja dämlich gewesen, dort zu sein. Ohne Alibi und ohne Erklärung, was sie dort gewollt hat."

„Wie jetzt: Sie wollen mir gerade sagen, dass Alexa von diesem Mordplan nichts wusste?"

Jedenfalls behaupteten das die beiden Geschwister übereinstimmend, und es würde wohl unmöglich sein, ihnen das Gegenteil nachzuweisen. Boris hatte diese Tat überhaupt nur zugegeben, um Alexa zu schützen.

„Und – Enrica?"

Dana seufzte, stand auf und nahm eine Gießkanne aus orangefarbenem Plastik in die Hand, mit der sie die kümmerlich aussehenden, verstaubten Pflanzen auf dem Fensterbrett goss.

„Enrica wollte das Alibi platzen lassen. Alexa hatte sie inständig gebeten, ihr eins zu geben. Sie hat behauptet, zu der fraglichen Zeit habe sie Drogen gekauft. Koks. Und dass die Polizei ihr deshalb auf den Fersen sei. Was weiß ich. Enrica wusste, dass ihre Freundin Sophia an dem Tag shoppen war, und sie machten aus, dass sie sagen würden, sie wären zu dritt gewesen. Sie haben das der Sophia irgendwie als Hilfeleistung in einem Bagatellfall verkauft. Sie hat aus Freundschaft mitgemacht. Das kam ihnen sicherer vor, als wenn es nur eine gesagt hätte. Alexa hatte Angst, dass sie verdächtigt wird, weil sie ja am Tatort war. Und sie wollte ihren Bruder schützen, dieses Programm, das er entwickelt hatte, ist hochgradig illegal. Und natürlich wollte sie auch nicht, dass herauskommt, dass sie Ihr Auto angezündet hat. Als sie erfuhr, dass Enrica sie auffliegen lassen würde, ist sie einfach durchgedreht vor Panik."

Also ging sie zu Enrica, betäubte sie mit den K.O.-Tropfen GHB und drückte ihr dann ein Kissen aufs Gesicht. So lange, bis sie tot war. Ich versuchte, das Bild zu verdrängen, das sich gerade in meinen Kopf schob.

„Vielleicht hoffte sie, es Ihnen in die Schuhe schieben zu können – hatte ja schon einmal geklappt. Nur, dass Ihnen dann der Autounfall dazwischenkam."

„Wenn diese Alexa so abgebrüht ist, dann hätte ihr Bruder ja keinen Auftragsmörder zu suchen brauchen. Das hätte sie ja dann selbst erledigen können."

„Das hätte er seiner Schwester nie zugetraut."

Natürlich nicht. Ich begann, mit Leos Kugelschreibern zu spielen, die in einem überaus hässlichen Stifteköcher auf ihren Einsatz warteten.

„Werden Sie mir sagen, ob es dieser Rockerfuzzi war?", fragte ich zum Abschluss.

Dana versprach es. „Ein Geständnis wird er nicht ablegen. Aber dieser Boris Bentin. Der verspricht sich davon Vorteile für seinen Prozess, wenn er den Richtigen ans Messer liefert. Wir haben ihm gesagt, dass seine Hilfe bei der Aufklärung für ihn günstig sein kann."

„Bei dem Prozess wäre ich gerne dabei", sagte ich zum Abschied. „Ich wäre froh, wenn ich diese Episode endlich abhaken könnte. Am liebsten würde ich die verklagen!"

Dana schüttelte meine Hand und lächelte. „Sie werden

sicherlich als Zeugin geladen. Wenn nicht, teile ich Ihnen den Termin gerne mit.”

Als sie mir zum Abschied die Hand schüttelte, sagte sie mit einem verschwörerischen Lächeln: „Ich verlasse mich übrigens in punkto dieses Gespräches auf Ihre Verschwiegenheit.“

Ich zwinkerte ihr zu: „Welches Gespräch? Ich habe nur eine Zeugenaussage gemacht.“

„Ich sehe, wir verstehen uns.“

Pawels Assistentin Anja und ich klappten zum gefühlten hundertsten Mal den Kopierer auf und zu, holten zerknittertes Papier aus seinen Eingeweiden und fluchten abwechselnd. Eine Fehlermeldung nach der anderen tauchte grünblinkend auf dem kleinen Display auf.

Wir richteten uns auf, und Anja kündigte an, den Service anzurufen. „Jetzt müsste diese beschissene Hotline ja endlich besetzt sein“, ärgerte sie sich.

Es war heiß in ihrem Vorzimmer, die Morgensonne schien direkt auf ihren Schreibtisch, und obwohl es erst halb Neun war, standen uns beiden Schweißperlen auf der Stirn. Ich sehnte eine Ice-Bucket-Challenge herbei, vor allem bei dem Gedanken, nachher noch meine Robe überziehen zu müssen.

Pawel war noch nicht erschienen, als es an der Kanzleitür summte. Ein früher Mandant? Während Anja am Telefon das Kopiererproblem mit einem offenbar begriffsstutzigen Servicemitarbeiter diskutierte, öffnete ich die Tür.

Die Frau, die vor mir stand, musterte mich von Kopf bis Fuß, mit einem blitzschnellen, taxierenden Blick. Sie selbst war älter als ich, gutaussehend und hochelegant. Ein Kleid von Roberto Cavalli, mindestens. Und dazu Loubutins an den Füßen. Oder Manolo Blahniks. Über dem Arm eine Riesen-IT-Bag, sah nach Hermès oder so aus. Perfekt gestylt, die dunklen Haare wie frisch vom Friseur, wirkte sie, als ob sie gerade aus dem Kühlraum käme und nicht von der heißen, staubigen Straße.

Ihr Lächeln war genauso unterkühlt wie ihre Erscheinung. Fast fröstelte ich.

„Guten Tag. Haben Sie einen Termin bei Dr. Krawczyk?“, fragte ich und ließ sie an mir vorbei. Sie stöckelte Richtung Empfang, wo Anja immer noch an der Strippe hing und stirnrunzelnd mit den Fingern auf die Tischplatte trommelte.

„In seinem Kalender stehe ich nicht“, warf sie mir über die Schulter zu und steuerte geradewegs auf sein Büro zu, als sei Anja Luft für sie. Die legte die Hand auf die Sprechmuschel und wandte sich der Frau zu.

„Sie können da nicht rein. Pawel ähh, Dr. Krawczyk ist noch nicht da.“ Wir wechselten einen einvernehmlichen Blick und zogen gleichzeitig die Augenbrauen hoch. Die Frau blieb unschlüssig vor der Tür stehen.

„Kommen Sie mit ins Wartezimmer. Anja könnte Ihnen etwas zu trinken bringen“, bot ich an. Anja rollte hinter ihrem Rücken mit den Augen. „Vielleicht kann ich Ihnen helfen. Ich bin Rechtsanwältin Jung.“ Wieder taxierte sie mich, mit mehr Neugier.

Ihr schmallippiges Lächeln erreichte nur ihre Zähne, der Rest ihres Gesichts blieb unbewegt. „Danke, ich ziehe es vor, zu warten.“

„Ich könnte schon einmal Ihre Akte heraussuchen.“

Jetzt zog sie die Augenbrauen hoch, das Lächeln wie festgetackert. „Ich fürchte, ich habe hier keine Akte.“ *Aber ich würde gerne eine über dich anlegen*, grollte es in mir.

Als hätte sie meine Gedanken gelesen, fügte sie schnippisch hinzu: „Pawel kennt mich.“

„Na dann“, rutschte es mir heraus. Verdammt. Wo war

die coole, selbstbeherrschte Anwältin hin? Ich nahm alle Energie zusammen und wies ihr den Weg ins Wartezimmer. Mein Lächeln war wahrscheinlich genauso aufgesetzt wie ihres.

Als ich zurückkehrte, stand zum Glück Pawel im Empfangsraum. Er beugte sich über den Tresen und bellte etwas ins Telefon. „Vor 12, sag´ ich. Eine Minute später, und Ihr Kopierer fliegt ´raus.“ Dann knallte er den Hörer auf.

„Sie haben Besuch“, begrüßte ich ihn.

Da kam sie auch schon aus dem Wartezimmer. „Pawel!“ Sie streckte beide Hände nach ihm aus.

„Oh, äh, hallo Daniela.“ Das klang weitaus weniger begeistert als ihr Ausruf. Seine Augen schienen sich zu verengen, als er auf sie zu ging, die Arme weit vor sich, als wolle er sie davon abhalten, ihm um den Hals zu fallen. Sie griff nach seinen Händen, zog ihn zu sich heran, um die Luft links und rechts neben seinen Wangen zu küssen.

„Wie lange ist das her?“, fragte sie in schmeichelndem Ton. Er räusperte sich.

„Sieben oder acht Jahre bestimmt“, erwiderte er, und über ihr Gesicht huschte so etwas wie ein Schatten.

„Auf keinen Fall“, protestierte sie. „Willst du mich nicht deiner Angestellten vorstellen?“ Sie wies auf mich, Anja schien weiterhin für sie nicht zu existieren.

„Wo bleiben nur meine Manieren.“ Das klang so ironisch, dass Anja und ich uns ein Kichern verbeißen mussten. „Dani, das ist Sabina Jung, meine Kollegin. Und das ist Anja Wilke, meine Kanzleivorsteherin. Mädels, das ist Daniela Holzner.“

„Holzner-Stocker. Ich habe geheiratet.“ Wir nickten uns gegenseitig höflich zu, während Pawel einen halbherzigen Glückwunsch murmelte.

Er führte sie in sein Büro und schloss die Tür hinter sich.

Anja grinste. „Holzner-Stocker. So sieht sie auch aus. Als hätte sie ´nen Stock im Arsch." Wir prusteten beide vor Lachen.

Ein heißer Gerichtstag lag hinter mir, als wir zum Feierabend mit einem Glas eiskalten Weißwein in Pawels Büro saßen und über unsere Mandanten und Projekte berieten.

„Wir müssen Ihren Namen noch auf unserer Webseite ändern, ab nächste Woche heißen Sie ‚König'". Pawel schmunzelte und prostete mir zu. Meine Mundwinkel wanderten nach oben, wir nahmen einen Schluck. Der Wein perlte kühl auf meiner Zunge. Es waren noch drei Tage. „Ich freue mich, dass ich Sie als Mitarbeiterin gewonnen habe", ergänzte er nun. „Und ich hoffe, Ihr zukünftiger Ehemann wird sich eines Tages damit – abfinden können."

„Er hat sich nicht mehr beschwert, seit er im Krankenhaus war."

Pawel lächelte nun, und ich las ein bisschen Bedauern in seinem Gesicht. „Sie haben ihm dazu auch keinen Anlass gegeben. Aus meiner Sicht muss ich sagen, leider."

„Pawel!" Er schaffte es immer noch, mich in Verlegenheit zu bringen. „Sagen Sie das doch bitte nicht." Ich klammerte mich an den dünnen Stiel meines Glases.

„Verzeihung. Ich bin ihm nicht böse, falls Sie das glauben. Es ist nur …"

„Ich weiß", fiel ich ihm hastig ins Wort. Wollte er mir gerade irgendein Geständnis machen? Bitte nicht! Verdammt, warum wurde es nur gerade so heiß in diesem Zimmer? Ich erhob mich, um ein Fenster zu öffnen. Als ich mich umwandte, stand er vor mir, hob die Schultern in einer hilflosen Geste.

„Es wird mir schwer fallen, Sie gehen zu lassen", sagte er leise.

„Wie jetzt – wollen Sie mir kündigen?" Ich riss die Augen auf. Überrascht stellte ich fest, dass seine Augen verdächtig schimmerten. Er schüttelte den Kopf.

„Aber nein, Sabina, wo denken Sie hin." Seine Stimme klang energisch – ein Widerspruch zu dem Ausdruck in seinem Gesicht, das er jetzt abwandte, um nach unseren Weingläsern zu greifen. Und um mich nicht sehen zu lassen, was ihn bewegte. Er drehte sich wieder zu mir um, sein Blick hielt mich fest, und er reichte mir mein Glas. Als ich es umfasste, strich er sachte mit dem Zeigefinger über meine Hand. Nur eine Zehntelsekunde, so als ob ich es nicht merken sollte.

„Ich entlasse Sie nur aus meinen – Träumen."

Mein Herz schien plötzlich lauter zu pochen, aufmüpfig beanspruchte es mehr Raum in meiner Brust.

„Ich … ich gehöre dort auch gar nicht hinein", stotterte ich und setzte das Glas an den Mund, um einen tiefen Schluck zu nehmen. Mein Hals war trocken geworden.

Er trank ebenfalls, stellte dann das Glas hinter sich, und nach einer Sekunde des Zögerns, während der ich den Atem anhielt, ging er um den Couchtisch herum, als wolle er Abstand zwischen uns bringen, und setzte sich wieder. „Nein", sagte er langsam, und sein Gesicht hellte sich auf. „Keine Ahnung, wie Sie da immer hinkommen. Ich werde es Ihnen einfach verbieten." Ich setzte mich in meinen Sessel, konnte dabei ein Geräusch nicht verhindern, das einem Aufatmen verdammt ähnlich war. *Wenn Leo das wüsste, hätte er allerdings jeden Grund, sich zu beschweren,* dachte ich bei mir.

Es schien, als straffte sich Pawel innerlich. „Wo waren wir stehengeblieben – ach ja. Ich wollte Ihnen noch etwas von meiner Besucherin heute Morgen erzählen", sagte er leichthin, als wäre nichts gewesen. Zum hundertsten Mal fragte ich mich, was wohl genau in ihm vorging. Hatte ich ihm Anlass gegeben zu glauben, … ?

„Was denn?“, fragte ich lahm. Er schenkte uns etwas Wein nach.

„Sie ist Ihretwegen gekommen, glaube ich.“

„Aber ich kenne sie doch gar nicht.“

„Nein, aber das wollte sie ändern.“

„Pawel, Sie sprechen in Rätseln.“

Ein Schmunzeln huschte über sein Gesicht. „Dani Holzner ist – also, sie ist der Anlass für Leos und meine – Differenzen. Und sie hat spitzgekriegt, dass Leo heiraten will. Ich nehme an, sie wollte wissen, wie Sie aussehen.“

Das war also die Frau, die dazu geführt hatte, dass Pawel und Leo sich geprügelt hatten. Eine arrogante Zicke mit Designertäschchen? Meine Verblüffung musste mir deutlich anzusehen sein, denn Pawel sagte: „Jetzt kann ich es Ihnen ja erzählen. Sie hat damals Leo für mich verlassen. Ich schien ihr wohl in finanzieller Hinsicht vielversprechender“, ergänzte er sarkastisch.

Ich dachte an Leos Behauptung, seit der Sache mit Sevim habe er keine Beziehung zu einer Frau mehr gehabt. Hatte er gelogen? Und konnte er wirklich Interesse an einer intriganten Zicke gehabt haben? Nun gut – einer ziemlich attraktiven intriganten Zicke, zugegeben.

„Und was passierte dann?“

Pawel seufzte. „Sie haben sie ja erlebt. Lange ging das nicht gut. Nachdem ich sie durchschaut hatte, war Schluss. Gottseidank. Seitdem bin ich ihr nicht wieder begegnet.“

„Und Leo?“ Meine Neugier ließ sich nicht zähmen, und ich biss mir nachträglich auf die Lippen. Doch die Frage war ´raus.

„Wir waren in grauer Vorzeit mal befreundet. Er hatte bei der Polizei angefangen, ich meine Kanzlei gegründet. Es gab da eine Fußballmannschaft aus Juristen und Polizisten, da haben wir beide gespielt. Und so traf ich eines Tages auf Dani. Ich wusste gar nicht, dass er mit ihr zusammen ist. Sie kamen untergehakt, aber was heißt das schon? Jedenfalls begann sie nach kurzer Zeit, mir schöne Augen zu machen. Als Leo einmal nicht dabei war, na ja. Da konnte ich nicht nein sagen. Der Rest ist Geschichte."

„Wenn das so lange her ist, warum sollte Leo dann dermaßen nachtragend sein?"

Pawel grinste. „Das mit den sieben oder acht Jahren habe ich gesagt, um sie zu ärgern. In Wirklichkeit ist es erst so fünf Jahre her. Er hat das eben übelgenommen. Ich war so was wie ein Freund, und dann das."

„Ich verstehe nicht, warum sie nach fünf Jahren plötzlich angedackelt kommen sollte, nur um zu sehen, wen Leo heiratet."

Er zuckte die Achseln. „Neugier vielleicht. Oder sie hat gehört, dass Leo plötzlich eine gute Partie geworden ist. Wollte sich vergewissern, ob sie damals einen Fehler gemacht hat. Fragen Sie mich, was in Frauen so vorgeht! Sie tat so, als wolle sie nur Smalltalk halten, aber dann hat sie das Gespräch auf Sie gebracht. Sie hätte gehört, dass Sie verlobt seien. Ließ sie so ganz nebenbei fallen. Jedenfalls ist sie jetzt Zahnarztgattin. Das konnte sie sich nicht verkneifen, mir unter die Nase zu reiben. Vielleicht späte Genugtuung für erlittene Demütigungen? Wobei ich immer ein Kavalier war …" Er zwinkerte.

„Pawel, ich finde, Sie sollten sich mit Leo versöhnen", platzte ich heraus. Er lachte.

„Meine Liebe, an mir soll es nicht liegen. Aber er glaubt, ich mag Sie zu sehr." *Womit er recht hat*, konstatierte ich im Stillen.

Laut sagte ich: „Er soll doch nur aufhören, wütend und eifersüchtig zu sein."

„Das ist Ihre Aufgabe, ihm das klar zu machen. Ich betrachte ihn ja nicht als meinen Feind. Früher haben wir uns gut verstanden. Aber Freunde werden wir heute nicht mehr, fürchte ich."

Leo hatte wie immer in den letzten Tagen ein Abendessen gezaubert. Er war immer noch krankgeschrieben und kündigte an, dass er nicht beabsichtige, mich übermorgen über die Schwelle zu tragen.

Ich kicherte. „Musst du auch nicht, ich bin sowieso zu schwer."

Leos Augen wanderten über meinen Körper, verfingen sich in meinem Blick. Ein zärtliches Lächeln kräuselte die Fältchen um seine Augen. „Ich würde es machen, selbst wenn du zwei Zentner wiegen würdest. Nur leider machen meine Rippen da noch nicht mit."

„Bin ich dir etwa zu dünn?"

Er lachte. „Ein bisschen. Nimm noch was von den Artischocken." Er reichte mir ein Artischockenherz in Öl und schob es mir in den Mund. Ich hielt seine Hand fest und lutschte das Öl von seinen Fingerspitzen, schloss dabei lasziv die Augen. Als ich ihn losließ, strich er mit dem Handrücken über meine Wange, die Goldpünktchen in seinen Augen funkelten lüstern.

„Du willsch misch wohl mästen", nuschelte ich, immer noch kauend.

„Seit du bei Krawczyk arbeitest, hast du abgenommen", erwiderte er mit einem Schmunzeln. „Ich weiß nicht, ob ich das weiter gutheißen kann."

„Bitte heiße es gut, ich verspreche, brav jeden Mittag essen zu gehen. Es macht mir solchen Spaß!" Ihm zuliebe angelte ich mir zwei Salamischeiben vom Teller und stopfte sie mir in den Mund. Mir fiel der merkwürdige Besuch ein, den uns diese Cavalli-Schnepfe gestern abgestattet hatte. Die war definitiv zu dünn …

„Heute hatten wir übrigens Besuch von einer Frau, die du kennst." Ich schilderte die Begegnung, und er runzelte missbilligend die Stirn.

„Erzähl mir von ihr", verlangte ich.

„Da gibt´s nicht viel zu erzählen. Ich hatte mal eine Affäre mit ihr. Ist lange her."

„Pawel sagte, sie hat dich verlassen." Sein Blick verfinsterte sich.

„Sie hat sich an ihn rangeschmissen. Er hatte nichts Eiligeres zu tun, als ihre eindeutigen Angebote sofort anzunehmen. Tja, ein Rechtsanwalt macht eben mehr her als ein einfacher Kriminalkommissar." Die Bitterkeit in seiner Stimme war nicht zu überhören.

„Ist es das, was du meintest, als du gesagt hast, er ‚bricht in Beziehungen ein'?" Ich dachte an unsere erste Begegnung auf dem Gang in der Mordkommission, als Leo mir wutschnaubend klar machte, dass er Pawel als meinen Verteidiger keinesfalls dulden würde. „Aber du – du sagtest doch, du hattest seit Sevim keine feste Beziehung mehr?"

War das Schuldbewusstsein, mit dem er mich ansah?

„Nein", sagte er zögernd. „Hatte ich auch nicht. Sie war mir nicht so wichtig. Aber die Art, wie sie … und Pawel … das hat mich wütend gemacht. Ich hab ihm eine gedröhnt."

„Er hätte dich verklagen können!"

Leo zuckte die Schultern. „Er hat mich stattdessen K.O. geschlagen."

„Ich weiß. Er hat es mir erzählt", erwiderte ich trocken. In seinen Augen blitzte etwas wie Ärger auf.

„Und was hat der feine Herr dir sonst noch alles über mich aufgetischt?", erkundigte er sich gereizt.

„Gar nichts! Im Grunde hat er eine gute Meinung von dir. Er sagte, ihr wäret so was wie Freunde gewesen. Ihr seid doch quitt."

Ich legte die Hand besänftigend auf seinen Arm. „Könntet ihr nicht – also – euch irgendwie versöhnen?"

Er lehnte sich in seinem Stuhl zurück und fuhr sich mit beiden Händen durch die Haare. „Du verlangst ganz schön viel von mir." Ein schiefes Grinsen breitete sich auf seinem Gesicht aus. „Ich soll wohl ein freundliches Gesicht machen, wenn er dir schöne Augen macht, was?"

„Leo! Das macht er nicht! Es ist rein kollegial!" *Jedenfalls strengt Pawel sich an, es so aussehen zu lassen.* Schuldbewusst dachte ich an die Gelegenheiten, bei denen er mich so ansah, in dieser gewissen Art, intensiv und zugleich nachdenklich. Es war unübersehbar, dass er mich besonders mochte. Ich fragte mich manches Mal, ob es hinterhältig oder gemein von mir war, dass ich die Gefühle, die er für mich zu haben schien, nicht erwiderte und trotzdem bei ihm arbeitete.

Leo schien meine Gedanken gelesen zu haben. „*Tesoro*, ich vertraue in deine Treue und Loyalität. Es fällt mir nur einfach schwer, zu sehen, wie er dich anhimmelt. Tut mir leid, ich bin nicht der Typ, der gerne teilt."

„Du kannst doch nicht jeden hassen, der … der mich irgendwie attraktiv findet!" Ich stützte den Kopf in die Handflächen und studierte sein Gesicht. Seit er aus dem Krankenhaus gekommen war, hatte es wieder Farbe angenommen, er war tagsüber oft in Menzow, wo er es sich auf der Terrasse oder am Steg gemütlich machte.

„Da müsste ich ja sämtliche Kollegen hassen", brummte er. „Die haben mir schon alle zu dir gratuliert."

Ich kicherte. „Und ich gratuliere mir zu dir. Ich will niemand anderen, hörst du?"

Sein Gesichtsausdruck wurde weicher. Er nahm meine Hand. „Sag einfach übermorgen ‚ja' zu mir", sagte er rau.

Am nächsten Vormittag stand Leo plötzlich in meinem Büro. Anja hatte ihn nicht angekündigt, und sein Klopfen an meine Tür riss mich aus einem komplizierten Schriftsatz, den ich gerade zum fünften Mal korrigierte.

Erfreut und überrascht sprang ich auf. „Leo! Was machst du denn hier?"

Er sah weit weniger freudig aus. Mein Lächeln verpuffte, als ich seinen ernsten Gesichtsausdruck sah.

„Ich möchte mit dir noch etwas erledigen. Also bevor es morgen losgeht."

„Aber ich kann hier doch nicht einfach weg! Was ist es denn so Wichtiges?"

„Komm einfach kurz mit. Ich habe mit Krawczyk gesprochen. Es ist o.k."

Gehorsam folgte ich ihm zur Tür hinaus.

„Zieh´ die hier an." Als wir am Auto angekommen waren, reichte Leo mir meine Gummistiefel.

„Was hast du vor?"

„Siehst du gleich." Er fuhr an.

Eine Viertelstunde später hielt er vor dem Tor zu einem der größten städtischen Friedhöfe Berlins in der Bergmannstraße.

„Wir sind da", verkündete er, und ich deutete verblüfft auf das Friedhofsschild.

„Hier?"

Er nickte stumm und ging um das Auto, um die Beifahrertür für mich zu öffnen.

Ich musste einen grotesken Anblick bieten in meinem Businesskostüm mit Gummistiefeln an den Füßen. „Wehe, ich hab nachher Laufmaschen", schimpfte ich. Leo lachte.

„Komm mit."

Wir betraten das Friedhofsgelände, er führte mich den langen Hauptweg entlang, der von hohen Bäumen gesäumt war. Pfützen standen darauf, und wo kein Wasser stand, fühlte sich der Boden matschig an. Ich pries Leos

Voraussicht, mir die Gummistiefel aufzudrängen. Der Regen hatte zwar aufgehört, aber der Himmel sah aus, als könne jederzeit ein neuer Schauer auf uns niedergehen. Der Friedhof war entsprechend leer.

Wir bogen um eine Kurve, und in einem Seitenweg konnte ich eine schwarzgekleidete, kleine Menschenmenge sehen. Eine Beerdigung. Leo zog mich weiter, bis wir an einem schmiedeeisernen Türchen anlangten, das zusammen mit einem Zaun den Friedhof zu begrenzen schien. Daran ein Schild „Anonyme Gräber".

Er öffnete sie, und wir betraten eine Art Park mit jungen Bäumen, die inmitten einer Wiese standen. Das Wasser stand noch darauf, unsere Schritte machten quatschende Geräusche, als wir darüber liefen, auf eine Eiche zu, die ziemlich in der Mitte stand. Leo hielt davor an und schaute hinauf. Es gab nichts zu sehen dort oben, außer dichtem Laub, das feucht glänzte.

„Hier ist es", sagte er mit belegter Stimme.

Sevim. Ich dachte es mir doch. Ich schwieg. Merkwürdigerweise war die Atmosphäre dieses Ortes keineswegs trübe, trotz des wenig einnehmenden Wetters strahlte das Ganze sogar etwas Heiteres aus.

„Ist sie hier …?"

„Ja." Leo lächelte leicht. „Früher bin ich jede Woche hergekommen. Hab mir vorgestellt, dass sie da oben im Baum sitzt. Wir haben uns unterhalten. Sie – sie hatte immer ihre karierten Schottenhosen an und einen dunkelblauen Pullover. Sie hat zu mir runtergelacht. Kannst du dir das vorstellen?" Er blickte mich an, als befürchtete er, ich würde ihn jetzt für verrückt erklären. Ich erwiderte seinen Blick und hoffte, er würde darin keine Skepsis wahrnehmen.

„Doch. Kann ich."

„Ich habe ihr von mir erzählt, sie hat mir zugehört. Manchmal habe ich sie gefragt, wie es ihr jetzt geht. Sie hat immer abgewinkt, als wenn es mich nichts anginge. Aber dann, als ich mich mit dir das erste Mal verabredet habe, da bin ich vorher auch zu ihr gegangen. Hab ihr von dir erzählt. Das war, nachdem wir vor deiner Haustür …“, er grinste schief.

„Geknutscht haben“, vollendete ich seinen Satz. „Und dann?“

„Ich habe sie gebeten, mich – freizulassen.“ Er schaute unverwandt nach oben, in den Baumwipfel. Ich stellte sie mir vor, wie sie dort saß, die Beine von einem Ast baumeln ließ, und musste unwillkürlich an Pippi Langstrumpf denken. Er drehte sich zu mir um.

„Weißt du, was sie gesagt hat? Dass sie froh ist! Dass sie jetzt endlich … gehen kann.“ In seinen Augen stand Erstaunen, vermischt mit Schmerz. „Ich hatte das Scheißgefühl, dass ich es war, der sie hier“, er deutete auf den Baum, „festgehalten hat. Dass ich es war, der ihr den Frieden genommen hat.“

Meine Hand stahl sich in seine, ich drückte sie fest. Die Eiche verschwamm vor meinen Augen, ich versuchte, ihn nicht anzusehen. Welche Braut heult schon einen Tag vor ihrer Hochzeit?

„Ist sie noch da?“, fragte ich leise.

„Nein. Jetzt ist sie frei, und ich bin es auch.“ Er räusperte sich verdächtig. Ich lehnte mich an seine Schulter. „Komm, wir gehen.“

Er zog meine Hand unter seinen Arm, und wir stapften zurück über die feuchte Wiese. An der Tür sahen wir uns noch einmal um. „Es ist nur noch eine Narbe“, sagte Leo. „Man weiß, dass sie da ist, man kann sie ab und zu fühlen, aber – es tut nicht mehr weh. Oder … nur noch selten.“

UNGEBETENE GÄSTE

„Ähm … Sie können die Braut jetzt loslassen." Der Pfarrer, ein bärtiger Mann in Leos Alter, räusperte sich vernehmlich, während Leo nicht aufhören wollte, mich zu küssen. Sein Kuss war ein zärtliches Versprechen, ein Ausdruck unseres Glücks. Er war jetzt mein Mann. Ich seine Frau. Sabina König. Die Heiratsurkunde, die wir gestern unterzeichnet hatten, trug allerdings neben meinem neuen Namen noch den alten, mit dem ich vor lauter Aufregung zuerst unterschrieben hatte. Unter erheitertem Raunen im Publikum musste ich „Jung" durchstreichen und „König" daneben schreiben.

Er löste sich langsam von mir, und wir drehten uns zur versammelten Kirchengemeinde um. Eine Menge Menschen (vor allem unsere Verwandten in der ersten Reihe) hantierte mit Taschentüchern an ihren Augen, als die Musik einsetzte.

Vor der alten Dorfkirche posierten wir – beide angefüllt mit Besitzerstolz und Glück bis obenhin – für die Fotos.

Nick, meine Trauzeugin, schlang ihren Arm um meine

Schultern und küsste mich auf die Wange. „Ich bin so stolz auf dich", flüsterte sie.

Während wir lächelnd Hände schüttelten, jede Pose einnahmen, die der Fotograf uns diktierte, uns bedankten, ließ Leo keine Sekunde meine Hand los.

Schließlich kamen Johannes, der für Leo als Trauzeuge fungiert hatte, und Laura, und sie bugsierten uns in Johannes´ blumengeschmückten Porsche Cayenne, mit dem sie uns zum Ruderclub chauffieren wollten. „Hoffentlich fallen die Blumen auf der Avus nicht ab", sagte Johannes, als er aus der Parklücke fuhr.

„Darfst eben nicht so rasen", bemerkte Leo. Laura kicherte.

Unter Hupen setzte sich der Autokonvoi in Bewegung. Leo legte den Arm um meine Schultern und flüsterte mir zu: „Ich bin sehr glücklich." Ich wandte ihm den Kopf zu, und wir küssten uns, voller Inbrunst, voller Verlangen, voller Liebe.

„Hey, Laura, wenn ich das so sehe mit den beiden da hinten, dann denke ich, wir sollten es ihnen nachmachen." Leo und ich blickten auf. Im Rückspiegel konnten wir Johannes grinsen sehen. Er legte die Hand auf Lauras Knie, und sie bedeckte sie mit ihrer eigenen Hand.

Ein wenig atemlos fragte sie: „Du meinst …"

Wir konnten beobachten, wie er ihr einen kurzen Blick zuwarf, ein Lächeln auf den Lippen. „Ja, ich meine."

„Und das sagst du mir hier, vor allen Leuten?"

Johannes lachte. „Das sind doch nicht ‚alle Leute'. Die dürfen das ruhig wissen."

„Johannes! Ich … gib mir bitte Zeit." Doch in Wirklichkeit brauchte Laura darüber nicht nachzudenken, das war ihrem Gesicht anzusehen. Innerlich hatte sie bereits Ja gesagt. Ihre Hände verschlangen sich ineinander, in stummem Einverständnis. Leo und ich sahen uns an und lächelten.

Vor dem Eingang in das Vereinshaus hatte Leos Herrenachter-Mannschaft Aufstellung genommen, wir schritten durch ein Spalier aus Ruderblättern, begleitet von Ausrufen der Begeisterung unserer Hochzeitsgäste.

Ludwig Fuchs, Leos Trainer, nahm uns persönlich in Empfang.

„Als Schlagmann warst du ja diese Saison für uns ´ne Nullnummer", sagte er grinsend zu Leo. „Aber dafür hast du mit deiner Frau das große Los gezogen."

„Ich weiß", lächelte Leo, während ich fühlte, wie ich rot wurde. „Mit dem Training muss ich noch aussetzen. Aber halt´ mir ja den Platz frei!"

Nach und nach trudelten die weiteren Gäste ein, und Leo und ich hatten im wahrsten Sinne des Wortes alle Hände voll zu tun mit Gratulanten, Geschenken und guten Wünschen. Leo war gerade dabei, ein umfängliches Paket mit einer unglaublich kunstvollen roten Schleife wegzutragen, als eine vertraute Stimme hinter mir sagte: „Auch von mir alles Gute, Sabina."

Pawel! Ich hatte mich nicht getraut, ihn einzuladen, aber mein Vater hatte darauf bestanden und Leo davon überzeugen können, ihn wenigstens auf unserer Feier zu dulden. Er hatte zwar das Gesicht verzogen, dann aber eingelenkt und nicht ohne Ironie bemerkt, wenn es mich glücklich mache, wolle er mir nicht im Weg stehen.

Ich fuhr herum und küsste ihn impulsiv auf die Wange, was er mit einem Lachen und einer Intensivierung seiner Gesichtsfarbe quittierte. „Danke, Pawel. Ich freu mich so, dass Sie gekommen sind."

„Vorsicht, Vorsicht, meine Liebe. Lassen Sie das lieber nicht Leo hören. Da kommt er übrigens …" Pawel schmunzelte, während wir uns Leo zuwandten, der mit einem undurchdringlichen Gesichtsausdruck auf uns zukam.

Es kostete ihn Überwindung, Pawels ausgestreckte

Hand zu nehmen und sein unbefangenes Lächeln höflich zu erwidern, aber nach einem Seitenblick auf mich und einem ermunternden Nicken meinerseits machte er gute Miene zum bösen Spiel.

„Danke", erwiderte er auf seine Glückwünsche. Sein Händedruck war fest, es sah so aus, als ob er seinen Frieden mit Pawel machen könne. Ein Kellner mit einem Tablett voller Sektgläser kam vorbei, und Leo nahm zwei herunter und reichte eines davon Pawel.

„Zum Wohl." Sie hoben das Glas, und in Leos Augen stand ein klitzekleines Lächeln. „Ich habe beschlossen, das ähhh … Arbeitsverhältnis meiner Frau zu Ihnen zu respektieren. Lassen Sie uns den ganzen alten Scheiß vergessen."

Im Gegensatz zu mir zeigte Pawel keinerlei Überraschung. „Das freut mich. Ich bin dabei." Er lächelte, und sie nippten an dem Sekt.

~

Sie hatten noch nicht das Glas abgesetzt, als ihrer beider Blick in einer Mischung aus Überraschung und Unwillen über mich hinwegging. Ich folgte ihrer Blickrichtung und erstarrte.

Mit wiegenden Hüften stöckelte die Frau aus Pawels Kanzlei auf uns zu – wieder in einem Kleid von atemberaubender Eleganz, das ihre schlanke Figur aufs Vorteilhafteste betonte. In der Hand hielt sie ein Päckchen aus leuchtend rotem Lackpapier, unter den Arm hatte sie eine schmale Handtasche von Chanel geklemmt, in ihrem Gesicht wieder das festgetackerte Lächeln, das ihre dunklen Augen nicht erreichte.

Die Männer neben mir wechselten einen schnellen Blick, und ich glaubte, Panik in Pawels Gesicht zu erkennen.

„Herzlichen Glückwunsch", schnurrte sie, zu mir

gewandt. Vor Verblüffung streckte ich stumm die Hand aus, die sie flüchtig ergriff und gleich wieder fallen ließ.

Leo und Pawel mussten es sich gefallen lassen, dass sie ihnen die Arme um den Hals warf und sie auf die Wange küsste (oder wenigstens so tat).

„Dani. Was machst du denn hier", sagte Leo verdattert und schob sie mit sanfter Gewalt von sich. Auf seiner Stirn hatte sich eine senkrechte Falte gebildet, ein sicheres Zeichen dafür, dass ihm diese Situation mehr als unangenehm war. War sie einfach uneingeladen hierher gekommen? Warum?

„Ich wollte sehen, was aus dir geworden ist", säuselte sie, wobei sie erst ihn und dann mich von Kopf bis Fuß betrachtete. „Gut siehst du aus!"

„Ähm … Daniela", ließ sich Pawel hören. „Bitte …"

„Nein, nein, schon gut", fiel ihm Leo ins Wort und warf ihm einen warnenden Blick zu. Er griff an ihren Ellenbogen und führte sie von uns weg, was sie sich widerstrebend gefallen ließ. Wir sahen ihnen hinterher, wie sie die Eingangstreppe heruntergingen und draußen Kurs auf das Bootshaus nahmen.

„Das ist ja wirklich frech. Warum kommt das Weib hierher?" Pawel schüttelte den Kopf. „Er sollte sie achtkantig rausschmeißen."

Ich erwachte aus meiner Erstarrung. „Ich muss wissen, was da abgeht zwischen den beiden." Als ich mich in Bewegung setzte, um ihnen zu folgen, legte Pawel seine Hand auf meine Schulter.

„Nicht. Nicht jetzt. Er wird ihr die Meinung geigen. Da bin ich sicher. Sie haben hier Gäste …" Er deutete auf den inzwischen gut gefüllten Saal, in dem die meisten bereits ihre Plätze eingenommen hatten und angeregt plauderten.

Ich schüttelte seine Hand ab. „Tut mir leid, Pawel, aber

ich muss. Die Gäste amüsieren sich doch schon. Das Essen kommt erst in einer Viertelstunde. Ich muss einfach!"

Vor der Tür stieß ich beinahe mit Nick zusammen, die irgendetwas für ihr Töchterchen aus dem Auto geholt hatte und nun mit einer Wickeltasche vor mir stand.

„Nick, ich brauche dich", presste ich hervor. „Komm bitte kurz mal mit!" Ich nahm ihr die Tasche ab und stellte sie auf die Treppe.

„Um was geht´s? Ich wollte gerade Annick wickeln."

„Zehn Minuten, okay?", bettelte ich. Sie zog fragend die Augenbrauen hoch, nickte aber dann. Ich zog sie mit mir und setzte sie auf dem Weg zum Bootshaus in Kenntnis der Ereignisse.

„So ´ne Frechheit! Soll ich sie rausschmeißen?" Nick schnaubte empört.

„Ich hoffe, das erledigt Leo gerade. Aber ich bin mir nicht sicher!"

Wir drückten vorsichtig die Klinke am Nebeneingang zum Bootshaus herab, in der Hoffnung, sie würde kein Geräusch von sich geben. Durch den geöffneten Türspalt hörte ich ihre vor Erregung schrille Stimme: „Das ist *keine* Schwachsinnsidee! Wie kannst du so was sagen … nach … nach allem, was war?"

„Ich will dich nicht hier haben. Ich habe in den letzten fünf Jahren keinen Wert auf deine Gegenwart gelegt und tue es auch jetzt nicht." Das kam eiskalt und trotzdem hörte ich die unterdrückte Wut aus seinem Ton heraus.

„Leo! Du kannst doch nicht vergessen haben …"

„Ich habe nichts vergessen. Gar nichts, Dani. Vor allem dein Benehmen nicht. Und jetzt hau ab. Das Taxi wartet sicher schon."

Nick und ich wechselten einen Blick und lauschten weiter gebannt, was nun geschehen würde.

„Okay, das war unhöflich von mir. Ich hätte ein

anderes Mal zu dir kommen sollen." Ein unterdrückter Schluchzer war zu hören.

„Hör auf mit dem Theater, Dani. Das glaubt dir sowieso kein Mensch mehr. Höchstens noch dein Alter." Leos scharfer Ton zerschnitt ihre Schluchzer und ihr Schniefen, das schlagartig aufhörte.

„Früher warst du nie so hässlich zu mir!" Sie schien sich aufs Schmeicheln zu verlegen.

Leo schnaubte nur.

Nick drückte meinen Arm. „Ich geh da jetzt rein und hol ihn raus", flüsterte sie.

„Wie denn?"

„Lass´ mich machen. Du wartest hier. Wenn er vorne rausgeht, kommst du hier rein."

„Ich bringe dich jetzt raus. Und wehe, du machst irgendwelche Mätzchen", kommandierte Leo in diesem Moment.

„Mach keinen Fehler, mein Lieber", zischte Dani jetzt. „Sonst könnte es sein, dass ich deiner Frau so ein, zwei Sachen stecke!"

Während wir die Luft anhielten, brach er in spöttisches Gelächter aus. „Steck´ dir das sonstwo hin, meine Frau weiß alles über mich. Nur zu! Und jetzt raus hier!"

Bevor ich etwas sagen oder tun konnte, öffnete Nick geräuschvoll die Nebeneingangstür und rief laut: „Leo! Leo, bist du hier?" Dabei schlüpfte sie hinein und machte ein paar große Schritte in den dämmrigen Raum, aus dem mir der Geruch von warmem Holz entgegenschlug.

„Oh, Entschuldigung! Ich wollte nicht stören", hörte ich sie sagen.

„Kein Problem, Nick, Dani wollte sowieso gerade gehen."

„Da ist irgendwas mit dem Bierfass, du sollst mal kommen, hat der Thommi von der Bar gesagt." Gut erfunden, dachte ich grinsend.

„Ich begleite diese Dame nur hinaus", sagte Leo, wobei er „diese Dame" besonders betonte.

„Ich finde den Weg alleine", giftete die Angesprochene.

„Leo, geh nur, ich begleite sie schon", sagte Nick.

„Tschüss, Dani. Ich sage bewusst nicht ‚Auf Wiedersehen', aber das konntest du dir ja sicher denken." Leos Schritte näherten sich der Tür, an der ich immer noch stand, und ich hatte keine Zeit mehr, wegzulaufen. Als er mich sah, runzelte er die Stirn.

„Sabina! Was machst du hier?"

„Tut mir leid, Leo, ich … ich wollte nicht lauschen, ich dachte nur, du brauchst irgendwie Hilfe", stotterte ich.

Seine Gesichtszüge entspannten sich. „Und ich hatte die Hoffnung, meine Frau zeigt erstmals Anzeichen von Eifersucht", meinte er belustigt.

„Nach dem, was ich gehört habe, besteht ja kein Grund dazu! Hättest du das denn gern?"

Seine Augen fingen meine ein, er lächelte sein lausbubenhaftes Lächeln, das mich immer wieder dahinschmelzen ließ. Dann legte er seine Arme um mich. „Ich habe es gern zu wissen, dass du mir gehörst", murmelte er an meiner Schläfe und drückte mich an sich. Ich konnte seinen Herzschlag an meiner Brust spüren, und weiter unten fühlte ich an meinem Bauch, dass ihn meine Nähe alles andere als kalt ließ. Was wiederum angenehme, aber momentan höchst unwillkommene Reaktionen in meinem Körper auslöste.

Ich hob meinen Kopf zu ihm, bot ihm meine Lippen dar, die er sofort mit seinen verschloss. Sein Kuss war fordernd, und ich gab seinem Drängen nur allzu gerne nach. Seine Hände glitten über meinen Rücken, hinab zu meinem Hintern, und er presste meine Hüften an sich. „Lass uns da reingehen", raunte er heiser. Ich zitterte vor Begierde nach ihm, trotzdem schob ich ihn sanft von mir weg, holte dabei tief Luft, um mich abzukühlen.

„Leo, wir müssen zurück zu den Gästen", hauchte ich.

„Hey, das ist unsere Hochzeit." Leo zog mich wieder an sich und ließ mich seine Erregung fühlen. Mir war heiß und kalt, schwindlig vor Verlangen. „Du bist jetzt meine Frau, es ist ab sofort legal, wenn wir Sex haben", fügte er mit rauer Stimme hinzu. Wider Willen musste ich kichern.

„Aber es wäre sehr unhöflich."

Er seufzte. „Wahrscheinlich hast du recht. Also gut. Aber lange halte ich das nicht aus …" Damit ließ er mich los, nahm meine Hand, und wir schlenderten zum Vereinshaus zurück.

„Ich hoffe, ich mache keinen Fleck in mein Kleid, wenn ich mich setze."

Er lachte und warf mir einen lüsternen Seitenblick zu, während er mit einer Hand meine Hüften streichelte. „Das nehme ich jetzt mal als Kompliment."

„Leo, was wollte diese Dani eigentlich?"

„Ich habe nicht die geringste Ahnung. Will es auch nicht wissen. Vermutlich bereut sie, dass sie mich damals verlassen hat. Mit ihrem tollen Doktor med. dent. läuft es wohl nicht so gut. Wahrscheinlich hat sie sich da an mich erinnert, nachdem sie irgendwie von mir gehört hat."

„Sie wollte dich anbaggern? Auf deiner eigenen Hochzeit?" Mir blieb der Mund offenstehen.

„Sie ist da völlig schmerzfrei", bemerkte Leo trocken. „Du hast sie ja gehört."

Von weitem konnte ich beobachten, wie Nick vom Parkplatz aus auf uns zukam und grinsend ein Victory-Zeichen mit ihren Fingern machte.

Nach dem Essen, den obligatorischen Reden und dem Brauttanz, den wir dank einiger Privattrainingsstunden bei meiner Mutter gekonnt absolvierten, traten Ludwig Fuchs und Johannes auf mich zu. Mit geheimnisvoller Miene sagte Johannes:

„Es gibt da etwas, das wir dir kurz zeigen müssen."

„Muss das jetzt sofort sein? Gerade fangen alle an zu tanzen!"

„Komm´ schon, Sabina. Es dauert nicht lange. Komm einfach mit." Johannes und Ludwig nahmen mich in die Mitte, winkten Leo zu, der gerade mit seiner Schwester Charlotte tanzte, und schoben mich mit sanfter Gewalt zum Ausgang.

Die Luft draußen war ganz warm und samtig, der Geruch des Sees wehte herüber zu uns, als wir zum Parkplatz ausschritten.

„Was wollt ihr denn?"

„Warte ab." Johannes steuerte auf seinen Wagen zu, auf dessen Motorhaube immer noch das Blumengesteck haftete. Er öffnete die Tür: „Steig ein."

„Ihr wollt die Braut entführen. Hey, das ist nicht nett!"

Ludwig und Johannes wechselten einen bedeutungsvollen Blick. „Und ob das nett ist", entgegnete Ludwig. „Leo wird begeistert sein, wenn er dich findet."

Ich verschränkte die Arme vor der Brust. „Nein. Er muss mich suchen. Womöglich hat er schon was getrunken!"

Jetzt lachten sie beide. Was ging hier vor?

„Sabina, es muss sein. Leo erwartet das." Johannes grinste verschwörerisch. „Glaub´ mir, der rechnet damit. Ich hab nur gesehen, wie er ein Glas Sekt getrunken hat."

„Umso gemeiner. Er müsste jetzt schon einen Schwips haben!", konterte ich.

„Schluss jetzt. Mach´ keine Fisimatenten, Mädel, und steig ein", befahl Ludwig im Trainerton. Wahrscheinlich kommandierte er seine Ruderer genauso herum.

„Das ist *meine* Hochzeit!", protestierte ich.

„Eben", erwiderte Johannes lakonisch. „Darum wirst ja

auch du entführt. Keine Angst, es dauert überhaupt nicht lange, tut auch überhaupt nicht weh, und du wirst es nicht bereuen."

Ich stöhnte demonstrativ, ergab mich aber in mein Schicksal.

„Na gut, ihr Spießer. Machen wir es also so, wie es alle machen." Sie schienen sich darüber köstlich zu amüsieren, so wie sie lachten.

Wir hielten vor der Dorfkneipe in Menzow, „Ellis Oase". Das Einzige, was in diesem Lokal an eine Oase erinnerte, waren zwei Palmen in Kübeln neben der Eingangstür. Ansonsten eine ganz normale, durchschnittliche Dorfkneipe mit einem Tresen, karierten Tischdecken und einem altmodischen Flipper-Automaten. Ein paar Männer in T-Shirts und Bermudashorts hockten um einen Tisch, ansonsten war der Laden leer. Unsere Erscheinung in festlicher Kleidung entlockte ihnen ein paar spöttische Bemerkungen wie „Guck ma´ da, aus welchem Film sind die denn entsprungen?"

Die Wirtin hingegen, eine mittelalterliche Frau mit herben Gesichtszügen und einer gestreiften Schürze, schien keineswegs überrascht zu sein. „Na, die Herrschaften, wat darf et sein?", fragte sie leutselig. Wir bestellten drei Bier.

„Kommt sofort."

„Ich finde das echt gemein von euch. Ich wollte tanzen und nicht hier rumsitzen!"

Ludwig zwinkerte mir zu. „Wir haben Leo einen kleinen Tipp gegeben, er kommt sicher gleich. Und schließlich sind wir doch auch ganz nett."

„Aber euch habe ich nicht geheiratet", murrte ich.

Sie prosteten mir zu, und Elli, die Wirtin, gratulierte mir zur Hochzeit. Sie kannte die Ruderer, die ab und zu bei ihr auftauchten und einen Absacker nahmen, frotzelte mit Ludwig herum und fragte Johannes nach seinen Erfolgen als Skiff-Fahrer.

Wir hatten gerade das zweite Bier bestellt, als die Tür aufflog und Leo und Laura hereinkamen.

Johannes streckte die Arme nach Laura aus, und sie stürzte sich ohne Zögern hinein. Leo küsste mich auf die Wange. „Frau Wirtin, ein Wasser und eine Cola, bitte."

„Bist du extra nüchtern geblieben, um mich zu suchen?"

„Stell´ dir vor, ja." Er umschlang mich von hinten. Ich blickte misstrauisch zu ihm auf.

„Das habt ihr doch geplant."

„Und wie wir das geplant haben", grinste Johannes. Leo schmunzelte.

Sie stürzten ihre Getränke im Eiltempo herunter, ich kam mit meinem Bier kaum hinterher. Als Leo zahlte (auch das noch!), kämpfte ich mit den letzten Schlucken.

„Gehen wir jetzt?" Leo legte den Arm um meine Schultern und schob mich genauso sanft aus dem Lokal, wie Johannes und Ludwig mich hinein begleitet hatten. Laura, Johannes und Ludwig blieben hinter uns zurück. Vor der Tür drehte ich mich zu Leo um.

„Was soll das? Ihr habt euch doch abgesprochen!"

Er nickte. „Gleich wirst du es wissen." Dann zog er mich an der Hand ein Stück die Straße entlang. Er nestelte dabei an seiner Hosentasche und förderte einen Autoschlüssel zutage.

„Darf ich bitten." Er wies auf ein silberfarbenes Mercedes E-Klasse Cabrio mit roten Ledersitzen, nagelneu, und führte mich herum, zum Beifahrersitz. „Nimm Platz in unserem neuen Auto."

Ich starrte darauf und fühlte meine Kinnlade herunterklappen. „Leo, nein!" Ich warf die Arme um seinen Hals.

Er lachte leise. „Doch! Er gehört uns. Die Versicherung hat gezahlt. Du kannst ihn fahren, wann du willst."

„Aber nicht jetzt. Ich bin beschwipst!"

Er küsste mich ausgiebig und erwiderte dann, etwas atemlos: „Das ist ja gerade das Süße an dir. Wenn wir zurück sind, beschwipse ich mich auch."

Mit einer Mischung aus Lachen und Weinen krächzte ich: „Leo König, die Überraschung ist dir echt gelungen."

HERZENSNARBEN

Es war ein perfekter Abend zum Cabriofahren: Die Luft schon sommerlich warm, und es regte sich kaum ein Lüftchen. Leo ließ das Verdeck in der rückwärtigen Verkleidung verschwinden, während wir langsam die schmale Allee in Richtung Potsdam nahmen. Der Duft nach neuem Auto und Ledersitzen erinnerte mich an unsere allererste Verabredung zum Essen, als er mich mit dem Vorgänger dieses Traumautos abgeholt hatte.

Er ist mein Mann und ich liebe ihn, diese Worte wiederholten sich in meinen Gedanken in ständigem Singsang und ließen mein Herz auf- und abhüpfen. Gleich werden wir tanzen und feiern, dass wir zusammengehören.

Ich dachte an unseren Brauttanz gerade eben. Ein langsamer Walzer. Dicht hatte er mich an sich gezogen, Hüfte an Hüfte, und mir war seine deutliche Erregung dabei nicht entgangen. Der Gedanke machte mich an.

Ich warf ihm einen flüchtigen Seitenblick zu. Er hatte einen Arm um meine Schulter gelegt, wie im Film, und das Grübchen in seiner rechten Wange verriet, dass er vor sich hin lächelte, die Augen dabei auf die Straße gerichtet.

Die Straße wurde nur durch das Licht der Scheinwerfer vor uns erhellt, das links und rechts bis in die dichte Reihe der Bäume reichte, die die Allee säumten. Wir näherten uns einem Waldstück. Erst danach würden wir auf die breitere Verbindungsstraße Richtung Potsdam abbiegen.

„Leo, ich … ich kann nicht mehr warten …" Meine Stimme klang rau. Ich legte meine Hand auf seinen Oberschenkel, ließ sie sanft in Richtung seiner Körpermitte gleiten, und er ließ ein leises Stöhnen hören.

„Warten worauf?", raunte er, und ich konnte an seinem Ton hören, dass er die Antwort genau kannte. Seine Hand schloss sich um meine Schulter. Ein heißer, wollüstiger Schauer lief mir den Rücken hinab und landete direkt zwischen meinen Beinen. Ich legte meine Hand direkt auf die deutliche Beule, die sich inzwischen in seiner Hose abzeichnete, und er spannte die Muskeln an.

„So geht das nicht, *tesoro*", sagte er heiser und fuhr an den Straßenrand, zwischen zwei imposanten Eichen brachte er den Mercedes zum Stehen. Er beugte sich zu mir herüber, seine Lippen näherten sich meinen, streiften meine Wange und landeten an meinem Ohr. „Du unglaublich frivoles Stück du", flüsterte er, und er streichelte sanft meinen Nacken. „Willst du die Hochzeitsnacht vorverlegen? Hierher? Jetzt?"

Zur Antwort wandte ich den Kopf und küsste ihn. „Der Herr frivole Ehemann wird doch nichts dagegen haben", entgegnete ich an seinem Mundwinkel. Seine Lippen fingen mich ein, seine Zunge verlangte gebieterisch Einlass, eine Forderung, der ich nichts entgegenzusetzen hatte, und so gab ich nach.

Mit einem Schmerzenslaut löste er sich von mir. Ich war gerade im Begriff gewesen, mich rittlings auf ihn zu setzen, mich provokativ an seiner Erektion zu reiben, als er mich festhielt.

„Komm mit." Seine Stimme glich jetzt einem Reibeisen. Er zog mich aus dem Auto, löschte das Licht, und in der Dunkelheit war nichts weiter zu hören als unsere heftigen Atemstöße und ganz von Weitem das Zirpen einer Grille.

Er presste mich mit seinem Körpergewicht an den vorderen Kotflügel, seine Hände tasteten nach dem Saum meines Kleides, das er vorsichtig bis über meine Taille schob. Ich konnte kaum atmen, als seine Finger an meinem Bauch entlang hinab zu meinem knappen Slip glitten, ihn zur Seite schoben, um von der Feuchtigkeit zu kosten, die sich zwischen meinen Beinen ausgebreitet hatte. Wir stöhnten beide gleichzeitig auf, als seine Finger sich behutsam in meinen Eingang drängten.

Mit fahrigen Bewegungen öffnete ich seinen Gürtel und seine Hose, umfasste gierig mit beiden Händen seinen steil aufgerichteten Schwanz, und er lachte heiser. „Leg´ dich da rauf", kommandierte er, und dann drückte er mich mit einer Hand an der Schulter auf die Motorhaube. Stellte sich zwischen meine Beine und streifte mir mit einer rücksichtslosen Bewegung den Slip ab.

Ich spreizte bereitwillig meine Beine, und er näherte sich mir, ließ seine Erektion herausfordernd langsam an meinen Schamlippen entlanggleiten, liebkoste mit seiner Schwanzspitze meine Lustperle, rieb sich an mir, die Hände unter meine Schenkel gelegt. Jede kleinste Bewegung löste Stromstöße aus, elektrische Entladungen, die mich zittern und ächzen ließen vor Geilheit.

„Komm´ zu mir", keuchte ich begierig. „Bitte …" und er drang mit einem entschlossenen Ruck in mich ein, rammte mich mit schnellen Stößen, während ich mich am Kotflügel festzukrallen versuchte. „Oh Gott, hör nicht auf", flehte ich, wenn er sein Tempo zwischendurch drosselte.

„Langsam, *tesoro*", sagte er dann, „das ist unsere Hochzeitsnacht …" Zwischendurch hielt er inne, beugte sich zu mir und küsste mich. „Ist es das, was du wolltest?", hörte ich ihn leise fragen.

„Ja, ja, ja", hauchte ich. „Dich will ich, das will ich. Oh bitte, mach weiter!" Ich spannte die Muskeln in meinem Inneren an, die ihn fest umfingen. Sein Körper antwortete darauf, er atmete schwer und versenkte seinen Schwanz bis zum Anschlag in mir. Er bewegte sich schneller, hämmerte in mich hinein, mein Inneres zog sich in einer heftigen Eruption zusammen, und ich schrie auf. In diesem Moment warf er den Kopf zurück, stieß zischend die Luft aus, und ich konnte seinen Höhepunkt in mir pochend aufsteigen fühlen.

Er beugte sich über mich, richtete mich vorsichtig auf und zog mein Gesicht an seine Brust. Ich hörte seinen schnellen Herzschlag, während wir minutenlang einfach so da standen, ich mit hochgeschobenem Kleid, er mit heruntergelassenen Hosen. Niemand konnte uns so sehen, dachte ich mit einem verstohlenen Lächeln. Wir hätten einen tollen Anblick abgegeben … Leo strich mir eine Haarsträhne hinter das Ohr, die sich aus meiner kunstvollen Frisur gelöst hatte, und ich konnte ihn im Dunkeln schmunzeln sehen.

„Jedes Mal, wenn ich damit fahre, werde ich jetzt dich auf der Motorhaube sehen", flüsterte er. „Das – das war unvergesslich." Er küsste mich auf die Nasenspitze und wir begannen, unsere Kleidung zu richten. Es dauerte eine Weile, bis ich im Dunkeln meinen Slip wiederfand, ihn von Kiefernnadeln und kleinen Rindenstückchen befreien und wieder anziehen konnte. Mein Kleid war nur unwesentlich zerknittert, ich strich es ein paarmal glatt.

„Hoffentlich hast du kein Make-up am Hemd."

„Egal. Dann wissen jedenfalls alle, dass wir unseren ehelichen Pflichten pünktlich und zuverlässig nachkommen."

Wir prusteten beide los vor Lachen, malten uns

während der Rückfahrt aus, wie wir dieses Argument unseren Gästen vortragen würden.

Doch Gottseidank war das gar nicht nötig. Die Tanzfläche war bereits voll, sie spielten „September" von Earth, Wind And Fire, und wir mischten uns einfach unter die Tanzenden.

~

Am Horizont kündigte ein Streifen helleres Blau den bald beginnenden Morgen an. Wir lagen rücklings auf dem flachen Steg, der gerade breit genug war für uns beide, und blickten in den sternenklaren Himmel.

Viel hatten wir bis jetzt nicht geschlafen, obwohl wir nach all dem Tanzen und Feiern fröhlich beschwipst ins Bett gefallen und ohne weitere Umschweife eingepennt waren. Für ausschweifenden Sex waren wir nach dieser schönen, langen Feier einfach zu müde gewesen.

Ich hatte das Gefühl, gerade erst eingeschlafen zu sein, als ein heftiges Durstgefühl mich weckte und ich das Bett neben mir wie so oft leer vorfand. Wo war Leo nur?

Ich erhob mich und tappte in die Küche, wo ich ein Riesenglas Leitungswasser in einem Zug hinunterkippte. Leo schien nicht im Haus zu sein, und so trat ich auf die Terrasse. Das schwache Mondlicht spiegelte sich in einem schmalen Streifen des Sees, der an dieser Stelle silbern glitzerte. Ich konnte Leos Silhouette auf dem Steg ausmachen. Splitternackt stand er mit dem Rücken zu mir und betrachtete das silbrige Wasser vor ihm, die Hände in die Hüften gestemmt.

Ich lief hinunter zu ihm, barfuß, das feuchte Gras fühlte sich kühl unter meinen Füßen an.

Er wandte sich zu mir um, als er hörte, wie ich den Steg betrat. Das Holz war noch warm, die Nacht hatte nicht vermocht, die Tageshitze völlig zu vertreiben.

„Hey Leo, alles in Ordnung?"

Er lächelte und breitete die Arme nach mir aus. „Und wie! Ich konnte bloß nicht mehr schlafen, wahrscheinlich der Wein."

Ich schmiegte mich an ihn, genoss den Duft seiner Haut und seine Körperwärme. Er deutete nach oben, in den Himmel. „Guck mal da, Orion. Sieht man nur hier, in Berlin ist es zu hell dafür." Ich folgte seinem Blick, und er erklärte mir das Sternbild, bestehend aus drei eng in einer Reihe nebeneinander stehenden Sternen. „Das da ist die Wega. Siehst du sie blinken?"

Ich legte den Kopf in den Nacken. Fasziniert betrachtete ich den Himmel, der aussah wie eine unregelmäßig mit Diamanten bestickte Decke. Direkt über uns ein milchiger, schmaler Streifen, wie eine Wolke. Ich deutete darauf. „Ist das die Milchstraße? Die habe ich das letzte Mal als Kind an der Ostsee gesehen."

Leo lachte leise. „Du guckst nicht oft nach oben, was?"

„Hier unten gibt es genug zu sehen", gab ich mit einem anzüglichen Lächeln zurück. Er drückte mich an sich.

„Das kannst du jeden Tag haben. Aber das da," er zeigte auf die Sterne über uns, „sieht man nicht alle Tage."

Und so kam es, dass wir uns beide auf den Steg gelegt hatten, um den Sternen beim Funkeln zuzusehen.

„Vielleicht sehen wir die ISS da lang fliegen", hatte Leo gesagt, als er mich in die liegende Position gezogen hatte.

Eine Weile lagen wir stumm nebeneinander, er hatte den Arm unter meinen Nacken geschoben.

Wahre Liebe ist nicht, wenn man sich ansieht, sondern gemeinsam in dieselbe Richtung schaut. Dieses Zitat fiel mir ein, und ich fand, dass es in diesem Augenblick hundertprozentig auf uns zutraf.

Er schien dasselbe zu denken, denn unvermittelt sagte

er: „Vielleicht ist das etwas, was wir später unseren erwachsenen Kindern und Enkeln erzählen, wenn sie uns nach unserer Hochzeit fragen."

Mein Herz tat einen Hüpfer. Ja, wir würden Kinder, wir würden Enkel haben.

Er begann zu erzählen, wie der Nachthimmel zwischen den Berggipfeln im Verzascatal aussah, wenn er als Kind mit seiner Mutter dort zu Besuch war. Dass es immer nur ein Stückchen war, begrenzt von den Zinnen und Kegeln der Berge ringsum. Und dass er sich immer gewünscht hatte, einmal das Ganze zu sehen. Wie er mit Sevim nach Prerow gefahren war, an die Ostsee, und nachts so weit den Strand entlanggegangen war, bis keine Straßenbeleuchtung mehr den Blick auf den Himmel getrübt hatte. Die ganze Nacht hatten sie am Strand gelegen, um auf Sternschnuppen zu warten, es war Ende August gewesen, „die beste Saison dafür", wie er sagte.

„Als wir dann welche gesehen haben, habe ich mir nichts gewünscht", ergänzte er seufzend. „Damals war ich wunschlos glücklich. Wie dumm war das denn?"

Ich betrachtete sein Gesicht. Ein wehmütiger Zug lag darin, weckte in mir den Wunsch, ihn zu trösten. Ich drückte einen Kuss auf seine Wange. Er lächelte in den Himmel hinein.

„Vielleicht ist sie jetzt da oben", flüsterte ich und lehnte mich zurück in seinen Arm.

„Ja", antwortete er tonlos. Ein helles Licht blitzte punktförmig auf, bewegte sich rasend schnell nach rechts und hinterließ einen dünnen Lichtstreifen, der ebenso schnell verblasste, wie er erschienen war.

„Hast du das gesehen? War das eine?"

„Du guckst wirklich zu selten nach oben, *tesoro*. Klar war das eine."

„Heißt das, wir können uns was wünschen?"

„Natürlich. Aber nichts verraten!"

Schenk´ mir 50 Jahre mit ihm, bat ich in Gedanken. War das zu anmaßend? Mir egal.

Nach einigen Minuten, die wir still verharrten, sagte er plötzlich mit weicher Stimme: „Das war *sie*. Sie – sie ist mit uns einverstanden. Sie wünscht uns alles Gute."

EPILOG

Es ist kurz nach Neun, als wir ins Auto steigen, zu unserer letzten Ermittlung heute. Ich habe heute schon drei Überstunden angesammelt. Und gleich werden es noch mehr.

Meine Kollegin Dana zeigt auf die andere Straßenseite. „Da ist es." In der schmalen Seitenstraße ist kein Parkplatz frei, und sie stellt den Opel mit zwei Rädern auf den Bürgersteig. Dana legt unser Schild vorne ´rein, damit die Kollegen von der Verkehrsüberwachung uns kein Ticket verpassen. „Kriminalpolizei im Einsatz."

Randale. Hübscher Name für ´ne Disco-Kneipe … da guckt man doch gleich aufmerksamer in die Gastronomie-Datei des Ordnungsamtes. Klingt schließlich irgendwie nach Ärger … Doch bis auf Versuche von Schutzgelderpressung, geschädigt Franz Knuske, seines Zeichens Inhaber der Lokalität, ist da nichts bekannt.

Die Neonschrift vor dem Lokal ist knallrot, im Retro-Design. Türsteher gibt es nicht. Ist wahrscheinlich noch zu früh. Dana bleibt hinter mir, als wir die paar Stufen in den vorderen Gastraum heruntergehen. Hier ist der Lärm nur gedämpft, der Krach kommt weiter hinten aus der Halbetage, wo die Tanzfläche ist. Die Gäste wirken friedlich. Sie stehen an Bistrotischen und quatschen. Nichts, was uns alarmiert.

Die Bedienung am Tresen starrt in unsere Richtung. Kein Wunder, Dana ist eine Schönheit. Wenn wir irgendwo auftauchen, erregt sie meist ziemliches Aufsehen. Nur ist sie leider nicht mein Typ. Zu – ich weiß nicht. Zu schön vielleicht, zu glatt. Die Tresenkraft kommt da meinen Vorstellungen schon deutlich näher. Dunkelhaarig, groß und mit Kurven an den richtigen Stellen. Sie schaut mich unverwandt an. Auch als ich Dana mit einem Zeichen bedeute, nach oben zur Tanzfläche durchzugehen, und ich allein da stehe, verfolgt sie mich mit den Augen.

Sie trägt ein dunkles Oberteil, weit aufgeknöpft. Ihre runden Brüste zeichnen sich darunter ab. Flüchtig male ich mir aus, wie sie sich anfühlen mögen. Ob sie einen BH trägt? Wahrscheinlich. Der Job ist ziemlich bewegungsintensiv. Sie hat ein Colaglas in der Hand, das sie langsam sinken lässt.

Mit routinierten Bewegungen schüttet sie jetzt Cola in drei bereitstehende Gläser, ohne mich aus den Augen zu lassen.

Ich steuere auf die Schönheit zu.

Ihre Augen sind außergewöhnlich. Das sehe ich auch von Weitem. Dunkle, geschwungene Augenbrauen und dichte schwarze Wimpern umrahmen sie. Als ich näher komme, blickt sie zu mir auf. Samtiges Blau, so schimmern ihre Augen. Ihr Mund ist weich und sinnlich, mit einer süß geschwungenen, kurzen Oberlippe, die ihr ein keckes, vorwitziges Aussehen verleiht. Eigensinnig. Ja, so sieht es aus. Ich frage sie, ob sie fünf Minuten Zeit hat.

Ihr Blick sagt: Ja, wenn´s geht auch länger. Sie sagt:

„Ja klar. Was kann ich Ihnen anbieten?“

Sie studiert mich. Studiert meinen Blick, meinen

Gesichtsausdruck. Ihre Augen halten mich fest. Ich kann nicht wegschauen. Und will es auch gar nicht. Der Rhythmus meines Herzschlags beschleunigt sich, als ich in diese blauen Samtaugen gucke. Sie sieht mich ein wenig herausfordernd an. Ich bin froh, einen Grund zu haben, sie anzusprechen, und krame nach meiner Kripomarke.

„Danke, erst mal gar nichts. Ich habe nur eine Frage an Sie." Ich halte ihr die Marke hin und stelle mich vor. Ich deute eine Verbeugung an. Ups. Warum mache ich so ´nen Scheiß? Lacht sie mich jetzt aus?

Nein. Sie stottert: „Ähh … freut mich." Ihr Blick zeigt mir, dass sie es so meint, wie sie sagt, und ich kann mir ein gewisses Schmunzeln nicht verkneifen. Sie ist ehrlich. Nicht wie viele andere, die mich einfach nur anflirten.

Schluss jetzt. Ich muss dienstlich werden, sonst bin ich um Mitternacht immer noch nicht zu Hause. Und morgen um neun ist Training … Ich lege ihr das Foto dieses Zeugen vor. Bernie Hofreiter. „Kennen Sie diesen Mann hier?"

Sie starrt auf meine Hände. Ich auf ihren Ausschnitt, in dem sich ihre bezaubernd runden Brüste abzeichnen, nur gebändigt durch ein paar Spitzen an ihrem offenbar sehr fein gewirkten BH. Oh Gott. Meine Hände sind ganz nah dran. Ich muss mich zusammenreißen. Sie scheint das genauso zu sehen, und fragt mich, ob sie das Bild mal ins Licht halten darf.

„Aber sicher", *schöne Frau*, setze ich in Gedanken hinzu. Hallo? Was soll das denn werden?

Sie dreht sich ein bisschen, um das Foto näher anzuschauen, und ich kann ihr Profil bewundern. Ihre Nase ist ein ganz klein wenig stupsig, aber wirklich nur ein ganz kleines bisschen. Dafür hat sie ein energisches Kinn und einen anmutigen Hals. Ihr Haar ist zu einem lockeren Knoten im Nacken geschlungen, aus dem sich einige Strähnchen gelöst haben. Ich ertappe mich bei dem

Wunsch, ihr einige davon hinters Ohr zu streichen. Oh je. Das kann ja was werden.

Sie dreht sich zu mir um. „Das ist ja Bernie!“ Überrascht reicht sie mir das Foto zurück. „Ist ihm etwa … etwas zugestoßen?“ Sie blickt besorgt. Nicht so besorgt, wie man schauen würde, wenn einem die Person SEHR nahesteht. Aber doch besorgt.

„War er auch am Mittwoch hier?“ Ich darf nicht vergessen, weshalb ich hier bin. Ich kläre das Alibi eines Mordverdächtigen. Und muss dazu, dem Himmel sei Dank, diese Frau befragen, die mich ansieht, als wenn ich …

„Oh, das kann ich nicht sagen. Ich arbeite nur freitags und manchmal am Samstag oder Sonntag hier. Tut mir leid.“ *Merda.* Gerade fängt es an, interessant zu werden. Sie ruft ihren übergewichtigen, kahlköpfigen Chef herbei. Der ist begeistert über Bullen, die sein Etablissement aufsuchen. Das sieht man ihm auf tausend Meter Entfernung an. Er sieht aus, als sei gerade die Pest über sein Lokal hereingebrochen. Ich muss amtlich werden.

„War der hier?“

Der Wirt setzt zu einer langatmigen, weitschweifigen Erzählung an, wie der Typ immer mittwochs kommt und so weiter. Ich kürze die Sache nach wenigen Minuten ab.

„Schön, schön. Und wie war es diesen Mittwoch?“

Die Schönheit beobachtet mich die ganze Zeit, während sie Biere zapft und Zitronen in Viertel schneidet. Sie glaubt, ich sehe es nicht. Aber ich kann ihre verstohlenen Blicke auf meiner Haut spüren. Ihr Schmunzeln sehen, als ihr Chef stöhnt, weil er mir seine Personalien geben muss.

Fieberhaft denke ich darüber nach, wie ich es anstelle, ihre Telefonnummer zu bekommen. Dabei ist es so einfach. Ich drehe mich zu ihr um.

„Nun zu Ihnen.“ Was Besseres fällt mir im Moment

leider nicht ein. Sie zuckt ein wenig zusammen, und ihr Blick ruht wieder forschend, aber auch ein wenig unsicher, auf mir. „Ihre Personalien bitte."

Das muss reichen. Skeptisch fragt sie: „Ist das dienstlich?"

Was denn sonst? Glaubt sie, ich will ihre – *Telefonnummer*? Ich zücke meinen Stift und gebe ihr zu verstehen, dass sie eine Zeugin ist und es deshalb absolut dienstlich ist. „Oder hätten Sie´s gerne anders?", setze ich spontan und ohne nachzudenken hinzu. Die Sache beginnt, mir Spaß zu machen.

Sie schaut mich mit unschuldigem Augenaufschlag an, und ich muss mich bemühen, nicht breit zu grinsen, als sie sagt: „Sie meinen, als Beschuldigte?"

Hey, sie kennt sich aus im Strafrecht. Sicher studiert sie Jura oder so was. Sonst würde sie diesen Fachausdruck nicht benutzen. Beschuldigte. Es macht ihr auch Spaß. Sie fordert mich heraus. Das lasse ich mir nicht zweimal sagen.

„Nein. Ich meine eher … privat." BAMM! Das hat sie jetzt davon.

Jetzt erschrickt sie vor ihrer eigenen Courage. Sie stottert, dass sie meine Dienstnummer will. Ich frohlocke innerlich. Genau die will ich ihr ja die ganze Zeit aufdrängen.

„Mit Vergnügen überlasse ich Ihnen meine Dienstnummer – und was Sie sonst noch wollen. Aber zuerst Ihre Personalien, bitte." Oh, jetzt schieße ich gleich übers Ziel hinaus. Stopp!

Sie errötet, und ich stelle mir vor, wie sie in diesem Moment unter ihrer Kleidung aussieht. Aber nur kurz. Ich muss jetzt doch feixen, als ich ihr Gesicht sehe. Sie fühlt sich ein bisschen ertappt. Deshalb leiert sie ihren Namen und ihre Adresse so gelangweilt herunter, wie sie es von böswilligen Zeugen aus dem Fernsehen kennt. Sie heißt Sabina Jung. Sabina.

„Ihre Telefonnummer auch, bitte.“ Die würde mir ja reichen …

Sie rollt mit den Augen, aber schelmisch. Dann tut sie so, als runzle sie die Stirn. Ich tue ihr den Gefallen und erkläre es noch einmal.

„Für Rückfragen, mein Gott. Falls ich noch Fragen an Sie habe.“ Ich wiederhole es, damit sie nicht gleich glaubt, ich will was von ihr.

„Ist ja gut“, stöhnt sie. Aber sie tut, was ich will. Ich notiere mir ihre Nummer in meinem Notizbuch. Dort ist sie am besten aufgehoben und geht nicht verloren.

„Sagen Sie – ist dem Bernie was passiert? Er ist unser Stammgast, wissen Sie …“ Sie ist also neugierig. Sehr neugierig. Sonst hätte sie jetzt sicher so getan, als wäre die Unterredung für sie beendet.

Ich kann sie zum Glück vollkommen beruhigen. Der Typ sitzt bei uns warm und trocken in einer Zelle und schläft wahrscheinlich schon den Schlaf der Gerechten, während ich hier noch stehe und sein Alibi überprüfe.

Ach ja – die Dienstnummer. Sie will meine Telefonnummer haben – und die bekommt sie auch. Ich reiche ihr meine Visitenkarte. Als sie sie nehmen will, berühren sich unsere Hände, und ich zucke zurück, als hätte ich an eine Steckdose gefasst. Sie merkt das nicht, denn ich habe die Karte noch in meiner Hand. Und nutze diese Gelegenheit, um auf die Rückseite meine Handynummer zu schreiben. Die private. Und dazu „Anruf erwünscht“. Ich schiebe sie ihr zu, und sage: „Falls ich unterwegs bin.“

Sie lächelt höflich und versucht, unbeteiligt zu schauen. Aber sie nimmt die Karte in die Hand.

„Dann könnte ich ja stattdessen Ihre Kollegin anrufen“, bemerkt sie, und ihre dunkelblauen Augen beginnen, spöttisch zu blitzen.

„Oh nein. Das könnte Ihnen so passen. Sie reden nur mit mir. Verstanden?“ Das war ernst gemeint, und sie schaut mich ungläubig an. Ich entschärfe den Satz mit einem Lächeln.

„Also gut. Wenn mir etwas einfällt, dann rufe ich *Sie* an“, haucht sie, einen Ton sanfter als eben.

„Tun Sie das bitte.“ Das ist auch ernst gemeint. Sehr ernst. Aber ich ahne schon, dass ich es bin, der sie anrufen wird. Trotzdem gebe ich ihr die Hand. Sie reicht mir ihre, und es ist wie ein kleiner Zauber, als ihre Haut meine berührt. Unsichtbare Funken sprühen über unseren Händen, wie die Funken einer Wunderkerze, die man zu nah hält. Sie fühlt das – ihre Augen verdunkeln sich für einen kurzen Moment.

„Auf Wiedersehen und vielen Dank.“ Sie schaut mich nur an, und ich erkenne Bedauern in ihren Augen. Das hätte ich jetzt nicht erwartet. Aber es gefällt mir.

Dana ist hinter mir, und sie schüttelt unmerklich den Kopf. Keine weiteren Erkenntnisse. Ich wende mich von Sabina ab. Dabei könnte ich jetzt die ganze Nacht an ihrem Tresen sitzen und mich von ihr bedienen lassen. Scheiße. Aber gut. Sie hat meine Nummer und ich habe ihre. Daraus lässt sich was machen.

EINLADUNG: SICHERE DIR DEIN KOSTENLOSES E-BOOK!

HeartBeats - Nachtschwärmer: Eine Kurzgeschichte für alle, die es romantisch und spannend mögen!

Sie singt in einem Club. Und danach möchte sie einfach nur nach Hause. Er ist 100 km gefahren, um sie singen zu hören - und er möchte mehr von ihr ... Für beide verläuft die Nacht ganz anders als erwartet. Wird Jonathan die zurückhaltende Charlie bis zum Morgen überzeugen?

Dieses E-Book ist mein Geschenk an alle, die Lust haben, meinen Newsletter zu abonnieren, und kommt als Dankeschön sofort zu dir, wenn du den Link in meiner Bestätigungs-E-Mail geklickt hast. Ungefähr alle 14 Tage gibt es dann Lesetipps, exklusive Leseproben und Updates in dein Postfach. Und du hast die Chance, Testleserin für mein nächstes Buch zu werden! Besuche dazu diese Seite:

greta-schneider.de/gretas-lesecouch/

DANKESCHÖN!

Danke, dass du dieses Buch gelesen hast! Du, liebe Leserin, lieber Leser, hast mich durch die unglaubliche Resonanz auf mein erstes Buch „Herzgefängnis" dazu motiviert, diesen vorliegenden zweiten Teil trotz vieler Hindernisse fertig zu schreiben. Die vielen Rezensionen, E-Mails und Mitteilungen, die ihr mir auf meiner facebook-Fanseite **www.facebook.com/gretaschneider24** hinterlassen habt, waren ein großer Ansporn.

Zum Schluss noch eine große Bitte:

Als freie Autorin, die keinen großen Verlag im Hintergrund hat, bin ich – wie viele meiner Kollegen – auf deine Meinung als Leserin bzw. Leser angewiesen. Wenn dir mein Buch also gefallen hat, würde ich mich riesig freuen, wenn du mir eine Rezension bei Amazon, aber auch bei Lovelybooks, Goodreads oder Whatchareadin hinterlässt. Oder teile mir deine Einschätzung auf meiner Fanseite bei Facebook mit: **www.facebook.com/gretaschneider24**.

Hier geht es zu meiner Webseite, auf der ich über alle Termine und Neuerscheinungen informiere:

greta-schneider.de

WEITERE BÜCHER VON GRETA SCHNEIDER

- Herzgefängnis (Teil 1 der vorliegenden Reihe)
- ValentinsKuss (Fortsetzung und Abschluss dieser Reihe)
- Herzkönig – Mistelzweige & andere Zärtlichkeiten – der Herzgefängnis-Weihnachtsroman
- Sushi zum Frühstück – prickelnde, romantische Komödie (mit Andreas Adlon)
- Herztöne – unberührbar (Pawels Geschichte)
- Capetown Lovers – ungeliebtes Erbe (Der erste abgeschlossene Roman der Capetown-Reihe)
- Capetown Lovers – falsches Spiel (Der zweite abgeschlossene Roman der Capetown-Reihe)
- Lässig in Love – prickelnde, romantische Komödie

Printed in Germany
by Amazon Distribution
GmbH, Leipzig

22164967R00179